〔日〕**东野圭吾** 著

李盈春 译

虚像的丑角

北 京 出 版 集 团

北京十月文艺出版社

新经典文化股份有限公司
www.readinglife.com
出　品

目录

第一章　幻惑

1

应该严肃地看待，还是当成闹剧，里山奈美一时无法做出判断。如果相信目前为止的直觉，事情显然有蹊跷。但看看这个狭长幽暗的房间里，靠着墙面对面正襟危坐的十名男女的表情，似乎没有人对自己的行为怀有疑问。奈美心想，如果这是为了骗她而演的一场戏，这群人可真够团结一心的，而且每个人演技都相当不错。

她忽然感到背上一寒，不仅因为气氛压抑，也因为窗户大开着。虽然已是樱花凋谢的季节，今天的天气却很冷。但在这个房间进行"送念"时，窗户向来都是开着的，据说这是为了清除灵魂或内心的污秽。

"那就开始吧。"坐在上座正中央的男人开口了。他叫连崎至光。这当然不是真名，根据宣传册，这是某天夜里圣人站在他床前赐予他的名字。

"特意将大家召集到这里，真是不好意思。因为有件事必须要调查清楚。"连崎的声音和语气都很沉稳。根据他的个人资料，他今年五十五岁。连崎身材瘦削，留着光头，白色的作务衣①是他的标志。

连崎望向坐在最后方的奈美。"您是《周刊 TRY》的记者吧？很抱歉，本想向您介绍信徒修行的情况，结果却变成这样。"

"没事。"奈美摆了摆手，"这对我来说很有参考价值，感谢您接受采访。"

连崎点了点头，眉头紧锁。"其实我不想让外人看到这样的情景，因为这是我们苦爱会的耻辱。但如果只展示好的一面，世人就无法真正了解我们。人总是会犯错的，这是没办法的事，重要的是能否悔过自新，净化心灵。今天希望您了解的是，我们苦爱会具有自我净化的功能。"

奈美深深低头行礼，一旁的摄影师田中也低下了头。

事态的发展出乎意料地有趣，看来出了什么问题，奈美心中窃喜。

连崎挺直脊背，神情愈加严肃。"今天把各位召集起来，是因为发现了重大问题。我原本以为我们苦爱会坚若磐石，所有人都朝着同一个方向，追求同一个目标。但很遗憾，事实并非如此。我们当中有一个人，虽然还身受苦爱之力佑护，内心已经背叛了我们。"

话音刚落，原本只是有些紧绷的气氛顿时又添上了几分骚乱，好几个人挺直了身子。

"真让人遗憾。"连崎说，"我们的目标是净化心灵。人们为疾病或人际关系所苦，原因多半在于自己的内心。在漫长的一生中，内心难免会积累种种污秽，由此引发灾祸。通过清除污秽，绝大多数人都可以获得幸福，这也是我们苦爱会的宗旨所在。然而干部中

---

① 一种日本传统服装，原为工作服，也用作家居服。

还有人心灵尚未得到净化，这说明本会还不成熟，甚至我自己也不成熟。"

"大师，不是这样的！"离连崎最近的、看上去稍微上了年纪的男人说道。在苦爱会，人人都叫连崎"大师"。"即使有这样的不轨之徒，也是他自己堕落，绝不是大师您的错。"

"不，这都是因为我不成熟，所以我应该拯救他。现在我就要进行救赎。"

"这么说，您知道谁是叛徒了？"

听了弟子的话，连崎的神情缓和下来。"请不要用叛徒这种说法，我们是一家人。这个人只是心灵没有得到充分净化而已，也是个可怜人。"他的目光落在其中一排人正中央，"第五部长，请到我面前来。"

被叫到的是一个戴着眼镜的男人，他身材肥胖，看上去四十出头。他不停眨着眼睛，绷紧了脸。

"是……叫我吗？"

"没错，就是你。"

"为什么……"

"我这就告诉你理由，你先过来。"

被称为第五部长的男人脸上写满了困惑和不安。他提心吊胆地站起身，来到连崎面前端坐下来。

听说苦爱会有十个干部，他们在连崎的领导下负责该宗教团体的运营。今天在场的正是这十个人。其他人都震惊地看着第五部长，看来谁都没想到他会被点名。

"第五部长，"连崎唤道，他的表情很和蔼，声音也很柔和，"这里是净化灵魂的地方，净化包括坦白一切。如果你隐瞒了什么，请诚实坦率地说出来，将内心的黑暗倾吐出来吧！"

第五部长焦躁地摇着头。"哪有……我没有隐瞒什么。大师是说我背叛了您吗？怎么可能！我绝对没干这种事，我是清白的！"

"是吗？我连崎至光可是能看透一切的。还是说，是我的灵魂受到了污染？"

"不，不是这个意思……应该是有什么误会。"

"这样吗？你再问问自己的心吧！"

连崎深吸了一口气，冥想似的闭上眼睛，缓缓抬起双臂，将掌心对准第五部长。

这是要做什么？奈美正觉得奇怪，下一瞬间，第五部长"呜哇"大叫一声。他无法继续保持正坐的姿势，拼命往后退。

连崎将双手放到膝上。"怎么样？感觉到灵魂的污秽在脱离吗？"

第五部长匍匐在地，看着自己的身体，脸上满是惊惧之色。

"怎么样？"连崎又问。

第五部长颤抖着摇了摇头。"确实感觉到了，不过不是这样的，我没有背叛大师！"

连崎又摆出刚才的姿势，几秒钟后，第五部长惨叫起来，在榻榻米上来回翻滚。

"看来邪恶的灵魂还没能清除干净。"连崎放下手说道，"为什么你这样的人能当上第五部长？真是不可思议！你究竟是什么时候被恶念附身的？"

"不是，这是误会，请相信我！"第五部长上气不接下气地说，表情因恐惧而扭曲。

演技真不错，奈美扫兴地观望着事态发展。这恐怕是为了展现连崎拥有超自然能力而演的一出戏，肯定是在周刊杂志来采访前匆忙准备的。虽然第五部长的演技很逼真，但如果把眼前发生的事原封不动地写进采访稿里，只会被读者鄙视——不对，在那之前就会被主编骂个半死。

不过，这场闹剧他们打算怎么收场呢？虽然事不关己，但奈美不由得有些担心。如果第五部长不认罪，就说明连崎力量不足；如果他认罪，不就得把他逐出苦爱会，或者对他做出降职处分吗？还是说这个男人本来就不是第五部长，只是今天临时从哪里找来的外人？

如果是这样，一切就都说得通了，奈美心中暗想。这个男人想必是演员。若非专业演员，是演不了这样的戏的。

那么其他人呢？奈美看向周围。所有人都露出惊恐的神色，交替看着第五部长和连崎，神情实在不像是作假。难道所有人都是演员？虽然有些匪夷所思，但也不能排除这种可能。

"这是最后的机会。"连崎说，"你认罪吗？"

第五部长蜷着身子蹲在那里，没有回答。

连崎微微摇了摇头，闭上眼睛，双手对准肥胖的弟子。

"呜哇！"第五部长发出野兽般的叫声，猛地跳了起来，直奔窗户。奈美身旁的摄影师田中按下了快门。

谁也来不及阻止，第五部长毫不犹豫地从窗户纵身跃下——

这里是五楼。

2

虽然已经听间宫解释了一遍，草薙还是没弄明白到底发生了什么。问了许多问题后，他终于明白了，但还有不解的地方。

"组长，"草薙问，"这是案件吗？"

间宫大大咧咧地靠在座位上。"自然是案件啊，都出人命了。"

"这我知道，问题是……这是我们警视厅搜查一科负责的案件吗？"

"从听到的情况看，毫无疑问是我们负责的案件。出了人命，有人自首说是他杀的。听说是从五楼把人推了下来。"

"是用气息吗？"

"不是气息，说是用'念'，念力的念。"

草薙用指尖按住右边的太阳穴，他开始有点儿头痛了。

"组长，您这话是认真的吗？"

"当然是认真的。"

草薙抬头望天，缓缓摇头。

间宫环顾四周，探出上半身说道："不用担心，科长和理事官都不打算成立搜查本部。从辖区警察局现场勘查的结果来看，没有什么可疑的地方，应该不需要我们出马。"

"那为什么只有我需要跑一趟辖区警察局啊？"

"因为他们再三央求啊。说是第一次碰到这么古怪的案子。虽然有人承认自己是嫌疑人，却不知道该怎么审问。他们听说警视厅搜查一科有个擅长处理这类案件的刑警，就请求科长让你去协助破案。"

"等一下，那个刑警是说我吗？"

"不然还有谁？内海还嫩着呢。"

草薙无力地耷拉着脑袋，全身好像一点儿力气都没有了。

间宫站起身，将手放在草薙肩上。"有什么好沮丧的，被人依赖可是很棒的事。你一定会受到欢迎的，让辖区警察局那帮人见识下你有多出色吧！"

虽然连回答的力气都没有了，草薙还是含糊地应了一声。

今天上午十点多，警视厅接到宗教法人苦爱会报警，称有信徒跳楼。那个信徒虽被送往医院，但很快被确认死亡，死因是脑挫伤。信徒从五楼的窗户跳下，又掉在柏油路面的停车场上，生还的希望本来就很渺茫。

辖区警察局的调查员当即赶到现场，向在场的相关人员了解情况。最先接受调查的教主连崎至光却说出了让人意想不到的话，他声称是他把信徒推下了楼，而且是用念力做到的。这种情况当然会让一个位于东京西部的偏僻小警察局不知所措了。

从间宫提供的资料来看，苦爱会是一个成立还不到五年的新兴宗教团体，但信徒数量增长迅速，动力来自教主连崎至光的特殊能力。他原本是个按摩师，三十六七岁时开始研究气功，四十岁后开始用气功治病，疗效颇受好评，全国各地的患者纷纷前来求医。不过，那时他还没有做过什么称得上宗教活动的事。自从改名为苦爱会后，连崎便自称教主，宗教色彩顿时浓厚了很多。该团体的活动也丰富起来，比如出版书籍、举办演讲等，信徒数量因此不断增加。

一般来说，往往会有前信徒控诉遭到这种团体的欺骗，但目前为止这个宗教团体似乎还没遇到过什么大麻烦，也没有和当地居民发生过纠纷。这起案件是苦爱会的第一桩丑闻。

草薙到了辖区警察局后，果然受到了欢迎。

"哎呀，太好了。这种案子我们还是第一次遇到，连是他杀、自杀还是意外都搞不清楚，真是伤脑筋。现在专家来了，总算可以放心了。"面部扁平的刑事科长高兴地说。

"我不是什么专家，只不过有个身为物理学家的朋友罢了。"

"哪里，这可是很重要的事。得让我们这里的这帮家伙也好好学学。"

刑事科长豪爽地哈哈大笑，对部下说了句"后面就交给你们了"，然后就直接离开了，似乎不想参与这起案件的调查。

案件的实际负责人是一个姓藤冈的刑警。这个瘦小的男人看上去很和善，他客气地向草薙低头行礼。"请多指教。"

"我能帮的忙恐怕有限。"草薙先跟他讲清楚，"那个自首的人在哪儿？"

"现在在审讯室。您这就要见他吗？"

"嗯，先见个面吧。"

一个身穿白色作务衣的男人安静地待在审讯室里。他皮肤有些黑，留着光头，体格结实，下巴很尖，有种长年修行的僧侣的气质。

草薙在他对面坐下后，男人睁开一直闭着的眼睛，缓缓点头致意。

"我是警视厅搜查一科的草薙。该怎么称呼您？"

"叫我连崎就好，我已经舍弃了以前的名字。"他用沉稳的语气回答。

藤冈提供的资料显示，这个人真名石本一雄，职业是苦爱会教主。

"那么连崎先生，请尽量详细地讲述您做了什么。嗯，是在干部会议上发生的吧？"

"是的。因为有件事无论如何都想确认，我召开了临时干部会议。"

连崎想确认的事与苦爱会资产有关。内部调查表明，有大笔金钱用途不明。负责经营管理的第五部长中上正和很可疑，因此要让他说出真相。方法是连崎向中上的内心输送意念，唤醒他的良知。按照连崎的说法，一个人一旦心灵得到净化，就不可能说谎。

"可是我考虑得不够周全，因为太想早点儿问出实情，把他逼入了绝境。他无法忍受内心的痛苦，做出了那种事……是我杀了他，我是杀人犯。所以我决定自首。"连崎露出痛苦的表情，直视草薙。

草薙交抱起双臂，望向手边的资料。连崎的话和从间宫那里听来的几乎一样，但即使听过当事人亲口讲述，草薙还是觉得难以置信。

"您说的向受害人的内心输送意念，具体是怎么做的呢？"

"就是专注地念诵。当时我在心里默念，想要净化第五部长的心灵。"

"怎么做的？"

"怎么做……就是像这样把双手掌心对准对方的胸口，闭上眼睛。"连崎演示了姿势后，立即将手放下。

草薙又开始感到轻微的头痛，但留意尽量不表现出来。

"您以前做过同样的事吗？就是向说谎的人的内心输送意念，让对方说出实情。"

连崎重重地点头。

"当然做过。实际上，这是我每天都在做的事。心怀烦恼的人从全国各地来到我这里，而我的工作就是向他们的心灵输送意念，净化他们的心灵，从而消除他们的烦恼。"

"原来如此。所以，在举行仪式的时候——"

"不是仪式，可以请您称之为'送念'吗？输送的送，意念的念。"连崎似乎感到有些意外。

"送念吗……好吧，那在送念的时候，发生过类似这次的事件吗？"

连崎摇了摇头。"有时候会有人因为过于激动而当场大叫或放声大哭，但这样的事还是第一次发生。平时输送意念时，我总是一心想要拯救人们的心灵，但那时却掺杂了想要揭露第五部长不正当行径的私愤，或许这导致意念过度强化。无论如何，我对死者家属和相关人士深感抱歉。"

草薙无法判断他这话是不是认真的。通过输送意念来动摇人心，这种事有可能吗？但出了命案倒也是事实。

"我有一个请求。"草薙说，"您可以向我送念吗？"

连崎睁大了眼睛。"在这里？"

"是啊，不行吗？"

连崎沉默片刻，嘴角浮现出笑容。"好，我试试看。"

"我该怎么做？"

"不需要做任何事，身体保持放松就好。"

草薙照连崎说的放松身体。连崎像刚才那样将掌心对准他，闭上眼睛。这种状态持续了一会儿，草薙感觉大约有十秒钟。

连崎睁开了眼睛。"感觉如何？"

草薙摇了摇头。"没什么感觉。"

"是吧？送念时我就发觉了，您并没有在向我求救，只是想要测试我。这样的人是接收不到意念的。您是个意志坚强的人。"连崎说完，微微一笑。

3

"这件事听起来和物理学毫无关系。"汤川把胳膊架在椅子把手上，用手托着腮，兴味索然地说。他伸手拿起桌上的马克杯。

"果然你也这么觉得。"草薙也啜了一口速溶咖啡。

他来到帝都大学物理系第十三研究室，当然是为了听听这个物理学家朋友对苦爱会一案的意见。

"这显然属于心理学领域，类似暗示或安慰剂效应。虽然不清楚详细情况，不过很可能和催眠术也有关系。"

"鉴定科的同事也这么说，但他们似乎也不太了解这方面的事。"

一些宗教活动中会施行所谓的精神控制，导致信徒丧失正常的判断力，信徒在冲动之下做出自虐行为的事例也并不少见。草薙熟识的鉴定科人员认为，这起案件很可能也是这种情况。

"相信的人可以得到救赎——宗教本来应该是这样才对。那个教主大人怎么样了？被当成杀人犯逮捕了吗？"

草薙摇摇头，放下杯子。"怎么可能逮捕他呢？他没碰对方一根手指，不过是将双手对准对方，闭上眼睛而已，要怎么追究他的杀人罪？连拘留的理由都没有，所以早早就请他离开了。"

"目击者只有那些信徒吧？他真的没有动手吗？会不会所有人为了保护教主统一了口径？"

"也有这种可能，所以去看现场时，我也顺便见了案发时在场的干部。"

苦爱会的总部位于郊外的小山上。草薙跟着藤冈来到总部，看到建筑的设计时，不由得瞪大了眼睛。这栋五层方形建筑的外墙上画着连崎打坐的巨幅画像，相貌较本人美化了不少。

建筑的一楼是道场，二楼到四楼是干部的起居室，五楼的一部分空间是连崎的起居室，剩余部分是供连崎发挥念力的房间，被称为"净化之间"。案件就发生在净化之间里。

除了比周围高出五十厘米的上座外，这个长方形的房间没有任何特点。里面完全没有家具或日用品，唯一的装饰是上座后面的墙上一个类似雪花结晶的标志。这个标志在建筑里随处可见，据说叫"苦爱之星"，是连崎的守护神。

陪同他们参观的是一个姓真岛的男人。他稍稍上了年纪，头衔是第一部长，据说是连崎的第一个弟子。

"大师很快获得释放，我们着实松了口气。之前他说要自首时，我们都竭力阻止。虽然是由大师送念而起，但第五部长纵身跳楼是为了摆脱心灵的痛苦。也就是说，这是他自己选择的道路，可以说是自杀。但大师无法认同，他说他因为愤怒而忘了控制力度，相当于是他杀了第五部长。大师真是一个高尚的人。本来我们还很担心万一大师就此入狱该怎么办，好在警方做出了理智的判断，我们对此衷心感谢。"

真岛说完，恭敬地鞠了一躬。草薙心里却不是滋味，甚至怀疑他语带嘲讽。

包括真岛在内，案发时在这个房间里的九个干部草薙都见过了，他们的陈述里没有矛盾或可疑的地方。关于受害人当时癫狂的情状，每个人的说法多少有些出入，但不如说这样才是自然的。

对这起案件，他们看起来也很震惊。

"本以为很了解大师的力量，可也没想到竟然那么惊人。"第六部长是个中年女人，她露出畏惧的神色，"我也时常被大师赐予意念，但从没有感到过难受，只感觉仿佛被暖流包围而已。不过当时大师看起来确实和平时不同，表情很可怕，送念的姿势也像是用足了力气。第五部长从窗户跳下去后，大师懊恼不已，说自己酿成了大错……"

"然后当场表示要自首？"

"是的。但第一部长和第二部长说，无论如何也得和夫人商量一下吧，于是把他带到了隔壁房间。在警察到来之前，四个人一直在商量，但大师意志坚定，还是自首了。"

草薙也见了连崎的妻子。她名叫佐代子，身材娇小，容貌端正，看起来温驯朴实。她也是信徒，但据说按照规定，连崎的家人不能当干部。

"这件事真是很抱歉。太复杂的事情我也不懂，但既然大师决定要自首，我就只能接受。他能回来，我总算放心了。"她的声音很小，很难听清。或许是出于习惯，说话时她频频鞠躬。

听了草薙的话，汤川故意打了个哈欠。"你就这么全盘相信了这些证词？这样的话，你们可就抓不到凶手了。"

"你听我把话说完。案发现场还有不是信徒的人，我也向他们了解了情况。"

"不是信徒的人？"

"是周刊杂志的记者和摄影师，他们那天正好去采访。"

《周刊 TRY》的记者自称里山奈美，她三十岁上下，留着男孩子气的发型，没有化妆。

"我本来打算采访苦爱会诈骗的事。"在银座的咖啡店里，里山奈美的表情看起来就像要策划一场有趣的恶作剧，"起初，我们编辑部收到一封匿名来信，问我们知不知道最近信徒迅速增长的宗教团体苦爱会。据写信的人说，他的家人相继成为信徒，把资产都捐给了苦爱会，导致家庭分崩离析。我稍微调查了一下，确实听说了一些可疑的事，比如强迫人入教，以布施名义夺走老人的全部财产，要求信徒购买天价的奇怪罐子，等等。这么说可能不太合适，但类似这样的事，宗教团体或多或少都有，我觉得还不值得专门去报道。"

但信徒们的话让她改变了想法。

"我采访了十多个信徒，他们都对连崎至光无比信任。既然是信徒，这也是理所当然的，但他们与其说是盲目崇拜，不如说是发自内心地相信。每个人都一再跟我说，大师的能力是真实的，你最好也请大师赐予意念。我不禁很好奇，这个教主到底用了什么手段，竟然能如此得人心？于是我决定直接采访一次教主。"

据里山奈美说，苦爱会最初拒绝了她的采访，理由是只有信徒才能进入送念的场所。但过了一阵子，苦爱会主动提出可以采访信徒修行的情况。她觉得如果见不到连崎送念的场景，采访的意义不大，但先去看看也无妨，于是带着摄影师去了。到了总部后却发现道场里几乎没有信徒，询问干部后得知，因为要在净化之间举行临时干部会议，修行中止了。

既然来了，就不能空手而归，于是奈美试着提出了参加会议的请求。起初干部面露难色，但后来似乎得到了连崎的许可。因此那起案件发生时，他们也在现场。

里山奈美的目光变得严肃起来。"那是真的。最初我以为是故意演给我们看的戏，那个第五部长痛苦挣扎时，我也只是悠闲地旁观，感叹他演技不错。但是——"她摇了摇头，"那毫无疑问是真的。连崎至光没碰他一根手指，第五部长就惨叫着打起滚来。这是我亲眼所见，千真万确。连崎至光一直坐在上座，都没有站起来，怎么可能把第五部长从窗户推下去呢？"

分别时，里山奈美难掩兴奋地说："最新一期周刊将详细报道这起案件，敬请期待！"

"我也问了摄影师，他说的内容基本一致。他给我看了当时拍的照片，女记者的话没有不实或夸张的成分。"草薙看着已经见底的马克杯总结道。

汤川站在洗手台前制作第二杯速溶咖啡。他用汤匙搅拌着咖啡，回过头说："听你刚才说的，似乎没有什么可疑之处。强迫别人跳楼自然另当别论，但只是追究盗用公款的话，很难立案吧？当然，这一点我不说你也知道。"

"果然不是物理学的问题吗？我也这么认为。"草薙说了声"打扰了"，站起身来。

"不过那个教主还是会长什么的，运气倒是真好。"

"什么意思？"

"难道不是吗？就像我们刚才说的，如果当时只有信徒在场，警察会相信这种事吗？一般来说，会怀疑是有人把受害人推下楼的吧。这样的话，苦爱会的声誉就会受损，没准还会有人含冤被捕。"

"这一点我也想到了，时机确实太凑巧，我甚至觉得那个周刊记者和摄影师很可能也是同谋。"

"但并非如此。"

草薙点了点头。"记者和摄影师在这次采访之前，和苦爱会没有任何往来，也没有利害关系，可以说他们是共犯的可能性为零。"

"既然如此，"汤川拿着马克杯坐到椅子上，"别说我，连你都不用出马了。"

"看来是这样。"草薙轻轻摆了摆手，向门外走去。

4

虽然是同一个房间，但只是坐到了房间中央，感觉就完全不同。当然，这也可能是今天独自一人的缘故，而那天有十个干部背靠着墙分别坐在房间两侧。

里山奈美再次来到苦爱会总部，目的自然是追加采访。

上次的采访稿得到了主编的表扬。昨天发售的《周刊TRY》大篇幅刊登了她写的报道，标题是"凭空将人推动，新兴宗教教主释放惊人力量"。原本的标题是"凭空致人坠楼身亡"，在付印前改成了现在的标题。因为还想进行追踪报道，为了今后着想，要避免引起苦爱会的不满。

随着轻微的声响，前方的拉门打开了。和上次一样，身穿白色作务衣的连崎至光走了进来，脸上带着沉稳的笑容。

连崎向上座后面的墙上装饰的苦爱之星行礼后，面朝奈美盘腿而坐。"我读了周刊的报道，听说是您的手笔？"

奈美不禁耸了耸肩膀。"有什么让您不快的地方吗？"

"没有。"连崎摇了摇头，"您写得很好，给人身临其境的感觉，我很佩服。不过希望今后不要再提我过去的名字，关于我的经历，也请不要刊登团体介绍手册内容以外的事情。"

"很抱歉，以后我会注意的。"奈美连连低头致歉。

"周刊的销量如何？"

"托您的福，卖得很好。"

"是嘛，我这里也有很多人来咨询。说来真是讽刺，本会声名远扬，不是因为踏踏实实地传教，而是因为教主的过错。"连崎黯然垂下视线。

"您的过错？可我认为有错的是第五部长中上正和。"

"不、不。"连崎摇了摇头，"他的确犯了错，但罪不至死。我并没有想杀他，但考虑到自己的力量，应该更注意分寸才是。因为太愤怒而无法自制，说明我没有资格当教主，也没有资格继续主持苦爱会，本会应该立刻解散。"

奈美吃惊地瞪大双眼。"您要解散苦爱会吗？"

"我是有这样的打算，但弟子们都流着泪劝阻，说他们的心灵还没有完全得到净化，还需要我的念力。我不知道该怎么回答他们。我去自首，结果被释放了，我到底该怎么做才好呢？"说着，连崎深深地叹了口气。

看到他因为力量太强而苦恼不已，奈美越发迫切地想知道那究竟是怎样一种力量。

"那个……"她小心翼翼地开口道，"我今天来拜访，是有一事相求。您能否向我展示那种力量呢？"

连崎惊讶地皱起了眉。"上次您已经看过了啊，所以才能写出那篇报道，不是吗？"

"不，我希望不只是旁观，而是用自己的身体来感受。啊，或许不该说用身体，而是用心灵来感受。"

连崎苦笑。"在警察局的时候，刑警也说想体验一下这种力量。"

"您向他送念了吗？"

连崎摇了摇头。"如此神圣的事，怎能在审讯室进行？而且他这么说只是出于好奇。拒绝很麻烦，我就做了做样子，刑警说没有任何感觉，似乎很不满。"

"我不是出于好奇，而是诚心想感受那种力量。那之后我身上或许也会发生某种改变，拜托了！"奈美双手撑地，郑重行礼。

只听连崎重重地呼出一口气。"请抬起头。"

奈美抬起头，看到连崎露出温和的微笑。

"我明白了。您和那个刑警不一样，那我就稍微送念试试。可以请您把后面的窗户打开吗？"

"好。"奈美应了一声，站起身来。打开窗户后，可以俯瞰周围的街景，微凉的风吹了进来。

奈美回到原地，重新坐好。

"请稍稍挺直后背，但全身要尽量放松。"

奈美照做了。

连崎露出严肃的神色，将双手掌心朝向奈美，闭上了眼睛。然而几秒钟后，他就睁开了眼睛，露出笑意。"看来您有很多烦恼，也有不少谎言和秘密。"

"啊，您看出来了？"

"不过，这也是难免的。空气净化器能释放清新的空气，里面的滤网却会越来越脏。同样的道理，人活得久了，心灵的滤网上也会不断积累污秽。而将其一点点清除干净，正是本会的使命。"连崎恢复严肃的神色，说道，"请保持刚才的姿势。"

奈美挺直脊背，放松肩膀。连崎像刚才那样将双手掌心朝向她，闭上眼睛。这个姿势维持了几秒后——

突然，奈美感到自己被一股暖流包围。因为太震惊，她情不自禁地低呼出声，无法继续端坐。

连崎睁开眼睛，放下双手。"您似乎感受到了什么。"

奈美不住地点头，一时说不出话来。"感……感觉到了。确实感觉到了。我感到身体变得很温暖。"

连崎点了点头。"您感觉到了念力，您的心灵被净化了一点儿。"

忽然间，奈美心中涌起难以言喻的感动，情不自禁地落下泪来。"非常感谢您。"她深深低头致谢。

5

因为间宫说也想看一看，草薙把杂志拿到了他那里。间宫戴上老花镜，看起了昨天发售的《周刊TRY》，但很快就冷哼一声，将杂志丢到桌子上。

"快把连崎至光捧上天了，简直把他当成了有超能力的人！"

"他们是打算就这个题材炒上一阵子。"草薙说，"文章的末尾说，看来短时间内必须密切关注这个宗教团体。看来近期会有追踪报道。"

"是嘛，不过其实也无所谓。"间宫指着杂志上的照片说，"拍得很棒啊，从这张照片可以看得很清楚，当时确实没有人碰受害人，他是自己从窗户跳下去的。"

"是啊。"

间宫说得没错。照片上的中上正和头转向后方，仿佛在逃离什么似的，双手摆出防卫的姿势，正飞速冲向窗户。草薙向摄影师田中询问案情时，他也出示了这张照片。

"听说辖区警察局决定当作自杀处理。"

"是的。因为盗用公款的事败露，惊慌之下冲动跳楼——听说准备这样结案。"

"是吗？那不是正合你意，不用卷入麻烦了。"

"嗯，话是这么说没错……"草薙拿起杂志，卷了起来。

"怎么，有什么不满意吗？"

"那倒不是……组长，您上网吗？"

间宫一听，顿时皱起眉头。"上网？那玩意儿我不在行，我这种性格不适合。"

"这样啊。从昨天开始，关于苦爱会的搜索量直线上升，显然是因为这篇报道引发了社会关注。"

间宫抬起头，目光锐利地盯着他。"没有线索表明周刊杂志和苦爱会勾结吧？还是说，你觉得苦爱会为了宣传制造了这起事件，故意安排信徒自杀？"

"我不是这个意思……"

间宫用力摆了摆手。"虽然当初是我叫你去帮忙的，但其实我的本意并不在此。你不用想太多了，赶快从这起麻烦的案子里抽身，听到没有？"

"明白了。"说完，草薙回到了自己的座位。手机随即响了起来，草薙一看，是辖区警察局的藤冈打来的，上次两人交换了手机号码。

藤冈在电话里说，有关于那起案件的重大发现，问能不能见个面。于是草薙跟他约好晚上见面，挂了电话。

两人约定在位于虎之门的一间小酒馆见面，那里有包房，方便密谈。

藤冈已经到了，他身穿深蓝色西装。

"特地把您找过来，不好意思。"点了生啤和几道菜后，藤冈低头致意。

"没关系，您说的重大发现是……"

藤冈稍稍探身。"其实是有人告密。"

"告密？"

"我们接到举报电话，打来电话的男人自称苦爱会的信徒，他说，侵吞苦爱会公款的不是中上，而是其他干部。当然，中上作为管理者不可能不知情，所以也得了点儿好处，但说到底他只是被人利用，主犯另有其人。"

"主犯是谁？"

藤冈的声音更低了。"第一部长和第二部长。"

"第一部长是真岛吧？第二部长是……"

"是个姓守屋的男人，守屋肇。"

"等等，告密的人怎么会知道这些事？"

"他是听中上亲口说的。中上对真岛和守屋相当不满，最近还说过给那两个人帮忙真不值。"

"那告诉教主连崎不就行了吗？"

"问题就在这里。据告密者说，连崎似乎察觉到了两人的行为，却只当没看见。真岛和守屋在苦爱会刚成立时就是连崎的弟子。而且，据说当时还是气功师的连崎会成立苦爱会，两人正是幕后推手，所以即使是连崎也无法对他们过分强硬。因为清楚这一点，中上并没有直接向连崎告发，而是考虑退出苦爱会。"

"退出？离开苦爱会后，他打算怎么办？"

"转投其他宗教团体。"

"其他宗教团体？"

草薙问时，店员送了生啤过来。两人都没有干杯的心情，默默地喝着酒。

"草薙先生，您知道'守护的光明'吗？"

"哦，我听说过。"

"这个宗教团体已经活跃了十多年，也是个可疑的组织，但发展了不少会员。他们和苦爱会的活动范围有重合，这几年来一直在互相争夺会员。中上似乎打算离开苦爱会后加入那边。"

草薙摇了摇头。"真是没底线。信仰不应该是这么随便的事。"

"对他们来说，宗教就是门生意，只要有钱赚，改换门庭根本不算什么。告密者还说，中上跟守护的光明已经谈妥了条件，接下来就是找个时机退出苦爱会了。到时作为见面礼，中上还会带几个追随他的信徒过去。"

"原来如此，确实有这种可能。"

这时店员来上菜，谈话再次中断了一会儿。

"您看了《周刊TRY》吗？"店员离开后，藤冈问道。

"看了，内容和证词没有区别。"

"但您不觉得奇怪吗？根据那篇报道，连崎只字没提盗用公款的事，只是指责中上背叛了他。"

"的确如此……"

"连崎所说的背叛，不是盗用公款，而是叛投守护的光明。为了向其他干部和信徒表示自己绝不容许这种背叛，也就是为了杀鸡徼猴，所以对中上下了杀手。但考虑到如果将实情公之于众，对苦爱会的形象有损，于是给中上安上一个盗用公款的罪名。您觉得这个推理如何？"

草薙吃着菜，点了点头。"不错的推理。"

"是吧？"藤冈面露喜色，"果然不是自杀。"

"但即使事实正如您推测的那样，警方也无可奈何。毕竟很难将这件事认定为谋杀，因为连崎根本就没碰过中上。"

"所以我才又来向您讨教啊。草薙先生，您不是很擅长处理这类案件吗？有没有什么好主意？"

"我之前也说过了，擅长处理这类案件的并不是我。我已经跟认识的物理学家谈过，但他没帮什么忙，说这不属于物理学问题。"

"这样啊……"藤冈沮丧地说，"但我还是无法接受自杀的结论……"

我也这么认为——草薙好不容易才把这句话咽了回去。他想起间宫之前让他赶快从这起案件中抽身的叮嘱。

6

今天的第五名咨询者是个年过六旬的男人，申请书上填的职业是个体经营。他穿的虽不是什么高档货，但也还算体面。真岛估计这个人应该有可观的积蓄。

真岛带他来到净化之间。窗户敞开着，房间中央放着坐垫。

"请在这里端坐等待，大师很快就会过来。"

真岛说完，来咨询的男人坐到坐垫上，表情依然很紧张。真岛也留了下来，背靠墙壁正襟危坐。

不久，前方的门开了，教主连崎至光走了进来。男人深深低头行礼。

"请抬起头来。"连崎在上座坐下以后，说道，"看来你十分烦恼啊！"

"是的。"男人答道，"我已经不知道该如何是好了。我听从别人的建议买了股票，还开始做生意，但是一点儿都不顺利。我很担心照这样下去，宝贵的退休金也很快就会花光，所以特意来向您请教……"

一旁的真岛听到这里，不禁窃笑。看来虽然股票和生意都失败了，但退休金还在。

"好的，我来看看。"说罢，连崎闭上眼，将双手掌心朝向男人。但他很快就睁开眼睛，露出惊讶的表情，语气严肃地说："原来如此，这可不太好啊。"

"怎么了？"男人问道，脸上已现出不安的神色。

"你年轻时应该交了不少好运吧？"连崎问。

"啊，该怎么说呢……"男人摇了摇头，"我觉得一直都挺辛苦的……"

"不是只有辛苦吧？你应该也遇到过一些好事，只是忘记了，不是吗？如果全是坏事，你也不可能活到今天。"

"嗯，倒也有那么几件……"

"问题就在这里。你认为只有自己很辛苦，但事实并非如此，也不可能如此。其实周围的人给了你许多帮助，你也遇到过很多好事。但因为现在身处困境，你就忽视了这些。我们将这种情况称为心灵积累了污秽，正是这种污秽引发了现在的状况。现在首先要去除污秽。"

真岛在一旁听着，不禁佩服连崎的话术还是一如既往地高明。他先问咨询者是不是交了不少好运，如果对方痛快承认，就会说他因为幸运而疏忽大意，心灵积累了污秽。不论咨询者如何回答，他都能沉着地让对方跟着自己的步调走。虽说连崎除此之外一无所长，他的话术却始终令人叹服。

"我该怎么办呢？"男人问道。说出这样的话，就意味着他已经上钩了。

"我先为你输送一点儿意念，请放松身体。"连崎又摆出了送念的姿势。

不久，男人"啊"地轻呼一声，惊异地看着自己的身体。

"感觉如何？"连崎问。

"呃，刚才那一瞬间，我感到身体温暖起来。"

"是吗？这说明心灵的污秽得到了少许净化。只要继续净化下去，一定又能像过去那样交上好运。"

男人两眼放光，深深俯首致谢，额头几乎碰到了榻榻米。

成功了，真岛在心里嘀咕。入会费和修行费总共一百二十万日元，应该还能从这个男人身上榨出更多钱来。他打算向男人推销印有苦爱之星的图案、定价五十万日元的罐子。

两只威士忌杯在空中相碰。

喝了一大口单一麦芽威士忌，真岛呼出炽热的气息。对面的守屋也一脸满足。

两人正在四楼的起居室喝酒。他们有时会找几个女信徒来陪酒，但今晚只有他们俩。

"哎呀，没想到会这么顺利。"真岛看着放在餐桌上的名单说，"才几天时间，已经有五十多人入会，光入会费就有五千万日元了。所谓笑得合不拢嘴，说的就是这种事吧！"

守屋咕咚咕咚地往自己的酒杯里倒威士忌。"我也很惊讶。中上死的时候，老实说，我以为这下全完了。没想到却化险为夷，不仅没完蛋，而且一切都被连崎说中了。"

"那家伙真是有本事。"真岛由衷地感叹，"我当时大脑一片空白，他却很高兴，说没有比这更有冲击力的宣传了。我现在觉得千万不能与他为敌。"

"还有自首那招。当时那种情况下，如果教主去自首，无疑会引发媒体关注，但我很怀疑那样是否能提升苦爱会的形象。虽说可能不会被问罪，但死了人终究不大妙。只是他态度如此坚决，我也就无意反对了。"

"不反对是正确的选择，"真岛举起了酒杯，"因为可以借此机会，向全日本展示教主的力量是货真价实的。既除掉了碍事的中上，又提升了苦爱会的知名度，可谓一石二鸟。真得感谢《周刊TRY》啊。"

自从《周刊TRY》报道后，其他媒体也纷纷前来采访，其中几个记者还亲身体验了连崎的魔法。无一例外，每个人都深感震撼，兴奋而归。他们的报道在日本掀起了苦爱会热潮。

"对了，周刊的那个女记者，这阵子每天都来。"

听了守屋的话，真岛重重点头。"她彻底成了热心的信徒，听说下一期周刊还会报道教主的力量。"

守屋笑得全身都在颤动。"很好。那个女人身材很棒，真岛你觉得呢？"

真岛皱起眉头，摆了摆手。"那种运动健将的类型我没兴趣，你要是喜欢的话，尽管随意好了。"

"这样啊。那我就恭敬不如从命了。"

"先不说这个，"真岛压低了声音，"中上那件事，的确解决了吧？"

"错不了的。那个姓藤冈的刑警还在四处打探，但他没找到任何决定性证据，应该会以自杀结案。"

"听你这么说，我就放心了，这下可以高枕无忧了。再就是守护的光明，竟然鼓动中上叛变，也太小瞧我们了。"

"那边最近几年信徒减少了很多，已经到了不择手段的地步了。不过不用担心，这次事件我们占尽优势，不但不会被他们抢走信徒，反而是个挖他们墙脚的好机会。"

"这一点我也想到了。但那几个打算跟中上一起投向守护的光明的家伙要怎么办？"

"不用管他们，没问题的。见识到连崎至光的力量后，他们改换门庭的想法已经烟消云散了。"

"这是间谍报告的吗？"

"是啊。"真岛晃动着酒杯中的冰块，嘿嘿一笑。

"那我就放心了。不过那些信徒也真蠢，怎么就想不到自己身边可能有间谍呢？"

"所以才会是信徒啊，一点儿简单的把戏就被骗得团团转。"守屋笑得露出一口黄牙。

7

草薙有个名叫百合的姐姐。接到百合打来的电话时，草薙正在咖啡店看最新一期的《周刊TRY》，上面刊登了关于苦爱会的后续报道。这次的报道似乎也是里山奈美写的。

"遇到麻烦事了。"百合说。

"到底什么事？是美砂的事吗？"草薙说的是百合正在上高中的独生女。

"不是，是奶奶的事。"

"奶奶？谁的奶奶？"

"就是我家的奶奶，跟我们住在一起。"

"哦。"草薙终于反应过来了，"不该叫奶奶，应该叫婆婆吧？她是姐夫的妈妈啊。"

"你别管，我们家就这么叫。先不提这个，我有事找你商量。"

"什么事？如果是婆媳问题，我可无能为力。"

"找你商量那种事，还不如找邻居的猫谈心呢。不是那种事，是奶奶迷上了奇怪的东西，让我很头痛。"

"奇怪的东西？"

"就是苦爱会，你知道吗？"

草薙的视线落在手边的杂志上。"知道，最近引发了热议。"他没说自己负责这起案子的事，"你婆婆迷上那个宗教了？"

"是啊。她的朋友邀她一起去参观，结果她就彻底信了这个教，整天吵着要入会，劝也不听。不仅如此，她还要我和老公也入会，说我们生不出二胎，就是因为心灵积累了污秽。"

"你们想生二胎？"

"不想啊，都这把年纪了。你知道吗？苦爱会的入会费要一百万日元，虽然奶奶要怎么花自己的钱是她的自由，但她绝对被骗了。"

"嗯……"草薙沉吟着，"有可能。你想要我怎么做？该不会让我去说服你婆婆吧？"

"要是你能说动她，那当然再好不过，但你是做不到的啊。所以我想找你那个朋友帮忙。"

"那个朋友？谁？"

"就是羽毛球社的汤川啊。要是他出手，一定能证明苦爱会是在骗人。"

百合知道草薙曾经多次借助汤川的力量破案。

"我看没戏。最近我跟他聊过这件事，他完全不感兴趣。"

"别这么说，再去找他商量看看，拜托了！"

"嗯……那我下次见到他时跟他谈谈。"

"别等那么久了，等这个电话打完，你马上联系他，知道了吗？快回答知道了！"

"烦不烦啊，知道啦！"

"拜托，拜托。"百合滔滔不绝地说了一堆话，吵得草薙耳朵疼，然后自顾自地挂断了电话。

草薙叹了口气，给汤川打电话。本以为他在上课，没想到电话很快就接通了。

"草薙吗？这次是什么事？"

"抱歉，有点儿麻烦事。"

草薙把百合嘱托的事说了一遍。出乎意料的是，汤川并没有一笑了之。

"其实你上次来找我聊过后,我一直有些在意这件事。因为苦爱会在研究室也成了热门话题,学生们都在讨论。作为他们的指导者,我自然不能视而不见,所以仔细阅读了上周和这周的《周刊TRY》。"

"你想到什么了吗?"

"没有,老实说现在还没有任何头绪,不过我想要了解更详细的情况。从报道来看,体验者无一例外地感受到了连崎的力量,感受的方式也基本一致。这用我们的话来说,就是有很高的再现性。而再现性高的现象一定可以用科学解释。"

"明白了,我会尽力帮忙。需要我做什么?"

"首先,能不能安排我和周刊的那个记者见个面?根据报道,她亲身体验过连崎至光的力量,我想向她了解当时的情况。"

难得汤川这么积极,草薙回了句"我会想办法的",挂断了电话。

两天后,草薙带着里山奈美走进帝都大学,一起来的还有摄影师田中。

"真是幸运,其实我也一直在寻找能够用科学解释连崎大师力量的人,但又不知道该向哪个领域的专家请教。正为此烦恼的时候,就接到了草薙先生的电话。"里山奈美把名片递给汤川后,两眼发亮地说道。

"那就好。虽说有点儿脏乱,但先请坐吧。我来泡咖啡。"

"咖啡就不用了,我想早点儿听听您的看法。"里山奈美拿出纸笔和录音机。

汤川面露难色地看向草薙,叹了口气。"我先讲清楚,目前我还无法解释连崎先生的力量，所以才想跟你见面，进一步了解详情。"

"详情我都写在报道里了。"

"我看过报道，但里面大多是定性的描述，没有参考价值。我想知道更多定量的情况。"

里山奈美似乎没有听明白，疑惑地歪着头。

汤川站在黑板前，用粉笔画了一个长方形。"请先告诉我房间的大小。是个空无一物的房间吧？大约有多宽，长度大概多少米？"

汤川又仔细地询问了上座的高度、天花板的高度、墙壁的颜色、案发时在场人员的位置等，里山奈美根据记忆逐一回答，摄影师田中也不时在旁边补充。

听到连崎至光送念时一定要敞开房间后方的窗户时，汤川有了很大的反应。"敞开窗户？为什么？"

"为了去除心灵的污秽。"里山奈美不假思索地答道，"接收到大师的意念后，污秽会从身体里排出，如果被封闭在室内，很快又会回到身体里，所以要将窗户敞开。"

"污秽吗……"汤川露出无法理解的表情，盯着黑板。

"心情真的会舒畅起来。每次接受送念后，我都感到自己有了变化。"里山奈美认真地强调。

"里山小姐，"草薙问道，"你不是只接受过一次送念吗？"

里山奈美看向草薙，略带得意地扬起下巴。"为了感谢我向大众正确宣传苦爱会的宗旨，大师认定我为特别会员，免收入会费，我已经成为信徒了。"

"是吗……"草薙和汤川对视了一眼。

"根据报道，你感到仿佛被一股暖流包围？"汤川问道。

"是的。虽然只有一瞬间，但确实感到体温骤然上升了。"

"是地板下面安装了加热器吗？"草薙脱口而出。

里山奈美立刻瞪了他一眼。"不是那种骗人的把戏。"

"嗯，用加热器应该达不到那种效果。"汤川用冷静的语气说道。

"就是说嘛。"里山奈美重新露出笑容，"信徒都说那是比气功更高级的能力。"

"气功是指中国的养生之道吗？"

"是的，大师以前是治病的气功师。我认为他的力量更进一步，到了如今的境界。"

草薙看向汤川。"气功是那样子的吗？"

"我的确听说资深的气功师只要将手罩在某个部位，就能令那里温暖起来。有一种观点认为，这是因为掌心发出了远红外线。不过我不知道这种观点是否已经得到科学的验证。"

"我觉得大师的境界比那还要高得多。"

"远红外线吗……"汤川沉着脸说，"但那不足以把人推出窗外。"

"感觉就像被什么东西追赶着一样。"摄影师田中突然开口道。

所有人都向他望去。

"什么意思？"汤川问。

"呃，那时的中上与其说是自己跳下去，感觉更像是被什么东西追赶着，一时冲动跳出窗外。发生火灾的时候，不是会有人跳窗吗？就是那种感觉。"

"火灾啊……"汤川低声自言自语，陷入了沉思，站在那里交抱着双臂，一动不动。

"那个……"里山奈美欲言又止。

汤川突然放下手臂，看向草薙。"你曾经说过，在审讯室接受连崎送念时没有任何感觉，对吧？"

"是的。当时他解释说，没有向他求救的人是无法接收他的意念的。"

"不，不是那样的。"里山奈美说，"我听大师提起过当时的事。他说只是做了做送念的样子，因为如此神圣的事不能在审讯室进行。"

"也就是说，这种仪式只能在这个房间进行。"汤川指着黑板上画的平面图。

"没错，只能在净化之间进行。"

"原来如此。"汤川点了点头，看着里山奈美，"果然有必要从科学的角度展开研究。能不能以《周刊 TRY》采访的名义，让我进行调查呢？"

"啊，那请务必帮忙。不过……"

"就这么定了。"汤川打了个响指，"测量仪器和工作人员由我来准备，反正有空闲时间的学生要多少有多少。"他眉飞色舞地说道。

"不，那个，那是……不行的。"里山奈美摆动双手。

"不行？什么不行？"

"就是不能从科学的角度调查。我们编辑部也有过这样的想法，但向苦爱会提出请求时，对方说不行。"

"为什么？"

"他们说这不是科学可以解释的东西。大师的力量直接作用于咨询者的心灵。就像科学无法解读人心一样，这种力量不是科学能测量的，试图去测量也是没有意义的。他们还说，如果有很多外人在场，就无法专注送念。刚才我说一直在寻找能够给出科学解释的人，就是因为没办法进行实际调查。"

听了她的解释，汤川沉下了脸。他坐到椅子上，再度陷入沉思。

8

奈美的手心在冒汗。可以这样做吗？在感到不安的同时，她也为意想不到的发展而兴奋不已。

今天她不是一个人来苦爱会的总部的，她身边还有汤川。

"虽说之前也有所耳闻，但没想到苦爱会还真是财大气粗，家具和摆设全是高级货。"汤川扫视着室内，悠闲地说道。

墙上挂着巨大的画作，架子上陈列着价值很高的陶瓷工艺品古董，桌子是大理石的，沙发是真皮的。奈美第一次来到这间会客室时也着实吃了一惊。

"听说都是别人送的。信徒们从大师那里得到了救赎，于是送来这些谢礼。"

"沙发和桌子也是吗？"

"家具应该不是。"

汤川站起身，走到陈列陶瓷工艺品的架子前，随意地拿起来把玩。奈美看得提心吊胆，生怕他失手打碎。

门开了，第一部长真岛走了进来。"让你们久等了。"他向奈美露出微笑，然后略带戒备地望向汤川。

汤川回到奈美身旁。

"真岛先生，我来介绍一下，这位是我们杂志社的主编。主编，这位是苦爱会的第一部长真岛先生。"

"敝姓横田。"说着，汤川递出名片。这是从真正的主编那里拿来的，但没有告诉他真实用途。如果真正的主编知道了实情，一定会很生气。

"谢谢诸位对敝社里山的关照。托诸位的福，这周的周刊也销售一空，在此我深表谢意。"汤川说得流畅自然，演技十分出色。

真岛眯起了眼睛。"我们其实没有做什么，就像对待其他信徒一样对待里山小姐。我们也很感谢她正确地报道苦爱会的情况。"

"承蒙您赞许，作为主编，我真是不胜欣喜。非常感谢。"汤川郑重地鞠了一躬。

"所以，"真岛看看奈美，又看看汤川，"二位今天前来，就是为了道谢吗？"

"不是的。"奈美开口道，"我带主编过来，也有私人原因。"

"怎么说？"

"我来解释一下吧。"汤川说，"最近我身体状况不佳，我为此很苦恼。总感觉身体沉重倦怠，头昏沉沉的，还有食欲不振、失眠的症状。我去看了医生，但医生说并没有发现异常。于是里山向我提议，不妨找大师看看。"

"是嘛，"真岛开口道，"所以是想接收大师的意念？"

"不行吗？"汤川问。

真岛摇了摇头。"没那回事。我们敞开接纳所有人，更何况还是里山小姐的上司，当然不能置之不理。请稍等，我去征询大师的意见。"说完，他走了出去。

奈美默默地等待真岛回来。汤川事先叮嘱过她尽量不要说多余的话，虽然没有明说，但应该是考虑到这里可能安了窃听器。

事情究竟会如何发展呢？奈美暗自思量着，又想起在帝都大学的对话。得知苦爱会不允许科学调查后，汤川提出，可以找个理由让他成为体验者。但就算找了理由，只要对方知道他是物理学家，一定会不悦。没想到汤川竟然提议冒充《周刊TRY》的主编。的确，如果是主编，和奈美一起来拜访苦爱会也不足为奇。

奈美犹豫了许久，最后还是同意了这个提议。虽然欺骗连崎让她心痛，但她更希望汤川解开连崎力量之谜。她感到自己不是纯粹的信徒，无法战胜作为记者的好奇心。

但她并不知道汤川打算做什么。今天汤川只带了一个小巧的公文包，她也没问里面装了什么。

不一会儿，真岛回来了。"我向大师禀报了。大师说既然是主编的请求，他会立刻接见。真是太好了。"

"感谢大师的盛情。"汤川站起身，鞠了一躬。

真岛带两人乘电梯上了五楼。铺着地毯的走廊尽头就是净化之间。

"请在这里稍等。"真岛打开拉门，伸手去拿汤川的公文包，"随身物品请交给我寄存。"

奈美吃了一惊，看向汤川。

"不用了，我自己拿着就好。"汤川说。

真岛摇了摇头，虽然脸上带着笑容，但目光锐利。"不必要的东西不得带入净化之间，这是规定，请您理解。"

汤川眨了眨眼睛。"无论如何都不能通融吗？"

"拜托了。"真岛微微鞠躬。

汤川沉默着思索片刻后，打开公文包，拿出一本薄薄的大学笔记本。"那么请至少让我留下这个，我想把大师的话记下来。"

真岛稍稍犹豫了一下，点了点头。"好吧。"

寄存了公文包后，汤川走进房间，奈美也紧随其后。

除了放在中央的坐垫，房间里空无一物，静悄悄的。窗户已经敞开。

"那就是苦爱之星吗？"汤川看着上座后面的墙上装饰的标志。

"是的。"奈美答道。

"很简洁的设计。咦，上面还用小字写了什么，去帮我看一下吧！"

"啊？我吗？"

"对。"汤川用眼神催促她快去。

奈美迟疑着爬到上座上。虽然只有几十厘米高，站在上面，却感觉比预想中更接近天花板，甚至可以俯视身材颀长的汤川。她不由得想，连崎一直都是这样俯视信徒的吗？

她看着苦爱之星。那是一面被切割成星星形状的镜子，上面并没有写字，只映出她的脸。

"什么也没写啊。"她说。

话音刚落，汤川就干脆地回答："是吗？那就算了。"

奈美心中暗想"什么嘛"，从上座走下来，随即就听到脚步声。她慌忙坐到墙边，看着汤川，用手指向坐垫，于是汤川也在坐垫上坐好。

前方的门开了，身穿白色作务衣的连崎走了进来。向奈美用眼神致意后，他看着汤川，登上上座，一如往常地向苦爱之星行了一礼，然后在中央盘腿坐下。

这时奈美发现，刚才那本大学笔记本已经竖立在上座的前侧，也就是连崎的正下方，从连崎的角度是看不到的。

"我已经听真岛说过了，"连崎开口道，"您因为健康方面的问题十分烦恼。"

"是啊，真是受够了。"汤川说，"希望您能出手相助。"

"好的。"连崎点点头，闭上了眼睛。他迅速将双手举到胸前，然后全身一颤，似乎有些吃惊。

"不太好。"他睁开眼睛说，"心灵积累了很多污秽。这样说可能有点儿失礼，不过您在到目前为止的人生中，似乎经历了许多事啊！"

"原来如此，是心灵的污秽吗？"汤川抚摩着胸口。

"您不必为此感到惭愧，秉持纯粹的内心生活并非易事。但如果对心灵的污秽置之不理，会很危险。污秽将逐渐侵蚀肉体，就好像思虑过重会导致胃痛一样。幸好您今天来到这里，再晚些日子就来不及了。"

"有这么糟糕吗？"汤川瞪大了眼睛。

"不用担心，我会为您清除心灵的污秽。只是可能要花上一点儿时间，毕竟多年来积累了很多污秽。对了，您已经决定入会了吗？"

"还没有，我想先体验一次。"

"原来是这样，"连崎微笑，"您还有所怀疑。"

"不不，绝对没这回事。"

"没关系，这是人之常情。那么，您先放松肩膀，全身保持放松，我现在向您送念。准备好了吗？"

看到汤川挺直脊背，连崎再次闭上眼睛，双手掌心对准汤川。

自从案发以来，奈美还是第一次看到他人接受送念。

汤川的脸色变了，奈美确信他感受到了。

连崎放下手，睁开眼睛。"感觉如何？"

汤川却摇了摇头。"怎么说呢，似乎感觉到了什么，但也可能是错觉。"

"是吗？那我再来一次。"连崎重复了一遍刚才的动作，汤川的身体后仰了些许。

"怎么样？"连崎微微一笑，仿佛在说"这次感受到了吧"。

但汤川还是一副疑惑的样子。"我还不是很确定，本来我就很难接受暗示。"

"暗示？"

"以前去采访有关催眠术的事的时候，也是只有我完全不受影响，让周围的人很困扰。"

连崎脸上的笑容消失了。他露出意外的神情，瞪着汤川。"您是横田先生吧？您恐怕有什么误会，我并不是在做暗示或催眠术之类的事，而是在直接地给予您力量。"

"是吗？那可能是我太迟钝了？"

"我明白了，这次我再加强力量，一定能让您感受到！"

连崎神情严肃地伸出双手，但并没有闭上眼睛，而是直视着汤川。

下一瞬间，汤川"哇"地大叫一声，向后倒去。他慌忙坐起来，表情有些僵硬。

"这次应该感觉到了吧？"连崎扬扬自得地问。

汤川连连点头。"感觉到了，确实……"

"这就是念力。通过刚才的送念，您心灵的污秽已经被清除了许多。怎么样，有没有觉得身体好些了？"

"您这么一说，还真有这种感觉。"

"是吧？只要坚持下去，一定能恢复健康。建议您立刻入会，持续来这里接受送念。"

"嗯，我会考虑的。"

"那就好，再会。"连崎站起身，离开了房间。

"您没事吧？"奈美问汤川。

汤川点点头，来到上座前，拿起竖立在那里的笔记本。他打开笔记本看了看，露出满意的笑容。

9

第二天上午九点多，草薙等警视厅的调查员和藤冈等人一起搜查了苦爱会的总部。道场里也有普通信徒，但他们只是不知所措，并没有抵抗。

激烈反抗的是干部们。为了阻止调查员上楼，他们停掉了电梯。第一部长真岛武雄和第二部长守屋肇还想封锁自己起居室所在的四楼的楼梯门。

千钧一发之际，草薙他们从门缝挤了过去，按照预定计划冲上五楼，根据事先准备的平面图，闯进净化之间及其隔壁的房间。

真名石本一雄的连崎至光和他的妻子佐代子都在净化之间隔壁。将两人带走后，草薙他们检查了墙边的书架，在不起眼的地方找到了金属配件，操作之后，发现书架会横向移动到一旁。

一个衣柜大小的机器隐藏在书架后面，有几条电线连接着放在地板上的另一台机器。那台机器安有边长三十厘米的方形电板，朝向墙壁的方向。

一切正如那家伙所料，草薙心想。

对机器的实验在室外进行。汤川和鉴定员一边交谈，一边进行各种测试，检验安全性。草薙他们在稍远处观望。

汤川走了过来。"好，开始吧。"

"为什么是我？"

"你不是要写报告吗？所以最好还是亲自体验一下。好了，快做好准备吧！"汤川指了指放在地上的坐垫。调查员和鉴定员窃笑起来。

草薙苦着脸脱下鞋子，坐到坐垫上。

汤川走到他身旁，递给他一张明信片大小、包着保鲜膜的纸。"把这个放到胸前的口袋里。"

按照汤川的话做了后，草薙挺直了脊背。"这样可以吗？"

"可以。做好心理准备了吧？"

"拜托手下留情，毕竟我是第一次体验啊！"草薙看着放在前方约两米处的方形电板。那是几天前从苦爱会扣押的机器。据汤川说，那是一种天线，跟它用电线连接的方形电板则是电源。

"没事的。首先是普通的送念模式，开始了哟！"说完，汤川按下电源开关。

"啊！"草薙忍不住叫了一声，他感到身体一下子热了起来。

"怎么样？"汤川问。

草薙点点头。"确实感觉到了，跟信徒们说的一样。"

"那么现在正式开始实验，这次可能会有点儿难受。"

"别吓我呀，在这种莫名其妙的机器面前——"正说到这里，草薙"哇"地叫了起来，因为身体忽然感到灼热，仿佛前方突然有火焰袭来一般。他无法继续坐着不动，向后滚去，但灼热感依然紧追不舍。他拼命地逃离。

突然，什么都感觉不到了，灼热感消失无踪。草薙看着身体，没有一点儿烫伤，他如坠五里雾中。

"好厉害，就像被大火包围了似的。"

"如果增加输出功率，还会感到更热。"

"别说傻话了，饶了我吧！"

"哎呀，真是厉害。"藤冈说，"草薙先生，您是不是有点儿夸张了？"

"怎么可能？您要是觉得是我演出来的，不妨也试试。"

"不了，我就免了。汤川老师，能请您再解释一遍机器的构造吗？听说和微波炉的原理一样。"

汤川点了点头。"它使用的是微波，通过高频率电磁波刺激人体内含有的水分。当水分子开始激烈运动时，身体就会感到发热。"

"这对人体有影响吗？"

"这台机器只能影响到皮肤下方数十微米，即使感到热，也不会留下灼伤。通过调整输出功率和通电时间，可以让人感受到不同的热度。美国已经利用这一原理开发出了不伤人的镇压暴动机器，叫作主动拒止系统。"

"居然利用这种东西骗取了新兴宗教的教主宝座。中上从窗户跳下去也是这台机器导致的吧？"

"当然。他感觉到前方仿佛有火焰袭来，才会条件反射地向后方逃跑，就像草薙刚才那样。摄影师说发生火灾时有人会从窗户跳出去，这句话给了我启发。送念的时候要打开窗户，是为了防止微波碰到窗户玻璃。万一玻璃表面有水滴，就会产生热量，有可能导致玻璃破裂。"

"原来如此，我完全明白了。草薙先生，非常感谢。回到警察局后，我会向上司报告。"

"请代我向刑事科长问好。"

"好的。"

藤冈带着部下离开了，草薙也站起身。

"给我看看刚才那张纸。"汤川说。

草薙从口袋里拿出包着保鲜膜的纸，一看纸张表面，不由得低呼出声。原本洁白的纸变得漆黑。"跟那时那张纸一样。"草薙说。

汤川和里山奈美一起去拜访苦爱会回来后，给草薙看了一张纸。那是张 A4 纸，一面已经变成黑色。

汤川说这是热敏纸，遇热会发生反应，变成黑色。他将这张纸用水浸湿，包上保鲜膜，夹在大学笔记本里，竖立在连崎坐的上座正下方。汤川察觉到苦爱会可能是在利用微波骗人，根据里山奈美的话推测出机器就隐藏在那里。如果有微波穿过，热敏纸里的水分就会被加热，表面变成黑色。

据汤川说，他放置笔记本时让里山奈美站在苦爱之星前，是因为看出那个标志是镜子做成的，进而发现那是一面单向镜，另一侧有人在监视。

草薙将上述信息向间宫报告后，这次对苦爱会的大规模搜查就展开了。调查员们毫不犹豫地直扑净化之间的隔壁房间，也是因为已经确切地知道机器隐藏的地方。

10

做完实验的一周后，草薙来到汤川的研究室。他是特地来道谢的。

"多亏有你帮忙，上司很满意。谢谢啦。"草薙将谢礼放到工作台上。这次他一狠心买了瓶唐·培里侬香槟王。"辖区警察局也很高兴，说下次再遇到不可思议的案子，还要来找我请教。我说了好几次揭开谜底的人不是我，他们就是不明白。"

"他们误会也没关系啊。不过很难以杀人罪起诉吧？虽说用微波照射了受害人，但受害人也不一定会跳楼。"

草薙皱起眉头，点了点头。"很遗憾，被你说中了。中上的案子最多以伤害致死定罪，不过那些家伙的罪行可不止这一桩，诈骗罪是明摆着的。搜查二科的人都干劲儿十足，一科也算是卖了个人情。"

"他们欺骗了那么多人，自然要受到相应的惩罚。干部们都知道微波的秘密吗？"

"不，从目前的调查情况来看，干部中知道的只有第一部长真岛和第二部长守屋。第三部长以下的其他干部只是怀疑有某种机关，并不清楚详情。还有人至今仍相信连崎的能力。"

"也就是说那些人都无罪喽。主谋是谁？真的是教主吗？"

草薙摇了摇头。"他不过是傀儡，受人利用而已。主谋是他的妻子佐代子，那女人是元凶。"

汤川瞪大了眼睛。"妻子？"

草薙撇了撇嘴，点点头。"是的。虽说是妻子，不过两人并没有办理结婚手续。那女人简直坏到了骨子里。如果没有遇到她，连崎也不会落到现在这个地步。"

草薙回想着在审讯室里审讯佐代子时的情形。跟初次见面的印象截然不同，她眼里没有丝毫感情，唇边挂着冷笑，之前看起来很朴素的脸变得妖冶出众，着装也很华丽考究，就像破茧而出的蝴蝶一般。

综合她的供述和从真岛、守屋口中了解的情况，苦爱会的真实情况已经基本明朗，具体情况如下。

佐代子曾经和别的男人结过婚，前夫经营一家在微波加热技术方面有点儿名气的镇工厂。

但佐代子并不爱她的丈夫，和他结婚完全是为了财产。实际上，工厂当时的经营状况很不错。

然而受长期不景气的经济影响，工厂的经营逐渐难以为继。佐代子厌倦了整日忙于家务、节衣缩食的生活，离家出走了。

之后她靠陪酒为生，但得知丈夫病逝的消息后，她立刻回到家中。因为两人没有离婚，她认为自己可以领到丈夫的保险金，也以为多少还剩一些遗产。

没想到在她离家出走期间，工厂的情况进一步恶化，不得不变卖了土地和厂房，只剩下少量现金和丈夫直到最后都在研究的莫名其妙的机器。

不知怎么办才好的佐代子找来了赌博时认识的真岛，他有门路把破产工厂的生产机器倒卖到东南亚国家。佐代子打算把丈夫留下的古怪机器卖掉换点儿钱。

但真岛看了佐代子丈夫留下的使用说明书后，马上死了心，认为"这机器卖不出去"。佐代子问他原因，他回答说因为它不是生产机器。

"既不是工作机器，也不是测量仪器，勉强可以算是保健产品。"

据真岛说，这台机器发出的微波可以促进人体的血液循环。试验证明，身体确实会发热。佐代子的亡夫是想利用微波来治疗血液循环障碍，已经着手准备申请专利。

但从留下的记录来看，这并没有医学上的根据。甚至还有人认为，微波之类的电磁波一般来说对身体有害。

于是他们开始琢磨利用这台机器赚上一票。如果宣称这是治疗癌症的新疗法，全国各地的病人应该都会蜂拥而至。

但这样的骗局很快就会被揭穿，他们觉得还是把机器隐藏起来比较好。只要选择合适的墙壁材质，微波就可以从隔壁房间穿墙而过。如果自己的身体无缘无故地热起来，无论是谁都会感到惊异吧，因此不妨将其炒作为某种超能力。

此时守屋加入进来，成了新同伙。和真岛一样，他也是佐代子的赌友。守屋靠装神弄鬼赚过一大笔钱，也了解取得宗教法人资格的流程，三人以佐代子为中心，拟定了周密的计划。在某地成立新兴宗教团体，以微波的机关作为吸引信徒的主要手段。问题是谁来当教主。他们自己不可能出面担任，因为一旦东窗事发，会难以推卸责任。

就在这时，佐代子遇到了石本一雄。石本挂着气功师的招牌给人治病，有人说疗效很好，也有人说毫无效用。

这个男人可以利用——第一次见到石本，佐代子就如此认定。石本长得不错，有种知性的气质，表演能力很强。最值得一提的是他自我陶醉的能力，佐代子不相信气功，石本却坚信自己的能力。

他并不是存心欺骗患者，因此说的话很有说服力，能令人信服。

佐代子开始接近石本。单身的石本没有多少和女人交往的经验，一经诱惑，很快上了钩，没多久就迷上了佐代子。

佐代子看准时机，向石本提议成立宗教团体。石本起初还在犹豫，但佐代子怂恿说"只有你有资格成为教主"，他就心动了。佐代子也将他介绍给了真岛和守屋。

就这样，新兴宗教团体苦爱会成立了。"苦爱"并没有特别的含义，只是将"苦"和"爱"两个字连起来而已。教主是石本，但团体的构建却是以佐代子为中心的。"心灵的污秽"这个概念、"送念"这个词都是她的创意，也是她想出连崎至光这个名字，并命令石本改名。她认为教主必须有一个具有领袖气质的名字。实际上，连崎是佐代子结婚前的姓氏，与前夫分居后，她就重新开始用原来的姓，所以真岛和守屋至今仍叫她"连崎"。

在郊外租了一栋小房子后，他们开始了行动。微波机器的威力超乎想象，只要召集众人，稍微表演一下，所有人都会相信石本，也就是连崎至光拥有超能力。

他们花钱雇人鼓吹送念的效果，后来真的有人声称因为送念而恢复了健康，这就是所谓的安慰剂效应。从那以后，一切都顺风顺水，他们制作的护身符、罐子等幸运物品，只要摆放到集会的地方，不论定价多昂贵都会被一抢而空。他们还雇了写手，以连崎的名义出版了五本书，每本都很畅销。

短短两年时间，苦爱会的总部就从独栋的小房子搬到五层楼的建筑，干部的人数也增加了。但他们并没有告诉这些干部微波机器的事，共享秘密的人越少越好——这也是佐代子的提议。

苦爱会顺利地增加了许多信徒，但最近开始遇到瓶颈。只靠口碑宣传，吸引到的人毕竟有限，因此他们迫切想要设法提高知名度。

就在这时，他们发现信徒当中流传着奇怪的小道消息，说有些干部将苦爱会资产据为己有。这显然指的是真岛和守屋。

真岛等人派出间谍追查散播小道消息的人。令他们吃惊的是，消息竟然是掌管财务的中上正和放出来的，而且他已经决心带着追随者一起投向对立宗教团体守护的光明。

愤怒的佐代子想出了一个大胆的计划。她要让中上领教连崎至光真正的力量，让他牢牢记住，苦爱会绝不容许背叛。通常送念时，会把微波的功率调到最小，但佐代子知道如果调到最大，会让人感到全身热得如同置身火海。

但他们没有打算杀死中上，更没想到他会跳楼。佐代子和真岛等人都这样坚称。

"他们的说法虽然有些牵强，但也很难推翻。"草薙说，"就像你说的，这种杀人手段不是万无一失的，实施时无法预料结果。而且微波的照射范围不大，只要闪到一旁就不会觉得热了，对吧？"

"你说得没错，"汤川点了点头，"只是，不知道送念实际上是微波的人，恐怕很难这么冷静地应对。"

"所以那不是单纯的威胁，而是从一开始就动了杀机，至少觉得中上死了也没关系。你要是见过那个女人，一定也会对这一点很笃定。而且那个女人的可怕之处在于，她甚至还利用杀人来宣传苦爱会。虽然她本人一口咬定只是巧合，但《周刊 TRY》的记者当时也在场，绝对是她事先安排好的。"

"操作机器的是那个女人吗？"

"是的。她躲在净化之间的隔壁，在被你识破的单向镜后面一边窥视现场情况，一边进行操作。"

"是嘛，不过从你的描述来看，她不像是个喜欢藏在幕后的女人。"

"她可不这么想，她认为自己是制片人。"

草薙的脑海里又浮现出佐代子的脸。

"真是有意思。"那个世上少见的恶毒女人恬不知耻地说，"那些人不管多么怀疑，只要一按开关就会立刻改变想法，轻易成为信徒。一切都在我们的掌控之中。不用开口他们就会主动布施，还很感谢我们。这让我深深体会到，人可真是单纯啊。"

她的语气里没有丝毫悲伤，大概是料定了自己不会以杀人罪遭到起诉。在杀害中上时，她可能也只是抱着游戏的心态。

佐代子甚至连诈骗罪都不承认，坚持说使用微波只是一种表演。"就像在教会弹管风琴、合唱圣歌一样，这只是为了振奋信徒情绪的演出，有什么不对？"她反唇相讥，表情里看不出任何负罪感。

"这女人真是厚颜无耻。教主大人情况如何呢？"汤川问，"他一下子沦为诈骗犯了。"

"在某种意义上，或许他才是最大的受害人。"草薙说。

被带到审讯室的石本看起来并没有意识到自己是诈骗团伙的一员，甚至对微波机器的骗局也不是很清楚。

"我听说那是辅助的机器，可以让我最大限度地发挥力量。实际上使用那台机器后，确实拯救了很多人，我也感觉和以往单独使用气功的时候相比，精神上有了无可比拟的进步。请转告佐代子，以后不用再借助机器了，我们两人可以从头开始。请把我的话转告她。"

调查员都认为他是在装傻，但仔细审问过后，又发现似乎并非如此。

"他是真的相信。他认为他的力量是真实的，真的救了很多信徒。所以案件发生时，他是真心实意地提出自首，因为他觉得自己确实杀了人，于是佐代子他们决定利用他的这种想法。如果教主自首，宣传效果必定更加显著，再说他们有恃无恐，认定不会被定罪。听看守说，石本在拘留所里一直在冥想，看上去不像是演出来的。"

听了草薙的话，汤川露出沉痛的表情，伸手推了推眼镜。"也就是说，被宗教团体迷惑的不只是信徒，教主受害更深。"

"没错。哦，对了——"草薙从口袋里取出一个信封，"这是姐姐托我转交的，说是给你的谢礼，感谢你阻止了她婆婆被苦爱会欺骗。"

"不用这么客气。里面是什么票券吗？"

"好像是，她说是入场券。"

汤川打开信封，取出一张门票，里面还附了一张便条。汤川看过后，眼镜后面的双眼顿时瞪大了。

"怎么了？"草薙问。

汤川把门票给草薙看。"全国占卜大会。"

"占卜？"

"便条上说：'这次谢谢您了。听说那里的占卜很准，请带女朋友一起去。'"

"那个蠢女人……抱歉，你丢掉吧。"

"那怎么行呢，不是说很准吗？我很感兴趣，就不客气地收下了。"汤川将门票放进白大褂口袋里。

第二章　透视

1

听草薙提议再去一家店，面无表情地啜着饭后茶的汤川眼睛微微一亮。

"我发现了一家不错的店，"草薙做出喝酒的动作，"准确地说，是家很有意思的店，无论如何都想带你去看看。"

"什么样的店？"

"你去了就知道了，挺值得期待的，店里全是漂亮女孩。"

汤川眉毛一动。"好吧，既然你这么坚持，去看看也无妨。"

"今天我请客，毕竟平常办案经常请你帮忙。你就不用客气了，走吧！"说完，草薙站起身。

那家店叫"竖琴"，位于银座一栋华丽大厦的七楼。从电梯出来，很快就到了店门口。一个全身黑衣的男人立刻上前问候，看来草薙来过多次，他已经有印象了。

"我帮二位保管外套。"黑衣男人说。

草薙将米色风衣交给了他，汤川则递给他一件看上去很高级的黑色皮大衣。

这家酒吧面积很大，有三十多张桌子，其中七成左右坐了客人。草薙他们被带到角落的一张桌子。

两人刚落座，草薙点的女招待玲华就过来了。她身材高挑，胸部饱满，凸显乳沟的长裙十分适合她。

"欢迎光临。"她行了一礼，坐在草薙旁边。

"这位是我大学时交的朋友，不过先不介绍名字了。"草薙对玲华说，然后转向汤川，"你也别自报家门。"

汤川露出惊讶的表情。"怎么回事？"

"很快你就知道了。——那女孩今天来了吧？"草薙问玲华。

玲华微微一笑。"小爱吗？她在，您要找她过来？"

"是的，拜托了。"

玲华叫来黑衣男人，向他耳语几句。汤川疑惑地看着他们。

"你不相信超能力，对吧？"草薙说。

"不是不相信，是没有足够的证据让我相信。"

"别绕圈子了。有个人我想让你见见。"

不久，一个身穿和服、身材娇小的女孩过来了。她的脸很小，显得水灵灵的双眼更大了。

"晚上好。"她打了个招呼。

"啊，小爱，你来得正好，就坐在他旁边吧。"

她在汤川身旁坐下，自我介绍道："您好，我是小爱。"

汤川不解地看着草薙。

"我想让你见的就是她。——小爱，那个就拜托了。"

"好。"小爱应了一声，转向汤川，"您带名片了吗？"

"名片？带了。"汤川把手伸进西装的内侧口袋。

"请先不要拿出来。"小爱摆摆手制止，打开放在腿上的抽绳袋，从里面拿出一个有光泽的黑色小信封，放在汤川面前。

"请您把名片放到信封里，注意不要被我看到。"

"这里吗？"汤川拿起信封。

"麻烦您了，放好后告诉我。"她把脸转到另一边，用手遮住眼睛。

汤川惊讶地望向草薙。

"你就照她说的做。"

汤川一脸疑惑，把名片放进信封。"我放好了。"

小爱转过脸。"这个借我一下。"她从汤川手上接过信封，看着对面的玲华，"玲华，可以借用你傲人的胸部吗？"

"可以啊，只要你用得上。"玲华用力挺起胸。

"失礼了。"说完，小爱把信封塞进玲华的胸口。

"这到底是在干什么？"汤川有些不满地问。

"别急，马上就有好戏看了。"草薙说。

小爱再次打开抽绳袋，这次取出了一串念珠。她把念珠戴到手腕上，然后双手合十。

"现在开始了，请二位注意看玲华的胸口。"

汤川的目光开始游移，草薙忍不住笑了起来。

"不用客气，现在可以光明正大地欣赏美妙的乳沟。我也要好好看看。"

"哎呀，草薙先生的视线太火热了。"玲华笑着说。

"好。"小爱抬起头，"我看到了。"

"看到了？看到什么了？"汤川问。

小爱没有回答，从玲华的胸口收回信封，递给汤川。

"请拿出名片，放回原处。"说完，她再次转过头，伸手遮住眼睛。

汤川耸了耸肩，将名片放回口袋。"放好了。"

小爱回过头，向他一笑。"幸会，汤川先生。"

物理学家顿时瞪大了双眼，嘴半张着。草薙见状，一拍桌子："漂亮！真是杰作，连汤川都大吃一惊。来，干杯！"他举起装着兑水酒的酒杯。

汤川却没去拿酒杯。"你怎么知道的？"

"这个嘛……"小爱歪着头，意味深长地笑了笑。

"怎么知道的？喂，思考这个问题不正是你的工作吗？我先讲清楚，我可不是共犯。不论是你的名字，还是今晚要带你过来的事，我都没告诉这家店的任何人。"

听草薙这样挑衅，汤川也只是皱起眉头，没有回答。不知是想到了什么，他开始凝视玲华的胸前。

"这里没有机关。"玲华伸手挡住胸口。

"啊，抱歉。"汤川急忙移开视线。草薙很少见到朋友这么慌乱。

"其实我不光能透视，还可以看到一个人的过去。"小爱说。

"过去？"汤川的表情更加不安了，"怎么看？"

"比如说，"小爱说着，将手放到汤川的肩头，闭上眼睛，"您今天来时穿了大衣。黑色的皮大衣……是意大利货吧？"说完，她睁开眼睛，露出微笑，仿佛在问"怎么样"。

"啊，这也很精彩！"草薙在一旁说道。

汤川的表情几乎可以用沉痛来形容。他陷入了沉思，过了一会儿，想到了什么似的抬起头。

"原来是大衣啊。"他打开上衣前襟，指着内侧，"我的大衣内侧绣着我的姓，你来这边之前去看过。"

"叮咚，"小爱轻轻晃着食指，"答对了。"

汤川呼出一口气，终于拿起了酒杯。"原来是这么回事，我完全被骗了。"

"很简单的手法，对不起。"小爱低头道歉。

"哪里，越是简单的诡计，越容易让人上当，等到得知了谜底，才感叹原来不过如此。科学的世界也一样，越是乍一看很复杂的问题，往往结构越是简单。过去有不少这样的例子，因为研究者的脑筋不活络，将问题复杂化了。比如说……"

汤川习惯性地开始了科学讲解。解开透视之谜后，他看起来放松了很多。看着朋友的样子，草薙不禁窃笑，心想带他过来果然是对的。

两人喝了一个小时左右的酒，决定离开。

"真的不用跟我客气。"草薙制止了不安的汤川，坚持买了单。

玲华和小爱将他们送到门口，从黑衣男人手上接过外套，准备帮他们穿上。

"不用了，我自己来。"汤川从小爱手中接过黑色大衣，穿到身上。

小爱上前一步。"汤川先生，可以问您一个问题吗？"

"可以啊。"

"您的名字是念作'manabu'，而不是'gaku'吧？"

"嗯，是的……"汤川猛地吃了一惊，掀开大衣。内侧只绣着"汤川"这个姓。

物理学家的脸色有些发白，他不记得在酒吧里提到过自己的全名"汤川学"。

"这真是杰作，我还是第一次看到你露出这种表情。"草薙忍不住兴奋起来。

小爱略带恶作剧般地一笑。"期待您再次光临，帝都大学的汤川副教授。"说完她鞠了一躬。不用说,汤川并没有表明过身份。

汤川怔怔地站在那里。

2

草薙再次见到相本美香,是在带汤川到银座酒吧竖琴的四个月后。不过刚刚看到她时,草薙没有认出来,因为在那以后他再也没有去过那家店,更何况相本美香已经面目全非。

尸体是在荒川沿岸的草丛中被发现的。附近就是扇大桥,上方是首都高速的中央环状线,一个前公司职员在晨跑时发现了尸体。

死者身着黑色连衣裙和灰色短外套,从盘起的头发和妆容来看,草薙推测死者从事的应该是陪酒工作。普通女白领不会做花哨的指甲彩绘,也不会戴卡地亚手表。

现场没有找到皮包、钱包或其他可以用来辨认死者身份的物品,应该是被凶手拿走了。

死者脖子上有勒痕,死因明显是他杀,而且是扼杀,也就是说,不是被绳索勒死,而是被人用手掐死。

尸体已经被送去做司法解剖,在此之前,鉴定员拍了几张照片,其中有一张面部特写。草薙在辖区警察局看到那张照片时,才认出了死者的身份。

"女招待?你常去的店吗?"间宫看看照片,又看看草薙。

"也没有常去,只去过几次。那家店叫竖琴,我觉得死者是一个在那里上班的叫小爱的女孩。"

"原来晚上出去玩乐也有派上用场的时候啊。好吧,你去确认一下。"

"好的。"

草薙打了玲华的手机，本以为她可能还在睡觉，没想到很快就接通了。因为之前草薙从来没有给她打过电话，她似乎很意外。

草薙问她小爱的联系方式，她难掩惊讶地"咦"了一声。"草薙先生，您喜欢小爱吗？我一点儿都没看出来。"

"不是这样，是为了公事。"

草薙之前提到自己的职业时，只说是地方公务员，在竖琴里用的名片也只印了这样的内容，因此当他告知玲华是警察办案需要时，玲华的声音顿时高了八度："不会吧？下次请给我看警察证。"

"有机会的话当然可以。你先告诉我小爱的联系方式吧，另外，我还想知道她的住址。"

"我只知道她的手机号码。至于住址，经理应该知道，要不我把经理的手机号码告诉您？"

"好啊。"

报出两人的手机号码后，玲华问："发生什么事了？小爱怎么了？"她似乎终于意识到了事态的严重性。

"昨晚她上班了吗？"

"嗯，来了。"

"你有没有跟她坐在同一张桌子？"

"有啊，下班后我们还一起出去吃饭了。"

"好。"草薙答道，"回头见，我恐怕得去店里一趟。"

"啊，是吗？恭候光临。"玲华的声音顿时热情起来。

"你不需要用工作时的语气说话，我不是去喝酒的。"说完，草薙挂了电话。

几个小时后，草薙坐到了竖琴的吧台前。因为刚开门不久，店里还没有别的客人。

"我完全没有头绪。昨天她和平常一样，很有活力。"戴着黑框眼镜的经理不住眨眼，似乎还无法相信发生了命案。

死者已经确认是小爱——相本美香。她的手机打不通，家里电话无人接听。警方用从她的几件私人物品上提取到的指纹进行了比对，证实死者正是她本人。

"她有交往的男朋友吗？"草薙问。

"嗯……"经理沉吟，"应该没有吧，我没听说过。"

"她有没有什么烦恼，比如被讨厌的客人纠缠之类的？"

"如果有这种烦恼，她应该会跟我说……"

经理表示，小爱是三年前到酒吧上班的，来银座之前在六本木工作过。虽然有几个为她捧场的客人，但没听说她和哪个人有深入的交往，她和同事的关系也很融洽。

草薙忽然想起一件事。"她会表演有趣的节目，对吧？那个透视魔术是她自己想出来的吗？"

经理点了点头。"是的。来我们酒吧后，她时不时会露一手，很多客人觉得新奇有趣，我们也很高兴……"

"她擅长各种魔术吗？"

"不，该怎么说呢，她只表演过透视，我没见过她表演其他魔术。"

"您肯定知道那个魔术的奥秘吧？"

"我吗？不，"经理摆了摆手，"我不知道。我几次请求小爱告诉我，但她说那是重要的营销手段，无论如何不能透露。我看应该没有人知道。那个魔术和命案有关系吗？"

"不，"这次轮到草薙摆手，"只是有点儿在意，随口问问。"

"这样啊。那个魔术确实很神奇。前几天她还展示了新手法。"

"新手法？"

"她不是一直透视名片吗？但那天她透视了客人的包，包里放的东西被她一一说中，客人已经不只是惊讶，简直是惊恐了。"

这也难怪，草薙心想。到底是什么机关呢？已经无法从她本人口中得知答案了，真是遗憾。

他也向玲华了解情况。玲华从一开始就两眼通红，看来得知小爱殒命后哭了一场。

"感觉像在做噩梦一样。"玲华说，"她昨天还干劲儿十足，特别有精神。因为没有第一次来的客人，没机会表演魔术，但她像平常那样开朗地聊天……我实在无法相信。"

"你们下班后一起出去吃饭了？"

"是的，和两个常客一起去的。有家烤肉店营业到很晚，客人带我们去了那里。"

在烤肉店也没有发生纠纷，吃饭时的气氛一直很和谐。他们离开是在凌晨三点半左右，和小爱顺路的客人叫了出租车送她回家。

"这家店里和她关系最亲密的人是谁？是你吗？"

"我想是吧……"玲华的语气有点儿不自信，可能是为自己无法提供关于命案的线索而感到懊恼。

草薙问到小爱的异性关系时，玲华回答说，小爱应该没有男朋友。

"不过她有时会和高中同学见面。"

"高中同学？是男生吗？"

"对。不过小爱说不是恋人，只是普通朋友。"

"你知道那个人的名字吗？"

"对不起，细节就不清楚了……"玲华一脸歉意。

草薙也问了她是否知道那个透视魔术的奥秘。

"我不知道。只有这件事，小爱是不会告诉任何人的。"玲华的说法和经理相同。

"听说她最近还透视了包？"

"是啊，是在陪西畑先生来店里的时候。我也看到了，吓了一跳。"

"西畑先生？"

"我们店的客人，那天和小爱一起看了电影、吃了晚饭后过来的。"

"又看电影又吃饭？简直像是在约会。他和小爱是什么关系？"

听了草薙的问题，玲华微微苦笑着摇了摇头。"我想没有任何关系。好像是小爱约他去看电影的，但我想这并不是因为她喜欢西畑先生。只要肯陪她看电影，不论是谁都可以，她也经常约其他客人去看电影。她说过最近迷上了看电影。"

"电影吗……"

"她是个好女孩，只是有时候弄不懂她在想什么。这一点您应该也是知道的。"

"嗯，是啊。"

"没准她真的拥有某种不可思议的力量。您怎么看？"

"谁知道呢……"草薙沉吟。

草薙刚从银座回到警察局，间宫见到他立刻说："你来得正好，受害人的父母刚到，正在会客室里等着呢，你去了解一下情况。"

"好的。"

"对了，高级酒吧那边怎么样，有什么收获吗？"

"不，没有什么特别的发现……"草薙思索着。

"既然从事女招待的工作，总有一两起跟男人的纠葛吧？"

"这么大声说这种话，当心被人投诉说这是职业歧视导致的偏见啊。您那里情况如何，发现什么线索了吗？"

间宫立刻皱起眉头。"目前还没找到凶手遗留的物品，也没找到目击者。鉴定员也没提供有价值的信息。"他叹了口气，把资料丢到桌上。资料里附有一张受害人的脚的照片。

"那是什么？"

"脚趾间夹了像是烟叶的东西。这也没什么稀奇的，酒吧里吸烟的客人很多，她自己可能也吸烟，也许是烟蒂里的烟叶不小心沾到了脚上。因为只有几毫米大小，走路时也不会感到不舒服。"

间宫的话很有道理，但草薙一时无法对他的看法表示赞同，总觉得有什么地方不对劲儿。

不久，他明白这是为什么了，抬头看着上司。

"怎么了？"间宫问。

"她穿的不是和服吗？"

"和服？"

"她们在店里更常穿的是和服，而不是连衣裙。稍等，我确认一下。"

草薙拿出手机给竖琴打电话，找到玲华。一问得知，相本美香昨晚穿的果然是和服，但在离开酒吧前，她在更衣室换上了连衣裙。

挂断电话后，草薙将这一情况告诉了间宫，间宫却一副"那又怎样"的样子。

"穿和服的话，脚会被和服遮住，而且还会穿日式短袜，怎么可能沾到烟叶呢？"

间宫张大了嘴，仿佛在说："噢！"

"那是什么时候沾到的呢？"

"她下班后出去吃了饭，有可能是在那家店里沾到的。但如果不是……"草薙竖起食指，"受害人是被掐死的，她应该抵抗过，很可能在搏斗中鞋子掉了，就在那时脚沾上了掉在地上的烟叶。"

"也就是说，凶手在弃尸时，直接给她穿上了鞋子？"

"这个假设是不是有些牵强？"

"不，有这种可能。总之先请鉴定员确认香烟的牌子吧。"

"吸烟的人也不一定是凶手，而且如果是常见的牌子，就无法作为线索了。"期待过高是办案大忌，草薙提醒了一句后，走向会客室。

在会客室等待他的，是一个身穿褐色西装、六十多岁的瘦弱男人，还有一个身穿白色衬衫、套着紫色开襟毛衣的女人。在场的辖区警察局刑警介绍说，他们是相本美香的父母。草薙不禁有些困惑，父亲倒也罢了，母亲未免太年轻了些。她最多也就四十岁左右，打扮入时，长相也很端正。

相本的父亲名叫胜茂，经营一家蔬果店，皮肤晒得黝黑。草薙照例向他表示哀悼，没等草薙说完，他就问："这是怎么回事？到底发生了什么事？"

"详细情况现在还不清楚，"草薙坐直身体回答，"因为调查才刚刚开始。目前只知道令千金是被人杀害的，所以想向二位请教一些问题。二位最近和美香小姐交流过吗？"

听到这个问题，相本夫妇尴尬地对视了一眼。

"你们不常联系吗？"草薙扫视着两人。

胜茂胆怯地开口了："偶尔……一年也就一两次吧，都是我打电话过去，问她在做什么、什么时候回家之类的。最后一次通话是在去年年底。"

那是半年多以前的事了，通话的内容应该与这起命案无关。

"听说二位住在长野县长野市。美香小姐回家探过亲吗？"

胜茂摇了摇头，无力地说："美香高中毕业后，就没再回来过了。"

胜茂说美香从当地高中毕业后，表示想从事演艺相关的工作，于是去了东京，从此就再也没回去过。她说不需要给她寄生活费，所以他们从来没有给她寄过钱。

草薙告诉他们，美香生前在银座的酒吧上班，之前是在六本木的夜总会上班。

"果然是这样。"胜茂深深地叹息了一声，身旁的妻子惠里子垂着头，一副深受打击的模样。

"夫人，您也不知道令千金陪酒的事吗？"慎重起见，草薙问道。

"我……自从美香离开家后，我们一次也没说过话。"惠里子低着头答道。

"一次也没有？"

"呃，那个，"胜茂插话，"惠里子是美香的继母，不是生母。"

"哦，原来是这样。"

"对不起，没有早点儿告诉您。"

"没事。"草薙摆了摆手，心想难怪他妻子这么年轻。

他们对美香在东京的生活几乎一无所知，自然也无法提供任何与案件有关的线索。胜茂甚至问草薙，她是不是被可疑的男人骗了。

"据说美香小姐的朋友当中，有一个是她的高中同学，二位知道吗？应该是一名男性。"

"这个……"胜茂半张着嘴，茫然地歪着头。

这时惠里子抬起了头。"那个人多半是藤泽。"她的声音很轻，语气却很坚定。

"藤泽……您知道他的联系方式吗？"

"我知道他家的电话。他和美香参加过同一个社团，家里应该有社团的名册。"

"可以麻烦您查到后告诉我吗？"

"好的。"

"拜托了。"草薙道了谢，心想这女人虽然是继母，说不定倒会比父亲发挥更大的作用。

3

发现尸体的第二天，草薙和几个调查员再次前去调查相本美香的住处，调查的主要目的是查明她的人际关系。

相本美香的住处是宽敞的一室一厅，墙边有一排落地衣架，上面挂满了衣服。首饰和皮包的数量也十分可观，壁橱架子上大部分空间都被这类东西占据了。

她似乎也很喜欢读书，家里有一个小巧的书架，上面码放着草薙无法从书名推测内容的书。

"喂，内海。"草薙叫着后辈女刑警，"你知道冷读术吗？"

"冷……什么？"内海薰走了过来。

"就是这个。"草薙指着书架，那里有一本叫《冷读术的奥秘》的书。

"啊，我好像在哪里读到过关于这个的内容，"内海薰皱起眉头，"记得讲的是魔术或者某种骗术。"

"魔术？真的吗？"草薙顿时来了精神。

"还是催眠术来着？"

"喂，到底是什么啊？"

"反正就是关于奇妙的技巧的书。"

"是吗？好，先把它带回去。"草薙把那本书放进旁边的纸板箱。

"我也正想找您，您觉得这是什么？"内海薰拿出一张照片。

照片几乎完全是黑色的，但隐约可以看出上面有字，似乎是在黑暗中拍下了写有字的纸。

"第一个字是'我'吧？第二个字是'会'？后面看不清楚。这个字是'远'，这个字是'着'吗……这是什么？你在哪儿找到的？"

"在床边的架子上，我觉得也许是很重要的东西。"

"这个吗？"

"怎么处理？"

草薙稍稍思索，答道："只要是有疑问的东西，全部带回去。"

"被杀了？那个女人吗？"汤川拿着装着速溶咖啡的马克杯，听到后不由得僵住了，"为什么会……"他低语，将杯子放到桌上。

"动机不明，凶手是谁也没有头绪。"草薙喝着咖啡讲述尸体被发现时的情况。

今天他借走访调查之便，来到帝都大学物理系第十三研究室。

"我已经向她下班后和她一起去烤肉店的客人了解情况，相本美香——小爱确实是在公寓前下的车。有出租车公司的发票为证，也向司机核实过了，司机说她的确是在那里下的车。"

"也就是说，是下车后出的事。"

"她的公寓附近都是小路，行人很少，深夜时分更是如此。她很可能是在目送出租车离开后，正要进入公寓时被袭击或被劫持的。从公寓到发现尸体的地方直线距离约五公里，凶手一定开了车。"

"原来如此。问题是凶手是不是熟人……"

"我推测是熟人。"草薙肯定地说。

汤川挑起一边眉毛。"证据呢？"

"受害人没有遭到性侵，凶手的目的不是强奸。"

"她的手提包不是被拿走了吗？"

"这不是普通的抢劫。她还戴着卡地亚手表，那只表价格不下两百万日元。凶手如果是冲着财物去的，不可能会放过那只表。但如果是随机杀人，就没有理由拿走手提包。"

"我明白了。"汤川点了点头，伸手拿起马克杯。

"凶手应该是把车停在路上，等着她回家，而且等了好几个小时。正常情况下，应该会有目击证人……"

"没有吗？"

草薙皱起眉头。"毕竟都那么晚了，听说当时公寓周围一片寂静。"

汤川耸了耸肩。"你刚才说过，从烤肉店出来时是凌晨三点半吧？没有人也难怪。"

"如果是熟人作案，嫌疑最大的就是竖琴的客人。因为凡是送她回过家的人都知道公寓的地点。基于这种想法，我重点调查了在她下班后和她一起出去吃过饭的客人，但一无收获，因为她人气不高。"

"人气不高？可是她有那样的特长啊……"汤川瞪大了眼睛，似乎有些意外。

"不，在那种意义上，她是很受欢迎的——我是指她能让气氛活跃起来。但作为女人，她人气低迷，简单来说就是没多少异性缘，听说几乎没有客人对她着迷。"

"唔，"汤川哼了一声，"我觉得她有种少女般的气质。"

"问题就在这里。虽然她很可爱，但长相太稚气，身材又很纤细，简直像个洋娃娃。有趣的是，其他女招待都夸她可爱，可见她这种样貌很受女人喜欢。可是男人不一样，男人喜欢的是更平凡也更低俗的脸。"

"那只是你的喜好吧？"

"我是多数派。她很难凭借女性魅力吸引客人，正因如此，她才学了那项技能。没想到女招待的工作也这么辛苦。总之，不论怎么调查她的人际关系，都没能发现任何有关恋爱的传闻。我就想不通了，难道凶手不在客人当中？"

"女招待和客人之间并不是只有风流韵事，金钱方面的纠纷也很常见。"

"确实有这种情况，比如她们不得不替指名自己的客人还欠账。但拿提成的人才会遇到这种情况，而小爱并不是。她也没有被卷入过其他金钱方面的纠纷，每个人对她的评价都很好——开朗活泼、好奇心旺盛、话题丰富、喜欢给别人带来快乐。看起来，之所以没有人说她坏话，也并不只是因为大家对被杀害的她抱有同情。"

"确实是个令人愉快的女人，"汤川露出怀念的眼神，"真想再看一次那个透视魔术。"

"连你也没有看出其中的奥秘吗？"

汤川皱起眉头。"被她摆了一道，我的确很懊恼。"

"摆了一道？"

"她提到大衣的事，我推测她应该看到了大衣内侧绣的字，那时她干脆地承认了，我觉得这件事已经解决，之后就没再多想。离开时才知道我的推理是错的，可是已经晚了，我已经忘了她表演的细节。"

"大家都被她那一招骗了，我也上了当。"

听了草薙的话，汤川不快地撇了撇嘴，或许是想说"别把我跟你这种理科白痴相提并论"。

"后来我检查了大衣的口袋，里面没有任何写着我名字的东西。但她不仅说中了名字，连我的头衔都说中了。只有一种可能，就是她偷看了名片。她会魔术吗？"

"从目前的调查情况来看，没有证据表明她会魔术。不过在她家里找到了一本有趣的书，我猜其中可能有透视的真相。"

汤川眼镜后面的眼睛一亮。"什么书？"

"嗯……"草薙翻开记事本，"书名是《冷读术的奥秘》。我没看过内容，不过冷读术不就是洞察别人心理的方法吗？"

汤川惊讶地皱紧了眉头。"冷读术？那应该和透视没有关系。"

"为什么？"

"你刚才说，那是一种洞察别人心理的方法，但实际上那种东西并不存在。确切地说，冷读术是一种让人感觉心思被看透的话术，是占卜师常用的手法。比如突然问咨询者：'你是在为人际关系烦恼吧？'因为人的烦恼几乎都来自人际关系，咨询者就会觉得占卜师说中了自己的心思。占卜师接着再问一些对任何人都适用的暧昧问题，同时观察对方的反应，从中获取信息，再根据信息将问题具体化，最后咨询者就会觉得自己完全被看透了——这就是冷读术。"

草薙盯着侃侃而谈的汤川，心里不禁奇怪：他是什么时候得知这种偏门知识的？

"你的意思是，那和透视没关系？"

"没有关系。"汤川不假思索地回答，"即使可以用冷读术推测出我的想法，也无法说中我的名字。况且那时我和她没说几句话。"

的确如此，草薙不得不点头。

"那个透视魔术的手法不是利用心理盲点之类的。不过信息太少了，如果还有其他线索就好了，比如，她只能偷看名片吗？"汤川自言自语般小声说道。

"不，不光名片，她还可以透视包。"

"包？"

草薙告诉他，相本美香还通过透视逐一说出了客人包里的东西。

"是什么样的包，纸袋吗？"

"我就知道你会问，所以和那个客人见面时，我拍了包的照片。"草薙拿出手机。

客人名叫西畑卓治，是一家印刷公司的会计部长。他大约五十六七岁，脸很大，肩膀因此显得很窄。他挺着与年纪相称的突出的肚子，头发有些稀疏，前额的头发微卷，紧贴着额头。

草薙问起和相本美香一起去看电影的事时，西畑显得很慌乱。"我送她回过几次家，但一起去看电影就只有那一次。之前在店里聊天的时候，我们聊电影聊得很投机，于是约好下次一起去看电影。无论问谁都可以，我和她之间绝对没有任何暧昧。老实说，我不是很想去，当时只是在酒劲儿之下随口答应她了而已。况且如果吃饭前要看电影，就得早早从公司溜走。"

　　西畑想不出有关命案的线索，那天晚上他一个人在家。他似乎也没有车。

　　"我刚才说了，那是我第一次也是最后一次和她一起外出。我们没有聊过私人的话题，我连她的真名都不知道。"他极力强调道。听起来他不想跟这起案件扯上关系。

　　最后草薙问起透视包的魔术，西畑说："真令人吃惊。她像平常一样拿出念珠，像这样双手合十，闭上眼睛。然后，包里的面巾纸、记事本、眼镜盒都被她——说中了。这当中应该有某种手法，但我看不透。"

　　西畑拿给草薙看的是一个普通公文包，是个褐色皮包，上面有一条拉链。

　　"透视这个包需要用 X 光装置，就是机场里用来安检的那种仪器。"汤川看着手机上的画面说。

　　"你觉得竖琴里会有那种东西吗？"

　　"应该不可能吧。"

　　"你有空时研究一下吧，虽然不知道和案件有没有关系。"草薙收起手机，把空了的马克杯放到工作台上，"打扰了，如果有关于透视魔术的发现就通知我。"

4

藤泽智久在龟户一家大型购物中心里的宠物店上班，店铺的同一层有家同时经营着西点生意的咖啡店，草薙决定在那里向他了解情况。他的联系方式是相本惠里子告诉草薙的。

藤泽是个仍有几分少年气息、朴实寡言的年轻人。他身材瘦削，个子很高，双肩向下倾斜，留着一头当下年轻人很少留的黑发。

他知道这起命案，据说通过网络保持联系的同学们都议论纷纷。

"真是难以置信。上周我们还有邮件往来，我和她讨论我女朋友的事，她回复了我。她真的是个很好的人，到底是谁做了那么残忍的事……"藤泽说着咬住了嘴唇。

"听说你们参加过同一个社团？是什么运动项目？"草薙问。

藤泽微微一笑，摇了摇头。"不是运动社团，是生物社。"

"生物？这样啊……所以你现在在宠物店上班。"

藤泽尴尬地挠了挠头。"其实我原本想当兽医，但没考上兽医专业，最后进了完全不沾边的商学院。我从学生时代就在这家宠物店打工，毕业后就直接留下来上班了。其实我还不是正式员工。"

"原来你这么喜欢动物啊。"

"反正在哪里上班薪水都很微薄，倒不如与猫狗为伴开心。"他的话里透着达观，大概是经历过求职的辛酸。

"相本小姐也喜欢动物吗？"

"对。不过她有点儿不一样，虽然也喜欢猫狗，但她对其他动物更感兴趣。"

"其他动物？"

"就是鼯鼠。她说她是因为想详细了解鼯鼠才加入生物社的。"

"鼯鼠是……"草薙一时想不起来。

"一种像松鼠一样可爱，在树林中飞来飞去的动物。她说小时候有一只鼯鼠误入家里的仓库，她养了一段时间。社团准备调查县里动植物的生态时，她对鼯鼠以外的生物完全不感兴趣。不过社团里只有她一个女生，所以大家也都没什么意见。"说到这里，藤泽深深叹了口气，用指尖擦了擦眼角，看来是想起了往事，悲伤又涌上心头。

"来东京后，你们也经常见面吗？"

"算不上经常，两三个月一次吧。都是相本来店里玩，看看小猫小狗，讲讲她的近况。"

"你们会一起去吃饭或是喝酒吗？"

"您是指我们两人单独出去吗？"

"是的。"

藤泽露出一抹扫兴的笑意。"我们以前就经常被误会，但我和相本从来都不是那种关系，真的只是朋友。刚才我也说了，我有正在交往的女朋友。不过和相本在一起时，感觉就像回到了过去，非常愉快，这倒是事实。虽然打扮得花哨了，但她一点儿都没变，还是那么开朗、快乐、喜欢恶作剧。当我为不习惯东京的生活而烦恼时，她总是鼓励我说，没关系，东京有很多从小地方来的人，我们一定可以过得很好。"

草薙也觉得这句话很鼓励人，或许相本美香也是这样鼓励自己的。

"相本小姐有没有男朋友？"

"不清楚，应该没有。如果交了男朋友，她会告诉我的。"

草薙点了点头，用圆珠笔尖轻敲记事本。藤泽提供的这些信息没有记录下来的价值。

"请问，"藤泽开口了，"相本的父母来东京了吗？"

"父母？嗯，发现尸体的当天晚上就来了。"

"是吗……"藤泽似乎想说什么。

"相本小姐的父母怎么了？"

"不，那个……"藤泽挠了挠眉梢，"相本高中毕业后，一次也没有回过老家。"

"好像是这样，她父母也这么说。"

"您觉得是因为什么？"

"不知道，是不想让家人发现自己在当女招待吗？"

藤泽摇了摇头。"不是。相本高中毕业前就和父母关系不好，她决定来东京，并不是因为想当艺人，纯粹只是想离开父母。"

藤泽笃定的语气引发了草薙的兴趣。"可以麻烦你说得详细一点儿吗？"

藤泽喝了口杯子里的水，重新坐好。"相本上小学时，妈妈因为交通事故过世了。她很爱妈妈，一直很珍惜妈妈给她织的毛线手套，尽管已经小得戴不上了，还是每天放在口袋里。她也很担心爸爸，常说要替妈妈照顾好他。她好像经常做饭，因为社团活动要晚回家时，也总是记挂晚饭的问题。"

"真是个坚强的女孩。"草薙说着，拿起咖啡杯，但他完全不清楚藤泽想说明什么。

"相本似乎深信她和爸爸会一直相依为命，还说过她也许不会结婚。可是就在她快上高二的时候，她爸爸昏了头。"

"昏了头？"

"他爱上了一个女人。相本很不屑地说，都这把年纪了，还陷入恋情无法自拔。"

"那个人是……"

"相本现在的继母。听说她以前做的是女招待的工作。"

草薙不由得向后一仰。"这样吗？"难怪她打扮得那么时髦。

"她爸爸一到晚上就出门，回到家时总是喝得醉醺醺的，相本说她当时就感到奇怪。后来有一天，她爸爸说想让她见一个人，把那个人介绍给了她，还当场告诉她打算再婚，她似乎很受打击。"

想象着当时的状况，草薙觉得可以理解相本美香的心情。"所以她和父母不和？"

"不，"藤泽歪着头，舔了舔嘴唇，"起初还没到那个地步。相本虽然反对再婚，但也说过那是她爸爸的人生，她也没办法。不过她还说她会尽量不和那个女人见面。但一起生活了一段时间后，发生了一件起决定性作用的事。"

"什么事？"

"那个人……她爸爸的新妻子不小心把手套丢掉了，就是相本的妈妈留给她的手套。"

"啊！"草薙张大了嘴，"的确很糟糕。"

"她爸爸的新妻子说是不小心丢掉的，但相本不相信。她很生气，哭着说绝对是故意的，因为她不喜欢那个女人，所以那个女人故意整她。从那以后，她就开始叛逆了。"

"叛逆……"

"自那以后，相本坚决不和继母说话，因为不想跟继母待在一个屋檐下，常常很晚才回家。即使继母做好了饭，她也绝对不吃。有一次她爸爸生气地吼她，让她吃饭，她立即把饭菜全都倒进了马桶。"

"还真是……了不得啊。"

"我听说的时候，觉得女人真可怕。不过她就是这么珍惜和妈妈的回忆。"

"所以她才离开了家吗？"草薙觉得，相本美香的确有可能因为这样的事不回家。

"不过她曾经说过，跟那个人的纠葛，已经在离家时一笔勾销了。"

"什么意思？"

"我也是最近才听说的。"藤泽强调了这点后，说出了如下内容。

去东京的前一天，相本美香处理了自己房间里的东西。她在院子里生了火，将信件等物品付之一炬，然后把继母惠里子叫了过去。

惠里子很惊讶。美香递给她一张纸、一支笔和一个黑色袋子。"把你对我的看法如实写在纸上。不要说谎，也不要敷衍，反正我也不会看。写好后放到袋子里。"

美香又拿出一个袋子。"我也把对你的看法写在纸上，放进这个袋子里。交换袋子后，我们不看里面的内容，一起把袋子丢到火里，就这样为一切画上句号，忘掉所有的事。怎么样？"

"好的。"惠里子点头答应，接着背对着美香，在纸上写下一句话后，放进黑色袋子里。

之后两人交换了袋子，丢入火中。袋子转眼便化为灰烬。

"这样就了结了，你保重——相本说完这句话，就跟那个人道别了。很酷吧？"藤泽望着远方。

"确实很酷。"

"我问相本，你在纸上写了什么？她告诉我，写的是'你跟臭老头一起去死吧'。"

草薙叹了口气，不知道说什么好。

"相本说，看现在的情形，家是回不去了，她也根本不想回家。我觉得她应该是打算和父母诀别了。"

"诀别吗？"

草薙想起了相本夫妇的神情。他们神情悲伤，不仅是因为见证了女儿的死亡。或许对他们来说，这已经是第二次失去女儿了。第一次失去了她的心，这一次失去了一切。

5

案发后第五天，相本美香脚上沾的烟叶的牌子被查出来了。因为迟迟没找到关键线索，搜查本部里已经开始出现焦躁情绪。

"但愿这个发现是通向隧道出口的。"间宫将鉴定员的报告递给草薙。

报告上写着一个外国香烟牌子，连草薙这个老烟枪都不熟悉。他内心不由得多了几分期待，也许运气真的来了。

晚上八点多，草薙来到竖琴，经理和玲华正在等他。

"来杯啤酒怎么样？我请客。"

虽然玲华主动提出要请客，草薙还是婉言谢绝了。他现在是在工作，而且这次喝了玲华这杯酒，下次来时难免要回报，不知道得花出去几万日元。

"那天晚上去吃饭的客人中，送小爱回家的客人不抽烟，另一个客人似乎是抽柔和七星。"玲华说。

草薙稍稍放心。如果其中一个客人抽的是那个牌子的烟，相本美香脚上沾的烟叶就是那个客人留下的，那么这条线索就和命案完全无关了。

经理拿来了打印出来的名单，上面列出了抽那个牌子香烟的客人姓名。"我们会记下在我们店消费香烟的客人的姓名和香烟的牌子，这样客人下次光临时，就不用再问需要什么牌子的香烟了。这么做也方便店里掌握要采购的香烟的品牌和数量。顺便一提，草薙先生，您抽醇薄荷万宝路吧？"

"明白了，不愧是高级酒吧。"

名单上列着八个人的名字，其中公司员工还附上了公司名称。草薙的视线停留在了一个名字上——沼田雅夫。

"这个人常来店里吗？"

"沼田先生吗？没错，他经常在这里接待客户。不过这两三个月没见过他。"

草薙问玲华，相本美香有没有接待过沼田。

"这个嘛……"她沉吟，"应该没有，那个沼田先生是其他妈妈桑的客人。"

"这样啊。"

这家店的女招待分属不同的妈妈桑，玲华她们的妈妈桑生病了，现在正在休养。

草薙拿着名单的复印件离开了酒吧。

沼田雅夫一脸警惕地走进咖啡店。被警视厅搜查一科的刑警打电话叫出来，他有这种反应也是很自然的。他长着一张方脸，体格健硕，很适合穿西装。

草薙问他是否认识竖琴的女招待小爱时，他有些意外地皱起眉头。"果然是那起案子吗？您说您是搜查一科的，我想应该是在调查命案。"

"您对警视厅的组织架构很了解嘛。"

"那种事现在连小孩子都知道。先不说这个了，我不认识那个女人。是其他女招待发邮件告诉我店里有人被杀了，我才知道这起命案的。"沼田从上衣的内侧口袋里拿出一盒香烟，正是那个牌子的。

"您常去那家店吗？"

沼田点上烟，吐出烟圈后耸了耸肩。"不算常去，只是会在那里接待客户。不知为什么，之前担任我这个职务的人很喜欢那家店，于是我就沿用了，并不是因为看上了里面的哪个女人。"

"最近一次去是什么时候？"

"什么时候啊……大概三个月前吧，您问一下店里就知道了。"说话的时候，他抽了好几口烟，看来烟瘾比草薙还重。

草薙拿出烟。"我可以抽烟吗？"

沼田一怔，表情马上放松下来。"啊，请便。"

草薙用一次性打火机点燃了烟。"太好了，最近就连在审讯室里很多时候都不能抽烟。"

"警察也这样吗？我们公司也很过分，抽烟的人到哪里都被人讨厌。"沼田说话更加流畅了些。

"您抽的烟很少见啊。"草薙看着他的烟。

"这个吗？朋友送过我一条，之后我就抽上了这个牌子，尼古丁和焦油的含量很低，味道却很浓。现在我只抽这个。"

"您是从什么时候开始抽这个牌子的烟的？"

"嗯，差不多五年前吧。"

"开车时也抽吗？"

"是啊。哦，不过开自己的车时不抽，因为老婆孩子都絮叨个不停，埋怨我抽得车上都是烟味。说起来，车到底是花谁的钱买的啊？无奈寡不敌众，我只能投降。"沼田露出苦笑。

"您工作时会开车吗？"

"会啊，去拜访客户时会开公司的车，但大部分时候是让年轻人开。"

"您会在车里抽烟吗？"

"当然了，这还客气什么。其他人经常嘲讽说，一看就知道是营业部长坐过的车，大概是因为烟灰缸里堆满了烟蒂吧。"沼田嘻嘻一笑，看来他没有多少罪恶感。但他似乎想起了什么，又恢复了严肃的表情。"对了，刑警先生，您想问我什么？"

"公司的那辆车，其他人也会用吗？"

"会，因为是公司的车嘛。有什么问题吗？"

草薙在烟灰缸里按熄了烟。"你们公司有个西畑先生吧？西畑卓治。"

"西畑？您是说会计部长吗？"

"没错。他也常去竖琴，您知道吗？"

"西畑先生吗？哦，这么一说我想起来了，的确有一次在那里遇到他了，当时我还想，咦，原来他也会来这种地方消遣啊。他经常去吗？那可真没想到。"

"他不是那种类型的人吗？"

"据我所知不是，这个人出了名地古板认真。"沼田看了看四周，探身向前，小声问道，"他怎么了？"

"没什么，我们在调查那家店的所有客人。"

可能是想起了自己也正在被调查，沼田又变得神情不快起来。

"总之，我对那起命案一无所知，也不认识那个女招待，案子跟我没有任何关系。"

"是吗？我知道了。"草薙伸手拿起账单。

草薙从一开始就知道沼田与命案无关，之所以找他了解情况，是因为他和西畑卓治在同一家公司。

6

案发后的第十天下午，西畑卓治被逮捕了。起到决定性作用的证据是在他公司的车的副驾驶座上找到的疑似属于相本美香的发夹和头发，以及停放着这辆车的停车场的监控摄像头拍到的疑似西畑的人。摆出这两项物证后再讯问，他很快就承认了罪行。

他的供述可以概括如下。

大约五年前，西畑卓治开始侵吞公款。他从不赌博，也与奢侈生活不沾边，但受到一件事的影响，他掉进了商品期货交易的陷阱。

那件事就是妻子的病故。他的妻子本来心脏就不好，有一天几乎毫无预兆地突然倒地，就这样离开了人世。

没有子女的西畑开始了孤独的生活。每次想到未来，他就感到不安。因为对外貌不自信，他也没有勇气找对象再婚。

这时他接到了一个电话，是期货交易公司打来的。打电话的人的语气十分恭敬，再三请求跟他见面谈一谈。

最后西畑决定下班后去见一面。这是个错误的决定。那个业务员比西畑想象的还要执着，绝不轻易放弃。而且他的话很有吸引力，也令人信服。听着听着，西畑觉得说不定真的可以赚钱，小试一下也无妨。

业务员还说："恕我直言，西畑先生现在是单身吧？您已经五十多岁了，找新的对象并非易事。但如果有钱就另当别论了。现在女人都很现实，比起年轻却一无所有的男人，很多人更愿意选择稍微上了年纪的有钱人。西畑先生，试着挑战一下吧？"

这些话让他动了心。虽然那天分手时他只表示"让我再想想"，实际上可以说他已经掉入了业务员的圈套。第三次见那个业务员的时候，他终于投入三百万日元资金，开始期货交易。

不到半年时间，这笔钱就亏得一干二净。那个业务员怂恿他说，要想捞回本钱，必须进一步投入资金，于是他想方设法地筹钱。开始期货交易一年后，他把手伸向了公司的资金。

刚好在那个时候，其他期货交易公司给他打电话，建议他分散投资几家公司，以减少风险。听了这些似乎言之成理的话后，他又轻易上了当。可现实却完全相反，损失如同滚雪球般越滚越大，最后高达几千万日元。

凭他自己的力量，根本不可能填上亏空。尽管明知不应该，他也只能挪用公司资金了。好在负责财务工作的只有两个人，另一个人是他的下属。使用公司印章等财务业务，实际上只由西畑一人负责。只要篡改银行存款证明和财务报表，盗用公款的事就不会败露。

这种情况持续了好几年，西畑侵吞的金额达到了数亿日元。后来西畑逐渐麻木了，盗用公款时不再犹豫，不再有罪恶感，也失去了警戒心——

　　那天早晨，第一个上班的西畑一如既往地伪造了一张支票。他负责管理印章，只用五分钟就完成了。他把支票装进信封，放在自己的公文包里。他根本没想到会有人偷看自己的包。公司里没有人发现财务工作中存在不法勾当。

　　下午三点，西畑办理了早退手续，提着公文包离开了公司，因为他和竖琴的小爱约好在有乐町见面。虽然带着伪造的支票，但他丝毫没有感到紧张，这已经是家常便饭了。

　　西畑对小爱没有特别的感情，但对竖琴就不同了。

　　看到营业部报过来的账单，他总是很在意。银座的酒吧是一个怎样的地方呢？比如那家叫竖琴的店，到那里去能体验到怎样的好事呢？应该不至于什么都没有，不然费用也不会那么高。

　　对过去的西畑来说，那是一个与他无关的地方，以他的经济水平，如果自掏腰包，他是绝对去不起的。

　　可是如今情况不同了，钱要多少有多少，只要从公司的账户里提出来就可以了。

　　他很想满足多年来的好奇心，却没有勇气踏出那一步。这时一件事从背后推了他一把。

　　西畑的牙医是竖琴的常客，在治疗中闲聊时，西畑得知了这件事。见他很感兴趣，牙医爽快地说："你不妨去一次看看，就说是我介绍的。"

　　那天晚上，西畑揣着大笔现金去了银座。如果牙医介绍的是其他店，他多半会犹豫，但他在办理财务业务时经常看到这家店的名字，因而积极采取了行动。

　　西畑在竖琴受到了热情款待，酒一直喝得很愉快，和店里的女孩们也聊得很开心。他感觉自己的社会地位高了许多，也终于明白为什么要在这里接待客户了。

不久西畑就成了常客。即使回家，也没有人等着他。一想到将来，特别是盗用公款的事，他就情绪低落，只有在竖琴的时候可以忘记那些烦恼。

但西畑没有爱上任何人。他认为那里是一个幻想出来的空间。他心里清楚，正因为那是虚幻的世界，实际上一无所有的他才能在其中待得这么愉悦。

西畑和小爱相约看电影也没有什么特别的理由，只是想体验不同的乐趣。当然，年轻女孩的邀请还是让他感觉不错的。

两人走进电影院，并排坐下。在他为没地方放包为难时，小爱说："我旁边的座位是空的，我帮您放在那里。"他就把包递给了小爱。

电影本身很一般，西畑不明白小爱为什么想看这样的电影。

看电影期间没有发生什么特别的事。场内灯光亮起后，西畑从小爱手里接过公文包，站起身来。

两人在日式料理店用餐后，一起去酒吧。西畑在门口准备寄存包时，小爱制止了他，让他等会儿再寄存。他虽然感到奇怪，但还是照办了。

落座后不久，小爱开始表演透视。

以前她透视名片时，西畑很惊讶，但这次比那时还要震惊。包里的东西都被她一一说中了，甚至还包括混进去的快递单。连西畑自己都不知道快递单在包里。

最后，小爱说出了他最害怕的事。她说看到了一个信封，然后意味深长地笑道："有很危险的气味。"

西畑心脏狂跳，冷汗直流。那个信封里装的正是伪造的支票。

他竭力装出平静的样子，问小爱能不能看到信封里面的东西。"这个嘛……"小爱沉吟，一副疑惑的样子。然而另一个女招待离开后，他们单独相处时，她在西畑耳边悄声说："那个东西可不妙啊，小心不要被人看到。"

西畑吃了一惊，看着小爱。她带着一副不怀好意的表情，继续说道："幸好是我看到的，放心，我不会告诉任何人。"

西畑知道自己的表情僵住了。他脱口而出："你想要多少钱？"

小爱扑哧一声笑了。"要多少钱啊……让我想想。真是太有意思了。"

看着小爱天真烂漫的样子，西畑心头涌起杀意。这个女人发现了伪造支票的事，要是她把这事告诉公司的人，自己就完蛋了。

小爱去其他桌后，西畑也一直留意着她，目光追随着她的身影时，每次两人的视线偶然交汇，她都会报以令他毛骨悚然的笑容。

不能犹豫了，他心想。或许小爱只想要钱，但即使给了她，也难以保证她会永远守口如瓶。只要手头吃紧，她必定会再次勒索。

离开酒吧时，小爱送他到门口，眼神明显在向他诉说着什么。西畑转身离开时，已经下了决心——只能杀掉她了。

于是那天晚上，他付诸行动了。

深夜，西畑将停在公司附近停车场的业务用车偷开出来。他知道备用钥匙贴在车牌背面。他驾车前往小爱的公寓。因为送小爱回过几次家，他知道她住在哪里。那是一栋面朝小路的老旧公寓，深夜时几乎没有人或车经过那里。

西畑将车停在距离公寓入口十米左右的路上，等待小爱回家。手表的指针指向凌晨一点半左右。竖琴凌晨一点打烊，小爱可能会陪客人去吃饭，也可能和其他女招待去别的地方，不知道几点才会回来。西畑没有办法，只能在这里等着。

小路很冷清，但偶尔也有出租车停下。每次他都屏住呼吸观察情况，但下车的人都不是小爱。

等到凌晨两点、三点，小爱依然没有回来。西畑不由得焦躁起来。他忽然想到，小爱该不会今晚没去上班，早已在家里睡下了吧？仔细一想，完全有这种可能。早知道应该先给店里打电话，问清楚她今天上不上班。现在才想起来，他不禁很生自己的气。

但快到四点时，一辆出租车停在了公寓前。后侧车门打开，下车的人正是小爱。她身穿迷你连衣裙，披了件短外套。

看来是客人送她回家的，她站在路边，向出租车挥着手，直到出租车开走。

西畑下了车，送完客人的小爱已经转身走向公寓的门。西畑急忙跑过去，从后面叫住她："小爱！"

小爱似乎吓了一跳，停下脚步，回过头。她那双大眼睛睁得更大了。"咦，西畑先生……您怎么在这儿？"

"我在等你，有事要跟你说。就是那个信封的事。"

"哦。"小爱心领神会地点头，"那件事很重要。不过请放心，我没有告诉任何人。"

"谢谢，我有事要和你商量。"

"和我？为此特地在这里等我吗？"

"我认为有这个必要。你应该也想和我做交易吧？"

小爱目不转睛地看了西畑一会儿，点了点头。"是啊，毕竟是这么重要的秘密①。"

———————————————

① 原文为"ネタ"（NETA），既有"秘密装置，机关"的意思，也有"证据"的意思。

"所以我才想跟你商量。我是开车过来的，我们去找家家庭餐厅坐坐吧。"

小爱一点儿没有起疑，毫不犹豫地坐上了副驾驶座。她可能觉得西畑没有杀人的胆量。在西畑看来，她这样想只能说是无知者无畏了。人会杀人，是因为别无选择，与胆量毫无关系。

他已经想好了动手的地点，就在荒川沿岸。当他拉起手刹时，小爱很惊讶，似乎想问为什么在这里停车。但没等她问出口，西畑就解开安全带，朝她扑了过去。他在开车前就已经戴上了皮手套，双手扼住了她纤细的脖颈。

小爱身体娇小，抵抗的力气很微弱，没多久就不再挣扎了。

西畑给她穿上掉在车里的高跟鞋，将尸体藏在附近的草丛中。为了制造抢劫杀人的假象，他还拿走了小爱的手提包，开车到另一个地方，把包丢到河里。

做完这一切，他开车回公司，心中却丝毫没有轻松的感觉。但这不是由于害怕因杀死小爱被逮捕，他乐观地认为这件事应该不会败露。

西畑念念不忘的只有公司账目上的巨大亏空。

不论杀几个人都填不上亏空啊，他握着方向盘暗想。

7

环顾室内，汤川重重地叹了口气。"就像在看一个不擅长整理的人的房间，完全感受不到一致性和条理性。"

草薙无法反驳，因为汤川说的是事实。从相本美香家里带回来作为参考资料的东西，从会议桌的一头堆到另一头。一套化妆用品旁边放着那本关于冷读术的书，这么放没有什么特别的用意，只是按照从纸箱里拿出来的顺序随手摆放的。

"这么放可以避免先入为主，不是挺好的吗？"草薙硬着头皮说道。

"所以你是要我看着这堆东西推理出透视之谜？"

"我知道这是强人所难，可是实在指望不上别人了。"

汤川又叹了口气，拿起那本关于冷读术的书。"你问过魔术师吗？"

"我问过好几个，他们都说，透视的魔术有很多种，只有亲眼看到表演，才能知道使用的是什么手法。"

"唔，可能是这样吧。"

"相关人员中，只有你看过小爱的魔术，所以只能拜托你了。"

"为什么我是相关人员？我和这起案子没有任何关系啊！"

"我的意思是，与我相关的人。"

听了草薙的话，汤川目瞪口呆地耸了耸肩。

两人在搜查本部所在的警察局的会议室里。因为获得了西畑卓治的口供，相本美香遇害一案即将结案。但还有一个关于作案动机的问题没有解决，就是相本美香是怎样透视西畑的包的？只有这个问题西畑也表示不知道。

一筹莫展的间宫叫来草薙，像往常那样吩咐他："去找伽利略老师想想办法。"

"咦？这张照片是什么？"汤川拿起一张照片，"拍的似乎是文字，看着有些吓人。"

那是内海薰发现的照片，相本美香很珍惜地将它放在床边的架子上。草薙向汤川说明了情况，说道："不知道是什么照片。"

"不知道还带回来？"

"正是因为不知道才要带回来啊。"

汤川噘起嘴，把照片放回原处。"凶手并没有一直提着公文包吧？有没有可能看电影的时候小爱偷看了包里的东西？"

"西畑说如果小爱偷看过，他应该会知道。而且电影院里漆黑一片，就算偷看也看不见。"

"的确如此。"汤川干脆地同意了他的看法，接着拿起一个文件夹，"这是什么？"

"客人名单，记录了姓名和联系方式。"

汤川打开一看，不由得瞪大了双眼。"真让人吃惊，上面有我的名字，甚至还有大学的电话，和名片上印的分毫不差。"

"当时不是被透视了嘛。"

汤川摇了摇头。"难以置信。"

"你既然这么认为，就帮我揭开谜底吧！"

"不用你说我也会思考。不过这份名单的确很惊人啊，她工作真勤奋。"汤川将文件夹放了回去。

"对女招待来说，客人的信息是最重要的。因为那是跳槽时最大的资本。"

"说起来，她为什么会做这份工作呢？当然，这也是正当职业。"

"那些向往演艺界的女孩，很多最后都去了夜场上班。另外，她可能想嘲讽父亲。"

"嘲讽父亲？"

"这件事我还没来得及跟你说。"

草薙把从藤泽智久那里得知的相本美香与父母不和的事告诉了汤川。"父亲再婚娶了一个女招待，所以即使自己进了这一行，父亲也无话可说——或许她是这样想的。"

"是吗？虽然可以理解，但如果真的是这样，为什么要向家人隐瞒当女招待的事呢？"

"不是隐瞒，只是因为没有联系而没机会说吧。"

但汤川还是无法释怀，慢慢地踱着步，打量着相本美香的遗物。他停下脚步，拿起《动物医学百科》。"为什么会有这种书？她养宠物吗？"

"不，她不养宠物。这本书应该是她高中时用的，她加入了生物社，似乎很喜欢鼯鼠，还热心调查过鼯鼠的生态。"

"鼯鼠？在天上飞的那种？"

"还有别的鼯鼠吗？"

汤川没理会草薙的俏皮话，低着头继续踱步，嘴里小声说着什么。过了一会儿，他停下脚步，轻笑起来。

"怎么了？"草薙问，"有什么好笑的？"

"没有，不好意思。不过为我高兴吧，谜团已经解开了！"

"真的吗？是什么手法？"草薙精神一振。

"别着急，我现在告诉你，你也不会明白，所谓百闻不如一见嘛。"物理学家伸手推了推眼镜。

8

草薙开着天际线前往汤川所在的帝都大学看他做实验。副驾驶座上坐着相本惠里子，因为汤川希望无论如何她都要在场，但他没有告诉草薙原因。

惠里子明显很紧张。草薙告诉她："有些关于美香小姐的事想让您知道。"于是她来到了东京。但她一定很惊讶，不明白为什么不找美香的亲生父亲，而是把她叫过来。

不久就到了帝都大学，草薙在停车场停好车，带着惠里子直奔物理系第十三研究室。

"我还是第一次来这么大的大学。"惠里子兴致盎然地东张西望，"好漂亮的大学，校庆之类的活动也很有意思吧。"

"嗯，的确很热闹。"

惠里子停下脚步，叹了口气，落寞地望向远方。"其实美香应该很想上大学，但如果升学，就不得不依靠父母。我想她是不愿意这么做，才没有说出口。"

"没办法跟她谈谈吗？"

"当时我觉得这是不可能的。其实还是应该想办法沟通，但我害怕引起冲突。我想这是最大的错误。"惠理子垂下眼帘，摇了摇头，"不过现在说这种话已经于事无补了。"

"听说您把她去世的母亲给她织的手套丢掉了？"

惠里子的表情因痛苦而扭曲了。"那真是个致命的错误。我向她道了歉，但她不肯原谅我。现在想起这件事，我还是很痛心。"

"美香小姐似乎认定您是故意的。"

"是嘛，不过这也难怪，都是我的错。我觉得只能耐心地等待，等到她原谅我的那一天。"

草薙听得心头一热。这不像随口说的谎话。

身穿白大褂的汤川正在研究室里等他们。室内似乎收拾得比平时整齐，看来有女性客人登门时，他还是很注意照顾客人感受的。

玲华不知从什么地方冒了出来。"好厉害，原来研究室是这个样子的。"她走到摆放着精密测量仪器的架子前，开心地说道。她今天穿着衬衫和牛仔裤，化着淡妆，看上去很像学生。

"你怎么会在这儿？"草薙问。

"是我叫来的。她多次目睹过小爱的透视魔术，最适合当证人。"

草薙觉得汤川的解释很有道理。

"草薙先生，最近让我震惊的事太多了，小爱被杀就不说了，没想到凶手竟然是那个人。也不知道我们店会怎么样，一定会上周刊杂志吧？真是伤脑筋。"玲华苦着脸说。

"不如跳槽去别的店？"

"没有那么简单。别看我这样，我可是个很重情义的人。我会加倍努力，让我们店恢复形象的。草薙先生，有空也请光顾啊。"

"好啊，我有闲钱的时候会去的。"

草薙向汤川他们介绍了惠里子。听说她是相本美香的母亲，玲华显得有些惊讶，因为惠里子看起来很年轻。惠里子自己可能也察觉到了，她补充道："我是她的继母。"

"欢迎来到第十三研究室。喝杯咖啡吧？"汤川询问两个女人。

"不，我就不用了。"惠里子谢绝了。

"我也不用了。"玲华说，"我更想早点儿知道透视的奥秘。"

"我也是，咖啡可以等会儿再喝。"草薙也表示赞同。

"好吧，那我们这就开始。你们先坐到那边的椅子上。"

工作台前放了两把椅子，草薙和玲华依言坐下。

"请站在他们身后观看。"汤川对惠里子说。

确认她站到两人身后后，汤川问草薙："那个东西带来了吗？"

"你是说名片吗？早就准备好了。"

"很好。我转过身后，你把名片放到这里面。"汤川从白大褂口袋里拿出一个有光泽的黑色信封，草薙见过这样的信封。

"这个信封和小爱用的很像。"

汤川只是微微一笑，什么都没说，利落地转过身去。

草薙从内侧口袋里拿出一张名片，放进信封。"放好了。"

汤川重新转向草薙。他伸出手，草薙将黑色信封递给他。

"记得那天晚上，小爱把这个塞进了你的胸口。"汤川拿着信封对玲华说，"但我不能这样做，不好意思，可以请你自己放进去吗？"

"其实我无所谓，不过既然老师您有顾虑，那就听您的吧。"玲华笑嘻嘻地接过信封，塞进衬衫放在胸前。

"那天晚上，小爱接下来是怎么做的？"汤川问草薙他们。

草薙想了想，答道："她拿出了念珠。"

"没错，她用念珠进行透视仪式。"玲华也说。

"嗯，确实如此。"汤川将放在一旁的塑料袋拿过来，坐到工作台另一面，"那我用这个代替念珠吧。"说完，他从袋子里拿出金属锁链。

"这是什么？"

"我找学生借的自行车防盗用的链条锁，因为手头没有念珠。好了，我现在开始做和那天晚上同样的事。"汤川将锁链缠到手上，双手合十，"草薙，注意看玲华的胸口。"

"说真的吗？饶了我吧！"

汤川忽然笑了，放下锁链，目不转睛地看着草薙说："你们那个间宫组长，是叫慎太郎吗？"

草薙大吃一惊，忍不住凝视玲华的胸口。

玲华取出黑色信封，抽出里面的名片，端详片刻后，放到工作台上。名片中央印着"间宫慎太郎"。

"怎么做到的？"草薙问。

汤川缓缓伸出右手，手背朝上，手臂伸直后翻转过来。他的手心里有一个一次性打火机大小的黑色盒子，似乎是某种装置。"这是一种将超小型红外线相机和红外线灯组合起来的装置，打开开关后，灯会发射红外线，同时相机开始摄影，和夜间监控摄像头的原理一样。"

"红外线……"

"哦，这个我听说过。"玲华说，"用红外线相机拍照，可以透视泳衣。不是常有人在海滨浴场偷拍吗？"

"你知道不少嘛。的确如此，因为阳光中含有红外线，在一定条件下可以透视泳衣，所以近来泳衣都是用红外线无法穿透的材料制成的。"

"您这么说，我就放心了……不过，"玲华伸手挡住胸口，"该不会也能透视这件衣服吧？"

汤川苦笑着摇摇头。"我刚才说过了，在一定条件下才能透视。之所以能透视泳衣，是因为有阳光这个强烈的光源。在室内一般情况下是不可能透视的。即使在室外，只要穿的不是泳衣这种贴身的衣服，也可以放心。"

"这样吗？太好了。"

"这个怎么用？"草薙指着相机问。

汤川露出意味深长的笑容，拿起黑色信封。"秘密就在这个信封里。它看似是用黑色玻璃纸或塑料做的，实际上是用红外滤波材料做的。红外线可以透过，但可见光通不过，所以——"汤川将名片放进信封，"名片这样被放进去后，就完全无法被看到了，因为我们的眼睛只对可见光有反应。但像这样用红外线照射后……"他将那个小巧的装置靠近信封，打开开关。

"还是什么都看不到啊。"草薙注视着黑色信封说。

"不要再让我重复了。我刚才不是说过，人类的眼睛只对可见光有反应吗？但相机的传感器不一样，尤其是红外线相机。"汤川放下装置，取来塑料袋，从里面拿出一个手掌大小的液晶屏幕，放在草薙面前。

"哇！"玲华惊叹了一声。草薙却什么都说不出来了。

液晶屏幕上显示的正是间宫的名片。虽然有点儿暗，但上面印的文字清晰可辨。

"这是那台相机拍的照片吗？"草薙问。

"没错。这台相机除了发出红外线、摄影外，还具有无线传输影像数据的功能。小爱应该是在从客人手上接过黑色信封递给玲华时，用藏在手心的相机拍了照。"

"但她是什么时候看屏幕的呢？我觉得她没有那个时间。"

"所以才需要念珠。你回想一下当时的情况，她是从放在腿上的抽绳袋里拿出念珠的。我认为液晶屏幕就放在那个抽绳袋里，她假装拿念珠，其实是在查看影像。"

草薙低吟，看向旁边的玲华。"这么说，还真是这样？"

"很有可能。"她点了点头，"我看过好多次那个魔术，她总是把抽绳袋或小包放在腿上，从里面拿出念珠。"

草薙呼出一口气。"就这样解决了？可她是从哪里弄到这种机器的？"

"这不是多特殊的东西，配件都可以网购，只要稍微加工一下就行。方法也可以从网上查到。"

"原来是这样，这都被你看穿了。"

"是你的话启发了我。你不是说小爱高中时参加了生物社，还热心调查过鼯鼠的生态吗？我立刻恍然大悟。鼯鼠是夜行性动物，要观察它的生态，必须要依靠红外线相机。我猜想小爱从那时起就很擅长这方面的技术。"

"原来如此。那她说中西畑包里的东西，用的又是什么手法？那是个普通的包，应该没办法透视吧？"

"你说得没错。但她不需要透视，只要能辨认包里放了什么东西就可以了。"

"怎么辨认呢？西畑说她没机会看包里面。"

汤川靠到椅子上，交抱起双臂。"两人当时是在看电影，那时包放在哪里？"

"我说了，电影院里漆黑一片——"说到这里，草薙灵光一闪，"原来是这样，因为是红外线相机……"

"看来你也想到了。小爱只需要在看电影期间悄悄打开包，用相机拍下包的内部就好。身体仍然朝着前方，把藏着相机的手伸进包里就可以了，这并不是很难。离开电影院后，再从容地查看液晶屏幕就好了。"

"原来是这种手法。"

"听说她约了很多客人看电影？"汤川问玲华。

"对。她还说过，看什么电影都行。"

"她应该是想开发新节目，因为那个名片魔术只能在新来的客人面前表演。"

玲华神情黯然。"她对工作很热情……对于为她而来的客人不多这件事也很在意。"

这份工作果然很辛苦，草薙不禁又在心里感叹。"等等，这么说，小爱虽然看到了包里的信封，但里面装了什么……"

"应该是看不到的。"汤川冷静地说道。

"可是她对西畑说，信封里有危险的气味，被人发现会很不妙，这又是怎么回事？"

汤川竖起食指。"这正是冷读术。"

"冷……原来是用在这里？"

"她并不知道信封里装着什么，只是看西畑反应过激，意识到这信封中必有隐情，于是不断问含糊的、从听的人的角度怎么理解都行的问题，以此来推测里面是什么。她想运用自己学过的冷读术技巧。"

"结果西畑以为她看到了信封里的东西。"

汤川露出钦佩的神情，点了点头。"在某种意义上，她做得太成功了。"

草薙轻轻摇了摇头。"怎么会这样，是她多事了吗？"

"小爱就是这样的女孩。"玲华说，"她很有服务精神，又喜欢开玩笑，她总是说，想让客人更快乐，想知道怎样才能让人高兴，想知道客人心里在想什么。"说着说着，悲伤又涌上心头，她从包里拿出手帕，按着眼角。

汤川望向草薙他们身后。"我想她这么努力做女招待的工作，是受您影响。"

惠里子倒吸了一口气。"这是什么意思？"

"果然是想嘲讽父亲吗？"草薙问。

"不是。"汤川看着惠里子说，"听说在她来东京的前一天，你们把对彼此的真心话写在纸上，放进黑色袋子里，然后丢进火中烧掉了？"

惠里子眨了眨眼。"您怎么知道？"

"是藤泽先生告诉我的，"草薙说，"藤泽智久先生。"

"哦。"惠里子恍然大悟地点头，"没错，是有这么回事。"

"当时您在纸上写下的话，"汤川说，"是不是'我会永远等着你'？"

惠里子睁大了眼睛，双手捂住嘴。"为什么……"

"他说得对吗？"草薙问。

惠里子点了两下头，似乎已经说不出话来。

"这是怎么回事，汤川？"

汤川露出笑容。"和透视名片的手法一样，那时烧掉的黑色袋子也是用红外线滤纸做的，把那个袋子丢进火中后会发生什么呢？因为火焰也会发出红外线，只要用相机拍摄，就可以拍到里面的文字。即使是普通的相机，也可以在一定程度上进行红外线摄影——她应该是在黑色袋子燃烧的时候，用手机拍了照片吧？"汤川问惠里子。

"有可能……是这样。我当时一直只看着火堆。"

汤川从白大褂口袋里取出一张照片，放在草薙面前。"这张照片想必是后来打印出来的当时拍下的影像。虽然这样看上面的文字模糊难辨，但在液晶屏幕上应该能辨认出来。"这就是那张上面有谜一样的文字的照片。"我在电脑上分析对比度，尝试辨认其他字，最后发现上面写着'我会永远等着你'。我想美香小姐一定也看见了这句话。"

"她也看见了……"草薙吃了一惊，"是嘛，原来是这样！"

"我想说什么，看来你已经知道了。"

草薙重重点头，转向惠里子。"来东京前，美香小姐想知道您的真实想法，于是设下了这样一个局。她认为您一定会写她的坏话，所以后来看到您写下的文字时，应该很吃惊。尽管自己做了非常过分的事情，那个人却并不怀恨在心。同时，她应该也感到羞愧，觉得自己是个心胸狭隘的人。我听藤泽先生说，美香小姐曾经说过，看现在的情形，家是回不去了，她也根本不想回家。藤泽先生认为，这意味着她打算和父母诀别了，我当时也是这么觉得的。但我们都错了，她不回老家，不是因为不想和父母见面，而是觉得无颜面对您。我想她是下了决心要加倍磨炼自己，直到可以堂堂正正地面对您的那一天。这张照片就是证据，她把您的话视为珍宝。汤川说得没错，她之所以做女招待，是因为她将您的生活方式当作榜样。"

惠里子颤抖的手伸向照片。"美香看到了我当时写的话……"

"是的。她完全明白您的心意。"

惠里子凝视着照片，另一只手掩住了嘴。"如果是这样的话……我早点儿和她沟通就好了。"她深深低下头。

汤川站起身。"我去泡杯热咖啡吧。"

惠里子的后背微微颤抖，掩着嘴的指缝间传出呜咽声。

第三章　听心

1

对着电脑不到五分钟，耳鸣又出现了。胁坂睦美双肘撑在办公桌上，装作在查看屏幕，静静地等待耳鸣消失。屏幕上显示着Excel表格，但她什么都看不进去。即使看进去了，也无法思考。耳鸣就是让她难受到这种程度。

如果要形容的话，耳鸣的感觉就像是脑袋里有小虫在飞来飞去一样。低沉而含糊的声音时强时弱，节奏毫无规律。

开始她没想到是耳鸣，以为是听到了从某个地方传出来的真实声音。所以第一次听到时，她问旁边的长仓一惠："这是什么声音？"

但一惠不解地眨了眨眼，反问道："什么声音？"

"就是这个声音，不是有什么在响吗？"睦美指了指天花板，她觉得声音是从上方传来的。

一惠凝神细听，然后问："你是说排气扇的声音？"

"不是，不是，是这个声音啊，很低沉的声音。咦，你听不到吗？"

一惠困惑地摇了摇头。"我听不到。"

"咦——"睦美皱起眉头的瞬间，声音忽然消失了，"啊，听不到了……"

一惠微微苦笑。"是你的错觉吧？我什么都没听到。"

睦美歪着头。"是吗……"

"是不是太累了？还是周末玩过头了？"

"怎么可能，我哪有用来玩乐的钱。可是，刚才那是什么声音呢？"

"不清楚。"一惠似乎不太感兴趣。

睦美闭上眼睛，集中精神细听，还是听不到刚才那个声音。她叹了口气，决定继续工作。也许一惠说得没错，这只是她的错觉。实际上，那天她的确没有再听到那个声音。

然而第二天中午，和三个同事在公司附近的露天咖啡店吃午饭时，她又听到了那个声音。"啊，我又听到了。你们也听到这个奇怪的声音了吧？是什么声音呢？"她向其他同事确认，其中一人正是长仓一惠。

"昨天那个声音？"一惠惊讶地问。

"是啊。"睦美点了点头。

一惠问另外两人："你们听到了吗？"

"听到什么？"两人一脸茫然地问。

"奇怪的声音，像是什么东西在嗡嗡叫。"睦美努力解释，但三个同事只是困惑地面面相觑。

"你们听不到吗？"睦美问。

"听不到。"三人异口同声地回答道。看表情，他们不像是在说谎。

"为什么会这样？"睦美话音刚落，声音又一次突然消失了，"啊，消失了……"

"该不会是耳鸣吧？"一惠关切地问，"可能是因为压力太大。趁现在还不严重，你最好尽快去耳鼻喉科看看。"

听了她的话，睦美感到很不安。"你们真的听不到吗？"她问。

三人同时点头。

一周后，睦美去公司附近的耳鼻喉科看病。这期间耳鸣也出现过。实际上，她几乎每天都能听到那种声音，一般是在公司上班的时候，有时在车站站台等电车时也会听到，每次持续两三分钟。因为一天内不会频繁耳鸣，所以工作没有受到影响。但她从网上得知对耳鸣置之不理会很危险，于是决定去医院。

但检查的结果是没有异常。

"应该是精神问题，不必想得太严重。不要总是想着'又来了'，过些日子就会消失的。"老医生的语气很轻松。

然而之后耳鸣并没有消失。虽然没有恶化，但睦美几乎每天都会听到。不过休息日在家时那声音就不会出现，所以她觉得的确是精神因素导致的。

今天的耳鸣也和往常一样，像关上开关一样突然消失了。幸好旁边的长仓一惠不在座位上，最近睦美没跟她聊过耳鸣的事，她恐怕做梦也没想到睦美仍在为此烦恼。

工作了一会儿，一惠回来了，表情微妙。刚坐下来，她就小声问睦美："部长的事你听说了吗？"

"部长？早见部长吗？"

"当然。"一惠点了点头。

睦美望向窗边部长的座位。平时那里应该坐着梳着整齐的花白头发的早见部长，今天他却不在。

"部长怎么了？"

一惠漆黑的眼睛里浮现出好奇的神色，她凑到睦美面前。"听说部长今天早上死了，是从公寓楼的阳台跳下去的！"

早见达郎死亡的第二天，警视厅的调查员来到了睦美的公司，逐一向和早见关系密切的人问话。睦美觉得他们应该不会找她，因为早见虽然是她的上司，但两人私下没说过几句话。

出乎意料的是，睦美也被叫了过去。她走进会客室，两个刑警正在那里等她，其中一个是女人，她感到有些意外。

问话的主要是姓草薙的男刑警。他看上去很和善，跟她聊着无关痛痒的话题，时不时也会突然问一些意想不到的问题，其中最典型的是："您怎么看早见先生的男女关系？"

睦美一时不知该如何回答。

"我已经听说了，"草薙笑着说，"三个月前，公司里不是都在议论这个话题吗？听说您尤其消息灵通。"

"哪里谈得上消息灵通……"睦美摆了摆手，"只是我有朋友在那个部门，她跟我讲了不少。"

"那个部门是？"

"呃……"

"是哪个部门呢？"草薙的眼神仿佛看透了她的内心。他是明知故问，一定要让睦美亲口说出来。

"广告部。"睦美叹了口气答道。

"广告部怎么了？"

睦美瞪着草薙。"您把我叫过来，不就是因为什么都知道了吗？"

但警视厅的刑警对女白领的挖苦丝毫不在意。"我担心如果问得不恰当，会被指责说这是在诱供，所以虽然有点儿麻烦，还是希望您配合。"

睦美又叹了口气，看来只能全说出来了。

三个月前，一个女职员自杀了。她是广告部的，三十一岁。她在家里用胶带密封门窗后，烧炭自杀。

虽然明显是自杀，但没有遗书，原因不明。不过包括睦美的朋友在内的广告部女职员都知道，她和营业部长早见达郎有婚外情。

"听说早见部长声称会和妻子离婚，所以两人才交往了整整三年。结果一切都是谎言，她最后还是被抛弃了，而且被抛弃的原因是部长又搭上了别的女人。怎么会有这种事啊？她也太惨了，难怪要寻死，应该也有用死来报复的想法吧。"

睦美将朋友的话告诉了营业部的女同事。刑警在调查过程中得知了这件事，因此说睦美"消息灵通"。

"原来是这么回事。"草薙点头表示理解，"关于后续情况，您听说过什么吗？"

"后续情况？"

"在公司里发生婚外情，女方自杀身亡，事情就这样结束了吗？应该会有很多流言蜚语吧？"

睦美摇了摇头。"我没听说过。男女之间的事说到底只有当事人清楚，不是吗？即使有闲言碎语，如果没有证据就只是想象。最近应该已经没人提起这件事了。"

草薙露出有些失望的神情，点了点头，又问："您对这起事件有什么看法？就是早见先生死亡这件事，您有什么头绪吗？"

"不清楚，"睦美歪着头，"我完全没有头绪。"如果随口乱说，事后被追究责任就麻烦了。

草薙把摊开的记事本合上，又向正在旁边做记录的女刑警说："喂，接下来的话不要记录。"他重新看向睦美。"您不妨当作是聊天，我想听您谈谈对这件事的感想，能有一点儿头绪也好。听说这件事时，您是怎么想的，吃惊吗？"他的表情很平和，眼里却透着认真的光芒。

"当然很吃惊了。"

"您做梦都没想到早见先生会自杀？"

睦美顿了一下，答道："嗯……是啊。"

草薙眉毛一动。"您刚才似乎想说什么。"

"不，没有。"睦美摇了摇头。

"胁坂小姐，"草薙向她探出身，"我只告诉您一个人，早见先生的死存在几个疑点，所以我们才会展开调查。如果有什么事让您在意，能不能告诉我们？不论多微不足道都没关系。"

听了刑警的话，睦美不由得坐直了身体。"您说的疑点，是指什么？"

"这是有关调查的机密，恕我不能透露。而且您还是不知道比较好，您也不想被卷入各种麻烦吧？"

是什么样的麻烦呢？睦美暗忖，点了点头。

"不用担心，我们会对您说的话保密。关于早见先生的死，您是不是知道什么？"

睦美摇了摇头。"我不知道是怎么回事，我说的话也不用保密，因为大家应该都有这样的感觉。"

草薙皱起眉头。"什么意思？"

睦美犹豫了一下，答道："听说部长自杀时，我的想法是，果不其然。"

"果不其然？为什么？"

"因为部长最近的样子一直很奇怪，或者说举止可疑。他的气色很差，看上去总是提心吊胆。科长们都抱怨说他有时会突然走神，完全听不到别人说话，坐在座位上时也会自言自语。大家都说他有点儿怪怪的。"

"从什么时候开始的呢？"

"什么时候开始啊……我想有一个多月了吧。"

刑警草薙露出若有所思的神情，默默地点了点头，结束了对睦美的问话。

后来睦美从网上得知了这件事的详细经过。根据网上的信息，事发当天早晨，早见达郎说要去公司，离开了居住的公寓楼。之后孩子们去上学了，妻子也出门去文化学校上课。大约一个小时后，有人在公寓楼下发现了坠楼身亡的早见。从尸体的位置判断，他很可能是从家里的阳台跳下去的。

然而让人难以理解的地方有很多。早见既然已经出门去上班，为什么又回家了？在此期间他去了哪里、做了什么？如果是自杀，原因是什么？

之后的一段时间里，这些谜团在公司引发了热议。传言说，早见是追随自杀的情人而去。但这终究只是猜测，没有任何确凿的证据。

起初刑警每天都来调查，不久频率开始降低，最后完全不来了。同时，公司的氛围也恢复得和过去一样了。虽然结论没有正式公布，但每个人都认为早见应该是自杀，后来就没有人再提起这件事了。

胁坂睦美也一样，这件事过去一个月后，她已经忘了刑警找她问话的事。

然而——

她自己的烦恼并没有解决，那种仿佛小虫在乱飞的耳鸣依然每天折磨着她的神经。

2

醒来的瞬间，草薙就感觉不妙。他的身体有些发烫，喉咙也感到不适，一定是扁桃体肿了。他每次感冒都会出现这种症状。

他慢腾腾地从床上爬起来，走向洗手间。平时他一般会吃点儿家里常备的感冒药，再观察一下情况，但现在他所在的组并没有案子，没必要硬撑。要是不小心耽误了治疗导致病情恶化，在需要出动的时候病倒，不仅上司会不高兴，也会被后辈瞧不起。

还是快去医院看看比较好——望着洗手台镜子里有点儿浮肿的脸，草薙叹了口气。

医院里人很多，填好就诊登记表后，还得到服务台排队交表。早知道就不该来这种大医院，但此时后悔也晚了。

草薙好不容易挂上号，被告知去内科就诊。幸好内科的候诊室也在一楼，但看到坐在那里等候的人数，他就一阵心烦——应该至少有三十人。想到不知要等多久才能轮到，他就想直接回家。

见他茫然地站在那里，坐在旁边的老妇人挪出一个位子，微笑着对他说："请坐。"看来她以为他在为没有座位烦恼。草薙不太好意思拒绝，于是道了声谢，坐了下来。座位上面很暖和。

"这家医院人一直这么多。"老妇人对他说。"一直"这个词说明她应该是常客。

"是吗？"草薙回应。

老妇人点了点头。"因为医生看每个病人都花很长时间。不过正是因为看得仔细，才这么受欢迎。那些像流水作业一样看病的医院是不行的，没多少人会去。"

她似乎对医院很了解。草薙钦佩地说："原来如此。"

"你哪里不舒服？"

"不，我只是——"

草薙还没来得及说出"感冒"二字，身后传来一个男人"哇啊啊啊"的叫声。草薙回头一看，一个男人挥舞着看起来像是棍棒的东西，一个瘦削的老人倒在一旁。女人们尖叫起来。

草薙站起身冲了过去。其他病人都远远地看着那个男人。

男人大约三十五六岁，身材高大，体格结实，容貌很端正，说他是演员都会有人相信。他目光狂乱，虽然天气不热，但他的额头上全是发亮的汗水。

男人倒拿着拐杖，怪叫着威胁试图靠近他的人，不时用拐杖的把手击打老人的脸和身体。老人似乎昏了过去，一动不动。女人们不停地尖叫着。

"吵死了！吵死了！吵死了！总是在关键时候骚扰我。你们都给我闭嘴！小心我杀了你们！"男人大声叫喊。

安保人员终于赶了过来，但因为男人挥舞着拐杖，一时难以靠近。

草薙快速扫视四周，刚才那个老妇人也来到了旁边，手里拿着阳伞。

“这个能借我用一下吗？”草薙指着阳伞。见老妇人露出疑惑的表情，他解释道："请放心，我是警察。"老妇人心领神会地点了点头。

草薙拿着阳伞，挤到人群前面。男人正举着拐杖，和安保人员怒目相视。

“很危险，请离远一点儿。”一个中年保安对草薙说。

"没关系，我是警察。"草薙说完，看向男人，"我要逮捕你这个故意伤害罪现行犯。放下拐杖！"

男人顿时红了眼。"你是什么人？你也是同伙吗？"

"同伙？什么意思？"

草薙话音刚落，男人大叫一声"休想杀掉我"，猛地挥下拐杖。

就在拐杖即将打到草薙头上时，草薙迅速用手上的阳伞刺向男人的手腕。伞尖正中男人手腕，拐杖脱手。草薙看准这一瞬间，抛下阳伞，猛冲上去。虽然他的剑道只是一段，柔道却是三段。不到十秒钟，他就用袈裟固①将男人制服了。

"快报警。"草薙压制着男人，对安保人员说道。

借阳伞给草薙的老妇人朝他比了个胜利手势，他忍不住笑了起来，正想抬起一只手回应时——

侧腹受到了轻微的冲击，感觉被什么东西撞到了。

发生了什么事？草薙看向自己的侧腹。

一阵钝痛蔓延开来，与此同时，衬衫被染红了。

---

① 柔道技术之一，因压住对手的动作与和尚披袈裟的动作相似而得名。

3

"还有心思看漫画，看来不用担心了。"汤川一走进病房就这样说道。

"你怎么会来这里？"草薙问。

汤川没回答他的问题，从提着的白色塑料袋里拿出甜瓜，四下张望。"我还带了慰问品，要放在哪儿？"

"没有包装的？"草薙瞪大了眼睛，"一般不是会放在盒子或篮子里吗？"

"你想要盒子或篮子吗？"

"我不是那个意思……算了，谢谢你。"与他争论这件事是没用的，"就放在那边的架子上吧，我姐会帮我处理的。"

汤川放好甜瓜后，脱掉外衣，坐到病床边的椅子上。

"我听你姐姐说，你被刀刺了？"

草薙把看到一半的漫画放到枕边，抬头看着朋友。"你经常和我姐互相联系吗？"

"不是互相联系，是她单方面地联系我。听说手机号码是你告诉她的。"

"她说有事要直接跟你说，但没告诉我是什么事。"

汤川轻轻叹了口气。"是相亲。"

"相亲？"

"她想给我介绍相亲对象。我委婉地拒绝了，但她始终不肯放弃。"

看到汤川苦恼的表情，草薙忍不住笑了起来。大笑几声后，他立刻皱起眉头，因为侧腹一阵剧痛。

"你没事吧？"汤川语气平淡，听起来并不怎么担心。

"我没事。这样啊，原来我姐在操心你的婚事。"

"今天她也是为了这件事打电话给我，我才知道你被刺了一刀。不过她说没有生命危险，叫我不用担心。"

"原来是这么回事啊。"

"什么时候被刺的？"

"昨天。案发现场就在这家医院的一楼，我立即被送进抢救室，然后直接住院了，连换洗衣物都没有。没办法，只能联系了我姐。"

"你没有其他可以拜托的人吗？"

"要是有的话，才不会叫那种女人过来呢。"

汤川露出不可思议的表情，眨了眨眼。"真奇怪，你姐姐为什么不替弟弟介绍结婚对象？"

"谁知道。也许是站在介绍人的立场，觉得比起薪水微薄的刑警，大学的精英副教授更容易成就好事。"

"薪水微不微薄我不知道，不过这件事情至少证明，警察是个高危职业。"汤川看向草薙的侧腹，"真是飞来横祸啊。"

草薙苦着脸，挠了挠鼻子旁边。"是我自作自受，大意了。谁能想到他还带了刀。"

"什么样的刀？用来战斗的刀吗？"

"是小型军刀，露营时用的。如果是用来战斗的刀，我就不止受这点儿小伤了。"

"为什么他会带着刀？"

"这就说来话长了。他是个有正当职业的人，他说他因为压力太大而情绪烦躁，忍不住使用了暴力。详细情况待会儿就知道了。"

"待会儿？"汤川正发问时，传来了敲门的声音。

"请进。"草薙应道。

门开了，一个肤色有些黑的男人走了进来。他的个子不太高，但肩膀很宽，因而看起来很高大。见到汤川，他看起来有些意外，似乎没想到已经有客人在。

"这是我大学时交的朋友，姓汤川。"草薙指着汤川对男人说，"他是帝都大学的物理学家，曾经多次协助我破案，今天只是来探望我的。"

男人露出恍然大悟的表情，打量着汤川。"我早就听说过，原来是你啊……"

"这是负责这起案件的刑警北原。"草薙又向汤川介绍，"顺便一提，他是我警察学校的同学。"

汤川微微睁大了眼睛。他今天没戴眼镜。"难怪你对他说话这么不客气，和对我说话时一样。"

"我不过是辖区警察局的刑警，对我不用敬语也是正常的。"北原略带自嘲地说。

草薙听了，不禁皱起眉头。"怎么连你说话都带着讥讽了？"

北原连忙摆了摆手。"不好意思，我是开玩笑的。"

草薙看着汤川。"在警察学校的时候，这家伙的成绩比我高好几个等级。我们都觉得，第一个被提拔到警视厅的人一定会是北原信二。然而我已经进了搜查一科，上面却还没有重用他。这种事是典型的高层有眼无珠，白白浪费出色的人才。"

"别说了。"北原说，"关于案件，我有几件事想确认。你受了伤，我不想勉强，不知道现在方便问话吗？"

"啊，当然可以。"

北原从西装的内侧口袋里拿出记事本。开始谈话前，他瞥了旁边一眼，对草薙说："可以的话，希望我们两人单独谈话。"

汤川立刻说了声"抱歉"，站起身来。"我还是离开吧。"

"没关系吧？"草薙对北原说，"他和自己人一样，不会泄露我们的谈话。"

北原尴尬地摇了摇头。"不，还是要照章办事。"

"是应该这样。"汤川拿起上衣，"草薙，再见了。代我向你姐姐问好。"

"好，不好意思啊。"

汤川离开后，草薙对北原说："你还是老样子。"

"你是想说我还是这么认死理，不知道变通吧？"

"我不是那个意思……"

"我还想说你不正常呢。虽然不知道他以前帮过你多少忙，但普通人就是普通人，不应该随便让他知道调查内容。"

草薙默默苦笑。即使告诉北原那家伙并不是普通人，恐怕他也不会接受。

"对嫌疑人的审讯有进展吗？"草薙决定换个话题。

"问得差不多了。"北原坐到刚才汤川坐的椅子上，"嫌疑人昨天情绪有些激动，今天冷静多了，一一回答了我们的问题，说话也很有礼貌。看他现在的样子，好像连只虫子都捏不死。"

"听说是个很普通的公司职员？"

"他是就职于办公设备制造公司的白领，没有前科，连交通规则都没有违反过。他会突然失控，还刺伤了人，真让人难以置信。"

"但我确实被刺伤了。"

"我知道，这一点他本人也承认了。"

嫌疑人名叫加山幸宏，今年三十二岁，单身。昨天他去医院看心理科，排队挂号的时候，因为怀疑有人在身后推他，和排在后面的老人吵了起来。最后他抢过老人的拐杖，打了老人的头。这是他之前供述的事件经过。

"但这份口供有很多矛盾的地方。被他打了头的老人说根本没有发生争吵，是嫌疑人突然发怒，袭击了他。询问当时在场的人后，发现老人的说法才是事实。"

"你是说，嫌疑人在撒谎？"

北原缓缓点头。"我就此追问他，今天他的供述变得截然不同了。"

"他怎么说？"

北原耸了耸肩。"他说是因为幻听。"

"幻听？"草薙皱起了眉头。

"症状是听到不应该听到的声音。他说这一个月来一直饱受折磨，来这家医院也是为了看心理科。"

"究竟听到了什么？"

"据加山说，听到的是人声，十分低沉的男人的声音。男人用诅咒般的语气不断低语着'你去死''迟早杀了你'之类的话。加山几乎每天都会在意想不到的时候听到这声音。"

听到这里，草薙不由得皱起眉头。"如果这是实情，还真让人难以忍受。如果每天都听到的话，发疯也不奇怪。"

"确实。"北原打开记事本，"好，现在开始确认。你昨天说过，加山挥舞拐杖行凶时叫喊着'总是在关键时候骚扰我'？"

"没错。"

"他是不是还说了'你也是同伙吗''休想杀掉我'？"

"是的，其他人应该也听到了。"

北原合上记事本，点了点头。"我们获取了好几份证言，虽然每个人的说法有细微的差别，但内容基本一致。每个人都觉得他的话很奇怪。据加山说，他在排队挂号时又听到了那个声音，对他说'今天一定要杀了你，去死吧'。因为第一次在公司以外的地方听到声音，他比平时还要惊慌、混乱。当他忍不住回头看时，后面的老人刚好在重新拿好拐杖，他误以为老人要用拐杖袭击他，刹那间想到自己会被杀死。据他本人供述，他记得自己当时忘我地拼命抵抗，但后来的事情就记不太清楚了。清醒过来的时候，已经被制服了。"

"他也不记得自己刺伤了制服他的人吗？"

"这一点他有模糊的记忆。他说当时觉得不赶快逃走就会被杀掉，于是不顾一切地刺了一刀。"

"他为什么会带着刀？"

"防身用的。"北原干脆地回答，"他虽然知道是幻听，但总觉得说不定哪天就会被人杀死，所以外出时会在口袋里偷偷带着刀。他有登山的爱好，之前一直在用那把刀。他很后悔用心爱的刀伤了人。"

"原来是后悔这件事啊？难道不是用心爱的刀就可以伤人吗？"草薙皱起鼻子，撇了撇嘴。

"鉴于以上的情况，我们认为加山因为幻听行凶的供述很有说服力，但你实打实地与他对峙过，所以还想听听你的意见。如果你有什么疑问，不妨提出来。"

草薙稍加思索，摇了摇头。"不，我没有什么疑问。我觉得那个男人的精神状态确实不正常。不过这样一来，就需要做精神鉴定了吧。"

"恐怕是，不过应该做简单的鉴定就够了。他是不是在说谎，稍微一调查就能知道。"

"你要去问他的同事吗？"

北原点了点头，又看了一眼手表。"稍后我就去大手町，是一家叫'Penmax'的公司。"

"Penmax？"草薙皱起眉头。

"怎么了？那家公司有什么问题吗？"

"大约两个月前，这家公司里一个姓早见的营业部长自杀了。当时我负责调查那起案子。"

"哦。"北原露出不感兴趣的表情，随后似乎想起了什么，开口道，"加山也说他在营业部。"

"真的吗？"

"不过应该只是巧合。部长自杀了，现在下属又犯了故意伤害罪，我都想劝他们在玄关放上盐求个吉利了。"[①]北原站起身，"不好意思，在你这么虚弱的时候打扰。好好休息吧！"

"如果还有什么事的话，可以随时来找我。"

听了草薙的话，北原轻挥了一下手作为回应，然后走出病房。

目送老朋友离开后，草薙躺了下来。"幻听吗……"

他想睡一觉。虽然有挂心的事情，但他觉得用不着操心，当务之急是尽快养好伤。虽然警视厅称赞他这次是光荣负伤，但也不能得意忘形。如果因为受伤不能全力以赴地工作，很快就会被调动到

---

① 在日本，在门口放盐有驱邪、祛除晦气之意。

其他岗位。

然而，即使闭上了眼睛，草薙脑中仍涌现出一个个想法。他始终无法入睡，索性睁开眼，伸手去拿挂在床头的外衣，从内侧口袋取出记事本翻开。

两个月前，Penmax 营业部的早见达郎从自家公寓楼的阳台坠楼身亡。虽然乍看上去很可能是自杀，但如果看作自杀，又有很多可疑的地方，所以警视厅搜查一科的草薙等人受命出动了。

那天早上七点半，早见离开了家门。随后孩子们去上学，八点刚过，妻子也出门了。八点四十分左右，很多住户听到一声巨响。不久管理员发现有人流着血倒在公寓楼下，马上报了警。八点五十分，辖区警察局的调查员抵达现场，确认倒地的人已经死亡，并根据死者携带的驾照等证件判定是住在七楼的早见达郎。

从位置来看，早见应该是从自家阳台坠落的。问题在于是自杀、意外还是他杀。早见家的门是锁着的，但门链没有挂上。早见的家人表示他没有挂门链的习惯。此外，遗体没有穿鞋，早见出门时穿的皮鞋放在玄关脱鞋的地方。

很快有目击者提供情报，称案发当天上午八点左右在公寓附近的公园看到疑似早见的男人。目击者称早见当时没有做什么，只是茫然地抽着烟。

由此推测，早见应该是谎称去公司，离家后在公园里待了一个小时，等妻儿都出门后再返回家中。另外，他也没有打电话到公司说要迟到或请假。

虽然早见为什么没去公司是一个谜，但根据这些情况，认定为自杀身亡比较合理。然而，有一点无论如何无法解释。

那就是墙上的血迹。

客厅的墙上沾着淡淡的血迹，距离地面一百七十厘米左右，与早见的身高一致。鉴定证实那正是早见的血。实际上，尸体额头上的擦伤也不像是坠落导致的。

为什么早见的额头会撞到墙上？这是最大的谜团。如果是他人所为，自杀一说就不太可靠了。

于是轮到搜查一科的草薙他们出场了。

调查早见的人际关系后，草薙发现了一个耐人寻味的事实。早见和三个月前自杀的女职员有婚外情，女职员因为早见不想离婚而绝望，选择了死亡，死前还给早见打过电话。调查员问早见两人在电话里说了些什么，早见回答："她说过去的事情就让它过去吧。"但没有任何证据能证明早见说的是实话。调查员们反倒觉得，女职员很可能在电话里暗示早见她要自杀，说如果想让她回心转意，就和妻子离婚。但真相已无法查明，况且即使这是事实，也很难追究早见的罪责。

不过无法追究罪责不代表没有人怨恨他。就算女职员的家属、好友想要杀了他也不足为奇。

草薙他们从早见的同事那里得知他似乎在害怕着什么，说不定曾多次遇到危险。但也有不少人表示"感觉他有些神经衰弱，所以听说他自杀时，有种意料之中的感觉"。

草薙他们找了很多人问话，到最后也没发现疑似凶手的人。女职员的家属的确讨厌早见，但觉得女职员和有妇之夫交往密切，自身也有过错，丝毫没有报仇的想法。慎重起见，草薙他们也确认了家属们的不在场证明，他们都住在外地，没有人有机会行凶。

之后专门调查公寓楼监控录像的小组报告说，查明了案发前后所有出入过公寓的人的身份，没有人和早见有交集。

关于墙上的血迹，鉴定员也报告了一个推论。报告书中指出，经过仔细调查，从血迹两侧检测出了早见的掌纹和指纹。从附着程度来看，早见并不是被人推着撞到墙上的，很有可能是自己用头撞墙。

虽然有几个无法解释的疑点，但还是认定为自杀比较妥当——调查组高层得出了这样的结论。

草薙注视着写在记事本上的两个字。这两个字是在调查过程中发现的，他虽然很在意，当时却不知道该从哪里着手调查。

这两个字，一个是"灵"，另一个是"声"。

草薙拿起放在枕边的手机，犹豫片刻，选择了内海薫的号码。

4

离开医院后，北原乘坐出租车前往大手町。虽然他是在去加山就职的 Penmax 的路上，脑海里却浮现出其他事。

回想着和草薙的对话，北原陷入了自我厌恶。他很后悔几次说没有必要的话讥讽草薙，也无法原谅在警视厅的人面前感到自卑的自己。

北原从没有和草薙在同一个地方共事过，但一直视草薙为进入警视厅搜查一科的竞争对手。得知草薙被提拔到警视厅时，他吃惊得几乎感到晕眩，因为他觉得自己更有优势。

那些老家伙对草薙的评价很好——同学中有人这样议论。应该就是这么回事吧，北原只能这么想。他一向不擅长讨上司欢心，除了这一点，他自信无论哪方面都不比草薙差。

然而，无论是什么原因，一旦拉开了差距，就再也追不上了。

在现在工作的地方，不管多么努力，也无法取得引人注目的成果。即使辖区内发生了命案，主要负责的也都是搜查一科的人，辖区警察局的刑警根本没有施展身手的机会。

真是讽刺啊，北原心想。得知医院里发生了刺伤人的案件，赶到现场时歹徒却已经被制服，而且受害人正是过去的竞争对手，也是他制服了歹徒。看来运气好的人就算休息时也有机会送上门。而留给北原的差事只是确认嫌疑人的精神状态是否有问题，想来算不上什么功劳。

"干不下去了。"他忍不住嘀咕。

"您说什么？"出租车司机问。

"没什么。"他不耐烦地答道。

不久 Penmax 到了，北原决定先找加山的直属上司村木科长了解情况。村木是个四十多岁的男人，看上去很和善。

"哎呀，这次真是给你们添麻烦了。我们也很吃惊，做梦都没想到会发生这种事。"一在会客室里见面，村木就深深鞠躬致歉。

"先请坐吧。"北原说，"昨天是工作日，贵公司自然也是正常上班吧？嫌疑人加山请假了吗？"

听了北原的第一个问题，村木重重点头。"前天他就向我请过假了，理由是最近身体一直不太好，要去大医院看看。"

"他有没有具体说是哪里不舒服？"

"他没有说，不过我也知道他哪里不舒服。其实我之前就跟他说过，最好去医院看看。"

北原有些意外地看着村木。"他出过什么状况吗？"

"嗯，是啊，的确出过，而且不是一两次，也不光我一个人这么说。"

"怎么回事？发生过什么事吗？"

"嗯，比如说前不久……"

村木说的是一周前发生的事。

那天的一个会议上，加山负责报告一个新项目，他是该项目的负责人。那是董事和部长们都参加的大型会议。

报告的前半部分进行得很顺利，加山使用了会议室前方的屏幕，讲解得通俗易懂，语气明了轻快、充满自信。

然而讲到一半时，他却突然不对劲儿了。他的话变得断断续续，时不时地停顿很长时间。村木忍不住叫他，他也没有反应，仿佛听不到别人的声音。他双眼充血，额头冒汗。

怎么回事？村木正想再次叫他时，加山喊了起来："吵死了！吵死了！吵死了！吵死了！滚出去！从我脑袋里滚出去！"他一边叫喊，一边挥舞着手臂，仿佛在驱赶某种看不见的东西。

"我完全不知道发生了什么事，但董事们都在场，我必须先收拾局面，于是让其他人负责讲解后半部分。加山很快恢复了平静，之后的会议也没有受到影响，但他直到会议结束都无精打采，也很少开口。"

"他自己是怎么解释这件事的？"

"他说是因为过于紧张才不知所措。但我觉得很奇怪，以前在规模更大的会议上，更让人有压力的报告，他都能稳重地完成，大家都说他不愧是同龄人中升职最快的人。"

"是嘛，他升职最快？"

"因为过去他取得了许多成果，业绩在营业部里也是最出色的。不过因为这件事，公司高层对他的印象大打折扣。"

北原又问了其他人，几乎所有人的说法都和村木一样。加山在座位上工作时会突然自言自语，在开会时会完全无视其他人的话，发出让人难以理解的叫喊声。总之，他最近经常表现异常。

"我觉得加山就是只披着老虎皮的狐狸。"说这话的是一个姓小中的男人，他和加山同时进入公司，"他很擅长吸引人的注意。明明只做了和别人一样的事，却能把成果包装成别人的一倍。但这种弄虚作假的伎俩不可能一直有效，想必他私底下也在为此苦恼。被指定为那个项目的负责人，恐怕也成了他的压力。"

北原点了点头。警察里也常有这样的人，看来哪一行都一样啊，他想。

回到警察局后，北原再次审讯了加山，将从公司了解到的情况告诉了他。加山全身散发出沮丧的气息，深深低下了头。

"果然不光是科长，周围的人也都注意到了我的反常……"

"全都是因为幻听吗？"北原问。

加山无力地点点头。"每次做重要的工作时都会听到奇怪的声音，叫我去死，说要杀了我。那次项目会议的时候，声音比平常还要大，而且持续不断，我渐渐不知道该说什么好，陷入了恐慌。"

听到那样的声音，也难怪他会感到混乱，北原暗忖。"你有没有跟别人谈过幻听的事？"

"我没有告诉任何人。因为一旦说出自己会幻听，就会被调离重要的工作岗位。"加山缓缓摇头。

看来他果然虚荣心很强，北原想起了他的同事小中的话。

"但你终于难以忍受，决定去医院治疗，没想到在那家医院也听到了幻听，所以你迷失了自我，发了狂，是这样吗？"

"之前只会在公司里听到，可是，没想到在外面也……"加山抱住了头，"我闯下了大祸。"

看着沮丧的嫌疑人，北原觉得这起案子已经尘埃落定了。无非是一个普通公司职员不堪压力，冲动发狂，没有人会提出异议。接下来只要完成报告书就可以了。虽然可能需要做精神鉴定，但是否起诉由检察官决定，与他无关。

这是一起典型的辖区警察局特有的简单案件，北原想。

然而隔天早晨，他的想法就被推翻了。刑事科长把北原叫过去，向他引见了一个年轻女人。她容貌端正，身姿挺拔，虽然穿着便服，但北原一眼就看出她是警察。

刑事科长介绍了她的身份。她是警视厅搜查一科的调查员，名叫内海薰，似乎和草薙同一组。

"他们目前负责的案件有需要你协助调查的地方。我刚才听了一下，好像很复杂。后面就交给你了！"刑事科长说。

"哦？"北原看向女刑警，"那就说来听听吧。"

两人来到房间角落的简易接待组合沙发，北原从正面打量着女刑警端正的脸庞。

为什么这样的小姑娘能进搜查一科？不满在他心头蔓延开来。不过他大致猜得到缘由，应该是在几年前的"女性计划"中被提拔的。当时警察厅突然发布公告："在今后的犯罪调查中，女性视角非常重要，警察本部的各部门都要积极吸纳年轻的女调查员。"于是警视厅搜查一科中女调查员的数量也增加了。

只因为当官的一时心血来潮，没经历过艰辛的小姑娘就此青云直上，自己却永远只能打下手。真是受够了，他很想吐口水。

"需要我怎么协助？"北原跷起了二郎腿。

"简单来说，就是交换信息。北原先生，您负责加山幸宏的案子吧？这起案子和我们正在调查的案子很可能存在某种关联。"

"啊？"北原夸张地张大了嘴，"某种关联？加山是因为神经衰弱而发狂，不可能跟别的案子有关联。"

"不是单纯的神经衰弱，还有幻听吧？"内海薰口齿清晰地说。

北原摆弄着领带，点了点头。"……是草薙告诉你的吗？"

"您有没有去加山的公司了解情况？"

"去了。就算是辖区警察局的刑警，这种小事还是做得来的。"

"关于幻听的事核实了吗？"

北原深吸了一口气，放下跷着的腿，稍稍探身向前。"到底是怎么回事？不过是一起白领因为压力过大精神出现异常、去医院看病时冲动行凶的案子，搜查一科为什么对这种小案子感兴趣？你别故弄玄虚了，把手里的牌亮出来看看如何？"

北原自认已经说得狠劲儿十足，但内海薰的神情丝毫未变。她拿过放在一旁的包，从里面取出记事本。"我没有故弄玄虚的意思。那么我说一说我们手上的案子吧。这件事发生在大约两个月前，办公器材制造公司 Penmax 的营业部长早见达郎先生从自家公寓的阳台坠楼身亡。虽然自杀的可能性很高，但客厅的墙壁上沾着早见先生的血迹，说明也有他杀的可能，因此由我们负责调查。"

"说起来，草薙也提过这件事。"北原想起了在病房里的谈话，"不过听草薙的口气，那起案子不是以自杀结案了吗？"

"您说得没错，的确已经以自杀结案了，我想这个结论本身不会改变。"

"我不明白。"北原说，"你们手上的案子是自杀事件，我这起案子是头脑出问题的白领冲动行凶，两起案子之间到底有什么关联？不过是当事人在同一家公司而已，不是吗？这种程度的巧合并不少见。"

内海薰将视线转向记事本，一页页地翻看。"草薙前辈请鉴定员分析了早见达郎先生使用的电脑，结果发现，早见先生频繁搜索两个关键字。"

"两个关键字？"

内海薰把记事本拿给北原看，上面写了两个字。"一个是'灵'，另一个是'声'。"

北原撇了撇嘴。"这是什么意思？"

"草薙前辈也不知道是什么意思，但听您讲这起案件后，他突然有了一个想法。"

"他想到了什么？"

"很多人作证说，从死前一个月左右开始，早见达郎先生就变得很奇怪，总是提心吊胆，似乎极度恐惧着什么。按照他杀的思路进行调查时，我们考虑过早见先生认为有人想要他的命的可能，但排除了他杀的可能后，就留下了一个谜团——早见先生究竟在恐惧什么？"

"这个谜团解开了吗？"

"目前还只是猜想。草薙前辈的想法是，早见先生会不会和嫌疑人加山一样，也听到了幻听，而且声音听起来就像是来自幽冥一样？这样想的话，就可以解释他为什么要搜索'灵'和'声'。"

"来自幽冥？"

"您应该不知道，早见先生身亡三个月前，另一个部门的一个女人自杀了。早见先生跟她有婚外情，人们普遍认为她自杀与早见先生有关。"

"也就是说，这个叫早见的部长听到了死去的女人的声音？"

"这只是草薙前辈的推测。"

"是吗？"北原语带嘲讽地说，"草薙这家伙想法真是古怪。不过有这种可能，自己抛弃的女人自杀了，无论是谁都会睡不安稳。如果认为是自己害被抛弃的人走上绝路，出现一两次幻听也不足为奇。但那又怎样呢？"

"加山也说听到了幻听，对吧？他还说那是他行凶的诱因。"

北原凝视着女刑警，身体稍稍向后靠到椅背上。"所以那又怎样？你究竟想说什么？"

"同一家公司的人，同样饱受幻听折磨——把这当成巧合妥当吗？"

北原忍不住失笑。"什么妥当不妥当的，不然还能怎么想？还是说幻听就像流感一样会传染？"

"也许吧。"内海薰面无表情地回答，"也可能有其他原因。"

"真是荒谬。"北原不屑地说，"草薙这家伙也太乱来了吧，你去跟他说，有时间想这种荒谬的事，倒不如准备升职考试。"

"您觉得这很荒谬？"

"没错，毕竟我对精神病不感兴趣。加山听到奇怪的声音应该是事实，但原因不外乎是紧张或压力。如果不是巧合，那估计就是环境的影响。他们公司给人的压力很大，甚至让人头脑不正常了。"

"两个月前草薙前辈在调查案情时，"内海薰看着记事本，"得知早见先生应该没有工作上的烦恼，营业部长的工作顺风顺水。"

"无论旁人看来如何，他自己的感受是谁都无法得知的。而且就算两人都出现了幻听，原因也相同，和我们的工作又有什么关系？你们的案子是单纯的自杀，我手上的案子是伤人事件，这些事都不会改变，不是吗？"

"这要取决于幻听的原因。"

"你说什么？什么意思？"

内海薰没有回答他的问题，看了一眼左腕上的手表。"北原先生，接下来可以请您和我一起去一个地方吗？"

"一个地方？哪里？"

内海薰细长的眼睛直视着他。"去一个或许能替我们解开幻听之谜的人那里。"

走进帝都大学时，北原暗想自己有多少年没来过这样的地方了。之前负责的案子几乎没有需要来大学调查的，勉强说的话，他只委托过法医学研究室进行司法解剖。但在那种情况下，他感觉更像是去了趟医院，而不是大学。至于向与犯罪调查毫不相干的物理学家寻求建议这种想法，更是从没有在北原的脑海里出现过。

北原听说草薙借助那个姓汤川的学者的力量多次解决了疑难案件，但在他看来，这种做法纯属旁门左道。就算再没办法，也不应该向普通人求援。他简直怀疑草薙精神不正常，难道草薙没有身为刑警的自尊心吗？

当内海薰告诉北原他们要去的地方时，他本打算拒绝，因为他认为加山的案子已经解决了。

但他随即改变了心意，觉得见识一下草薙他们的做法也没什么不好。从内海薰的语气来看，她也经常和汤川打交道。反正手上没有急事，就抱着看热闹的心态一起来了。

内海薰似乎对这里很熟悉，毫不犹豫地在大学里前行着。教学楼里飘荡着北原从未闻过的、不知是药品还是油的气味。如果不是因为这起案子，他恐怕一辈子都不会来这种地方。

不久，他们来到了物理系第十三研究室。

内海薰敲了敲门，里面回了声"请进"，北原跟着她走了进去。研究室中央是一张大型工作台，上面和周围摆放着让人不敢随意触碰的复杂仪器。

一个穿白大褂的男人背对着他们坐在里面的座位上，电脑屏幕上显示着奇怪的图形。

男人站起身回过头，正是昨天在草薙病房里见过的汤川。他昨天没戴眼镜，今天戴了一副无框眼镜。

"好久不见。"汤川向内海薰说道。

"好久不见，今天百忙之中打扰您，真是不好意思。"

"刚才草薙给我打了电话，你们可真是强人所难。先说清楚，科学杂志想采访我都要提前两周预约，否则我一概不接受。"说完，汤川向北原点了点头，"昨天有劳了。"

"昨天失礼了。"北原低头致歉。

"你不用道歉，了解案情时让无关人员回避是理所当然的。不过——"汤川望向内海薰，"我做梦也没想到，这起案子会跟我扯上关系。"

"不，还不一定。"北原说，"我倒觉得或许不需要老师出马。"

汤川用指尖推了推眼镜中央，低头看着内海薰。"是这样吗？"

"我不知道，所以才登门求教。"

"哦……"汤川一脸无法释然地点了点头，然后问北原，"先来杯咖啡如何？只不过是速溶的。"

"不用了，还是抓紧时间吧。"

"好，"汤川在工作台旁边的椅子上坐了下来，"那说来听听吧。我听草薙说，是关于幻听的事？"

“没错，这起案件的关键词是幻听。”内海薰说完开场白，开始讲述案情。

她讲述了两个月前的自杀一案和这起案件，也说到两起案子很可能都与幻听有关，而且不太可能是巧合。她讲述得简洁明了，同时没有遗漏必要的细节。

北原在旁边听得暗自惊叹，心想难怪她会被提拔到搜查一科，果然头脑聪明。当然，只有头脑是不足以胜任刑警这个职业的。

“原来如此，的确耐人寻味。”听内海薰说完，汤川说道，“不过幻听属于精神方面的问题，应该不需要物理学家出场。”

北原也有同感，用力点了点头。

内海薰说：“如果只有一个人，我也会同意您的看法。但在同一家公司的两个人，同一时期深受幻听之苦，恐怕就有可能是精神层面以外的原因——也就是某种物理因素造成的。”

“比如说呢？是什么样的魔法？”

“草薙前辈说，”内海薰舔了舔抹了浅色口红的嘴唇，“以前听汤川老师提过超指向性扬声器的事，据说有办法只让很小范围内的人听到声音。”

汤川露出了笑意，眼镜后面的双眼眯了起来。“你是说超声波定向系统？没想到那个科学白痴居然记得这回事，倒让我有点儿刮目相看了。”

“你们到底在说什么？”北原问。他听得一头雾水。

“一般的声音是从声源开始呈扇形传播，但超声波传播的范围很小，声波几乎是直线前进，这种现象被称为‘指向性高’。利用这一优点研发的装置就是超声波定向系统。”

“是吗……”北原含糊地点了点头，其实他并没有听懂。

"简单来说，"汤川补充道，"就像内海刚才说的，这种扬声器发出的声音只能在非常小的范围内听到。即使有很多人聚集在一起，也可以只让其中几个人听到声音。"

"这种事做得到吗？"

"只要满足条件就可以。"汤川重新望向内海薰，"草薙认为有人故意让加山他们产生幻听吗？"

"他说不排除这种可能。"

"哼，荒唐！"北原不屑地说，"这种事根本不可能。他都在想些什么？"

"为什么你能断定没有呢？"汤川问。

北原看着物理学家的眼睛。"因为做这种事没有意义。让别人产生幻听，又有什么好处呢？加山暂且不提，两个月前自杀的部长也产生了幻听这种说法，不过是草薙的猜想而已。"

"从内海说的情况来看，我觉得这种猜想有合理性。"

北原用力在脸前摆着手。"你想多了。老师，调查可不是这么回事。想要只凭想象解决案件，也太想当然了！"

"没有人只凭想象就下结论。分析现象时，需要探究所有的可能性。也就是说，有人提出意见时，首先要尊重。不进行验证，只因为不符合自己的想法和感觉就否定别人的意见，是没有上进心的懒汉才会做的事。"

"懒汉？"北原瞪着物理学家。

"对，懒汉。倾听别人的意见，不断检验自己的做法、想法是否正确，这无论对肉体还是精神来说都是很大的负担。相比之下，不听别人的意见，固执地坚持自己的想法就很轻松。贪图轻松的人就是懒汉，我说错了吗？"

北原咬着嘴唇，握紧右拳，恨不得打汤川端正的脸一拳。

"汤川老师，"内海薰开口了，"有办法确认草薙前辈的推测是否正确吗？"

汤川点了点头。"首先要向当事人了解情况。不过一个人已经死了，只能问另一个人了。"

北原深吸了一口气，鼻孔不由得变大了。"你想问加山？"

"是的。"

"怎么可能！"北原斩钉截铁地说，"你是与案件无关的普通人，只是个学者，不可能让你和嫌疑人见面。"

"可是要解开幻听之谜——"

"没那个必要。"北原故意在站起来时发出很大的声音，"我不知道你和草薙之前取得了多少成果，但不要连我的案子也插手。加山的案子已经解决了，别多此一举！"然后他俯视着内海薰说道："替我转告草薙，不要得意忘形。"

"他绝对没有这种想法……"

"少啰唆，与你无关。"北原大步穿过研究室，握住门把手。

"要离开请随意，不过我有言在先。"后面传来汤川的声音，"我是受草薙之托才会协助这次调查的，其实我根本不想参与这种事。既然你说这起案子已经解决，我就不会再管，因为我比你更不在乎能否查明案件的真相。你最好认清这一点再做决定——是像以前那样固执己见，还是听取别人的意见、挑战新事物？"

北原握着门把手回过头，眼里充满了憎恨。

但物理学家丝毫不以为意，重新戴好了眼镜。"草薙尊重我这个外行的意见，也会倾听后辈女刑警的看法。你就做不到同样的事吗？"

北原咬紧牙关，握着门把手的手因为愤怒而颤抖。

5

得知面谈的对象是物理学家时，加山看起来很困惑。北原心想，这也难怪，想想他的情况，应该和心理学家或精神科医生面谈才对。

面谈在警察局的小会议室进行，只有北原和内海薰两个警察在场。事先已经向上司解释过，这只是非正式的面谈。

"那个声音听起来是什么样的？"汤川开始提问，"听说是个低沉的男声，清晰程度如何，有没有听不清的情况？"

"一直听得很清楚，"加山答道，"所以幻听时听不到别人说话的声音。无论周围多嘈杂，都可以听到幻听。"

"用过耳塞吗？"

"用过，但没有效果，很快就不用了。"

"完全没有效果？"

"对。"

"幻听主要是在公司时出现，是这样吧？现在还会听到吗？"

"没有，自从被逮捕后就没再听到过了，稍稍松了口气。"说到这里，加山表情稍微放松了些，看来之前被折磨得不轻。

"听到幻听的时候附近有人吗？"

"有时有人，有时没人。在我意识到是幻听之前，每次听到声音都会扫视周围，但一般来说没有人。"

"你跟别人讨论过幻听的事吗？"

加山神情苦涩地摇了摇头。"没有，要是早点儿去看医生就好了。"

"你听说过其他人在为幻听烦恼吗？"

听了汤川的这个问题，加山意外地眨了眨眼。"有这样的传闻吗？"

汤川面无表情地回答："不知道，所以要确认。你听说过吗？"

"我没听说过。"

"你觉得你幻听的原因是什么？"

加山一脸凝重地沉默片刻，缓缓开口道："归根结底，还是因为我内心脆弱吧。稍微有点儿成绩就忘乎所以了。被任命为项目负责人后，我的确有压力，总是感到不安，担心自己是否能胜任。本以为自己是个坚强的人，结果看来我自视过高了，真是惭愧。"

"也就是说，你认为是精神方面的原因？"

"也只可能是这个原因了吧。"加山垂下双眼。

面谈结束后，加山被送回拘留所，北原他们留在小会议室。

"怎么样？"内海薰问汤川。

物理学家神情严峻地看着笔记说："草薙的猜测落空了。"

"草薙前辈的猜测？"

"假设有人使用了超指向性扬声器，也就是超声波定向系统，这个想法很有趣。但根据加山刚才的供述，可以排除这种可能性。即使以超声波为载体，声音就是声音。用了耳塞声音却没有减弱这点不符合常理。"

"加山确实说过，耳塞完全没有效果。"

汤川点了点头。"坦白说，我本来就觉得这种可能性很小。目前超声波定向系统还很难做得小而轻，操作装置很难不被人察觉。"

"现在可以下结论了吧，"北原插口道，"加山是因为生病而产生幻听，与物理之类的科学无关。"

汤川听了，露出疑惑的神情，用指尖推了推眼镜。"为什么你会得出这样的结论呢？只是排除了一种假设而已。"

"你的意思是，还有其他方法？"

汤川没有明确回答这个问题，而是意味深长地看着北原和内海薰。"我想确认几件事。"

"什么事？"内海薰问。

"加山在会议过程中听到了幻听，我希望你们去调查一下哪些人参加了那次会议。此外，要尽可能查明加山听到幻听时有哪些人在附近。还有一件事，希望查清楚和早见在同一层楼工作的人中，有没有人最近听到了幻听。"

"你是说，还有其他人也听到了幻听？"北原问。

"如果幻听是人为的，有其他受害人也不奇怪。受害人很可能没有把这件事告诉任何人，在独自为之烦恼。问题在于怎样找出这样的人。"汤川凝视着北原的脸，"即使是专业的刑警，要查出来也很困难吧？"

物理学家明显在挑衅。上他的钩固然令人恼火，但北原更不愿意让他觉得自己在逃避。

"我会想办法。"北原回答。

6

胁坂睦美刚在电脑前坐好，就发现有人站在面前。她抬头一看，是科长村木。

"有什么事吗？"胁坂睦美问。

"刑警又来了。"村木的眉毛向下耷拉着，"他们想找你了解情况。"

"找我？"睦美伸手按住胸口，"是加山先生的事吗？"

"应该是吧。"

"可是我跟加山先生不是很熟……"

"或许吧，但既然特意点名找你，想必有某种原因。他们在第三会客室等着，你能不能马上过去？"

"好的。"

虽然心存疑惑，睦美还是关掉电脑，站了起来。就在她向门外走去时，身后有人叫她。

"睦美！"

她回头一看，坐在她旁边的长仓一惠跑了过来。

"怎么了？"睦美问。

一惠看了看四周，问道："是警察找你吗？"

"是啊……"

一惠露出歉疚的表情，双手在胸前合十。"对不起，都怪我和他们说了奇怪的事。"

"奇怪的事？"

"刚才我也被叫去问话，他们问了我很多问题，我就说了你的事。"

睦美惊讶地看着一惠。"他们到底问了你什么？"

"这个嘛……你见了刑警就知道了。不过我没有说你坏话，只是回答了他们的问题。"

一惠说得很含糊，睦美有些不耐烦了。"到底说了什么？你说清楚啊。"

"你很快就知道啦。"一惠又说了声"对不起",转身离开了。

目送她的背影，睦美嘟囔："怎么回事啊？"既然不想明确回答，还不如一开始就不说。

一个男人和一个女人在会客室里等待着，两个人她都见过。男刑警来公司调查过加山幸宏的案子，女刑警则在早见达郎自杀时来过。

"很抱歉百忙之中打扰您。"姓北原的男刑警说，"今天我们来这里，是针对嫌疑人加山伤人事件找公司的各位了解情况的，希望您能配合。"

刑警客气的态度反而令人生疑，睦美紧张了起来。"我要说什么呢？"

"根据上次向各位了解的情况，嫌疑人加山前段时间精神状态一直不稳定，他的犯罪行为很可能与此有关。问题是加山出现这种状况的原因是什么？如果是工作环境有问题，这些因素也会影响判决。"

睦美觉得听懂了刑警的意思，于是问道："所以呢？"

"希望您坦率地说出来。加山的工作环境如何，容易产生压力吗？"

"唔……"睦美沉吟着，"我们在工作上几乎没有交集，所以我不太清楚。不过听说他被任命为项目负责人，应该很辛苦吧。"

"其他人的情况如何？"

"其他人？"

"有没有人像加山那样，因为压力身体垮了，或是精神出了问题？有没有人跟您聊过类似的事情？"

"没——"她正要说"没有这种情况"，忽然恍然大悟，明白长仓一惠那番话的意思了。

"胁坂小姐，"女刑警温和地说，"有人说，您正在为耳鸣烦恼。"

果然是这样，睦美心中笃定了。当刑警问最近有没有人表现反常时，一惠说出了睦美的名字。

"是怎样的情况呢？"女刑警追问道。

"不是什么大问题。"睦美干脆地回答。如果被视为加山的同类就惨了。"只是暂时的，现在已经差不多治好了。"

北原用怀疑的眼神看着她。"真的吗？"

"真的，我为什么要撒谎呢？"睦美忍不住有些生气了。

"您有没有因为耳鸣去看医生？"北原问。

"看过，但医生说没有异常。"

"也就是说，您现在还不知道耳鸣的原因？"

"没错……但又有什么关系呢？我已经痊愈了。"睦美的声音在颤抖，她从北原的凝视中感到了压力。北原的眼神里并没有威慑感，但蕴含着冷静而透彻的光芒，仿佛可以看穿试图撒谎的人内心微弱的动摇。

"胁坂小姐，"北原说，"如果您确实已经不再耳鸣，那自然很好，但如果现在依然会耳鸣，请务必告诉我们实情。因为您的耳鸣很可能是由您不知道、和您毫无关系的原因引起的。"

睦美屏住了呼吸，觉得对方说中了自己一直以来烦恼的核心。

突然，北原的表情缓和下来。"……虽然这么说，其实我也是半信半疑。"

"啊？"

"为别人消除幻听——我也怀疑是否真的能做到这件事。但据说在特定情况下，是有可能的，前提是您要说实话。胁坂小姐，您能不能信任我们一次呢？"

北原的声音像水渗入干燥的沙子一样浸润了睦美的心。他们知道她耳鸣的原因，而且表示也许能消除耳鸣。

"怎么样？您仍然确定已经不再耳鸣了吗？"北原再次问道。

睦美做了个深呼吸，向他确认："真的可以消除耳鸣吗？"

第二天早晨来到公司后，睦美先去了会客室——这是刑警给她的指示。会客室里只有昨天的女刑警和一个身材高大的男人，北原不在。

身材高大的男人穿着针织衫和夹克，看起来不像刑警。他自我介绍说姓汤川，是帝都大学物理系副教授。睦美困惑不已，物理学家是来做什么的？

汤川拿出一个烟盒大小的长方形机器，上面小小的凸起应该是开关，一条电线从机器延伸出来，末端连着一个看似五十日元硬币的金属片。

"请撕开金属片背面的贴纸，贴在耳朵后面，左耳或右耳都可以。"

睦美按照汤川所说，将金属片贴到右耳后方。

"请用右手拿着这个。"汤川将机器递给睦美，走到不远处的笔记本电脑前，"请打开开关，随意说点儿什么。"

睦美打开开关，说了声"你好"。

"很好。"汤川看着笔记本屏幕，点了点头，然后走了回来。

"平时可以把开关关掉，等耳鸣时再打开。"

"然后耳鸣就会停止吗？"

"不，"汤川沉吟，"我不知道结果会如何，但如果一切顺利，从明天起您就不用再为耳鸣烦恼了。"

"这是怎么回事？请告诉我。"

"等一切水落石出后再说。"汤川气定神闲地说。

睦美将机器藏在衣服里面，避免被人看见，离开了会客室。回到办公室时，已经有几个同事来了，其中就有长仓一惠。昨天睦美见过刑警回来，一惠不安地问："怎么样？"睦美回答说："没什么。"虽然对一惠多少有些不满，但她觉得如果立场互换，自己也会做出同样的事。而且如果可以消除耳鸣，在某种意义上一惠也算是她的恩人了。

"早安。"睦美向一惠打招呼。

"早安。"一惠也一脸愉悦，"怎么了？有什么好事吗？"

"没有啊，为什么这么问？"

"因为你看起来很高兴。"

"咦，是吗？"睦美偏着头，在座位上坐了下来。她觉得或许一惠说得没错，平常她十分厌恶耳鸣，今天却隐约有些期待。到底会发生什么事呢？她忍不住好奇。

这个早晨和平时一样，熟悉的同事们陆续来上班，坐到各自的座位上。两个穿着作业服的男人正在检修放在墙边的复印机。

不久，上班的铃声响了。睦美紧张地做出每天的第一个动作——打开电脑。

她现在依然几乎每天都会耳鸣，通常是在开始工作不久、午饭时或回家路上。她很担心总有一天会影响工作，但目前为止还没有问题。今天耳鸣会在什么时候出现呢？

睦美确认了一下藏在衣服下面的装置。没问题，开关随时可以打开。但打开后会怎样？那个学者有什么打算？这个装置到底是什么呢？

她思索着这些事，正要开始工作，脑中又响起那种仿佛小虫在乱飞的声音，节奏混乱，也没有旋律，令人不快的声音好像在蹂躏她的思考。

睦美打开装置的开关，但声音没有消失，小虫依然在脑袋里乱飞。睦美闭上眼睛，咬紧牙关。

就在这时，声音突然消失了，她听到周围人的骚动声，其中还夹杂着女人的尖叫。

睦美睁开眼睛，扫视着四周。在她的座位后方约十米处，一个看起来像是复印机检修工的人反拧着一个男人的手臂。

她一时不明白发生了什么事。过了好一会儿，她才发现其中一个穿着复印机厂商作业服的人，其实是刑警北原。

7

被带进审讯室的小中行秀就像只小动物。他肩膀本来就很窄，又像个老太婆似的蜷缩在座位上，显得更加瘦小了。他那双怯懦的眼睛游移不定，似乎随时会掉下泪来。

那是我哥哥留下的装置——小中的供述是从这句话开始的。

"你是说那个奇怪的机器？"

面对北原的发问，小中颤抖着点了点头。"那是样机……也就是试验品。我哥哥他们研发了完成度更高的产品，半年前带着产品去了美国，因为已经和那里的研究机构签订了共同开发的合同。"

"你知道机器的使用方法吗？"

"知道，因为他们在我身上做过多次实验。当时我就觉得这是很厉害的发明，应该可以用来操纵别人。"

"所以你就趁你哥哥离开，在公司同事身上试用？"

"……是的。"

"第一个是早见达郎先生吧？为什么选择他？"

小中突然露出冰冷的表情，冷笑了一声。他的回答完全出乎北原的意料。"我觉得很有趣。"

"有趣？什么意思？"

"这不是很有趣吗？和他有婚外情的女职员自杀了，他却一副毫不知情的样子，你难道不想看看那家伙听到幽灵的声音会有什么反应吗？"

小中说他让早见听的是女人的抽泣声。"我从录像带、DVD里收集了女人的抽泣声，输送到早见的脑海里。真是精彩极了！平常威风十足的人，一听到这声音就吓得战战兢兢，远远看着也能看出他在害怕。我可以肯定，他和那个女职员的自杀脱不了干系。"

"你是想为那个女职员报仇吗？"

听到这个问题，小中第一次笑了。"报仇？怎么可能！我根本不认识那个死掉的女职员，只是憎恨早见而已。他是个无能的部长，无法正确评价别人的实力。"

嫌疑人的供述开始出人意料。北原稍稍往后一靠，看着小中问道："你恨早见吗？"

小中用充血的眼睛看着他。"恨啊，当然恨。加山负责的那个项目原本是我提出的，结果早见不仅抢走了我的创意，还提拔自己中意的下属做项目负责人，让我打下手。这种事难道能忍受吗？所以我要报复，用幻听来报复！不过我先声明，我只在公司里对早见使用那台机器，从没有在公司外用过，所以他的自杀与我无关。"

"但目前比较合理的推测是，他听到人为的幻听，精神不堪重负，因此真的开始幻听了，最后冲动自杀。即使是这样，你也觉得与你无关吗？"

"那种事——"小中怄气似的低下了头，"我怎么想得到。是他自己做了亏心事，才会走到这一步。"

北原叹了口气，开口道："你让加山听到幻听，也是出于同样的理由吗？你嫉妒那个青云直上、把你远远甩在后面的人？"

"那家伙，"小中抬起了头，"不过是有手段而已。我从比他好的大学毕业，之前业绩也不输给他，无论怎么想，我的评价也不可能比他差。我只是想要纠正这种不公平的事。"

"为什么他去医院，你也要追过去让他听到幻听？"

小中撇了撇微微泛红的嘴唇。"我要把他逼到走投无路。如果在看医生前听到幻听，他一定无法平静下来。在这种状态下就医，医生会认为他真的生病了。"

北原一脸不解地看着小中瘦小的面孔。"用这种手段来陷害竞争对手，不觉得空虚吗？你难道不想凭自己的能力战胜对方？"

小中露出小孩子闹别扭般的表情。"我的能力得不到公正的评价，我也没办法。"

北原挠了挠头，心想小中还是没明白。他就和自己一样。

"我告诉你一件事。"北原说，"加山被带到这里以后没为自己辩解过一句，一直在道歉。不仅向受害人道歉，还反省给公司带来了麻烦。就连幻听这件事，他也归咎于自己内心脆弱。如果我是你们公司的老板，根本不用犹豫就知道该提拔谁。"

小中瞪大了眼睛，拼命做出憎恨的神情，但目光中还是明显流露出悲伤。

8

照片上有一个很像老式收音机的银色长方形盒子，上面连接着一条粗电缆，电缆另一头是个类似数码相机的机器。

"用法很简单，将声音存入主机存储器里，然后调整音量，将照射器对准目标人物的头部，打开开关，对方就会听到存入存储器里的声音。"汤川站着解释道。

正在看照片的草薙抬起头。"其他人听不到吗？"

汤川点了点头。"绝对听不到。"

"是真的。"一旁的内海薰肯定地说，"我也参与了实验，即使站在目标旁边也完全听不到。但我是目标时，声音就像在脑袋里回响，旁边的人却听不到，真是不可思议！"

"各种实验证实最远传输距离是二十米。嫌疑人小中应该是很小心地把主机藏在包里放在脚下，以免电缆被旁边的人发现，然后用照射器对准目标。"

"这样的举动不会暴露吗？"

"我们在小中他们的办公室进行了再现实验，发现出乎意料地难以察觉。"内海薰说，"您看照片应该就知道了，照射器很小，乍一看就像是数码相机或手机，如今这个年代，在座位上摆弄这种东西，没有人会注意到。"

草薙微微摇了摇头，望向汤川。"这装置到底是什么原理？你说是照射器，具体是用什么照射呢？"

"简单来说，就是电磁波。普通声音是在空气中形成声波，传到人的鼓膜，但这个装置是利用电磁波传播声音。"

"电磁波……是怎么做到的呢？"

"将声音调制成电磁波进行照射，通过电磁波和头部的相互作用，被照射的人就会听到声音，这就是微波听觉效应。内海刚才形容'就像在脑袋里回响'，并不是比喻，声音确实是在脑中响起的。这种现象以前就为人所知，但我还是第一次见到可以实际应用的装置，而且惊人地小巧。听说制作这个装置的是嫌疑人的哥哥，难怪会被美国的研究机构选中。"

草薙叹了口气，放下照片。"在这个世界上，我们不知道的事还是太多了。"

"知道了这件事，不也是收获吗？"汤川拿起照片，放进夹克的内侧口袋。

"你很快就发现了吗？"

"加山说耳塞没用，我就觉得电磁波的可能性最大，于是先让内海他们彻查加山听到幻听时的情形。加山中途陷入恐慌的项目会议很有参考价值，幸好当时出席会议的人的座次都有记录。要想在不引起怀疑的情况下操纵机器，必须坐在最后面。而记录显示，坐在最后一排的只有小中行秀。另外，医院的监控摄像头也录下了你被刺伤时的影像，仔细查看后，我找到了看起来像小中的人，那个人还抱着一个大包。我让内海他们去查了一下，发现那天小中向公司请了假。因此，我认为如果有人利用电磁波制造幻听，那个人一定是小中。"

"原来如此，你还是全靠理性分析啊。"

"但我也不完全确定，只能等嫌疑人再次行动，我的猜想才能被证实。如果没有其他人听到幻听，我也没办法。"

"所以你去调查了公司的人，找到了说自己耳鸣的女职员？"草薙看向内海薰，"干得好！"

"不是我一个人的功劳，没有北原先生的协助，我很难做到。"

草薙点了点头，又抬头望向汤川。"不过，我还有不明白的地方，就是那个女职员耳鸣的真相。据说她只听到了嗡嗡的声音，而不是像早见和加山那样听到人的声音，这究竟是怎么回事？是嫌疑人的失误吗？"

"不，不是失误，嫌疑人是故意这么做的。"

"故意？"

汤川拿过放在一旁的包，从里面取出一台下面装着迷你扬声器的 iPod。"胁坂睦美小姐听到的声音是这样的。"

汤川打开开关，扬声器中传来令人难受的低沉声音，听着就感觉背上发痒。

草薙不由得皱起眉头。"这是什么？是故意要找她麻烦，所以让她听到这样的声音？"

"我起初也是这么想的，但反复听了几遍后，发现声音在以一定的模式重复着。于是我分析了波形，发现是一段声音上覆盖了低频率噪音。去除了噪音，又调整了频率后，就出现了这个。"

说完，汤川打开 iPod，扬声器里马上传出一个男人的声音："你爱小中行秀，你爱小中行秀……"

"这是什么？"草薙脱口而出。

汤川笑了笑，关掉开关。"正如你听到的，不断重复着的'你爱小中行秀'。声音应该来自小中行秀本人。"

"为什么要这样做……"

"不清楚，问当事人才能知道。不过我大概可以猜到。"

"这是怎么回事？"

"大概是想利用潜意识吧，通过用低频率传输话语的方式，对听到的人的潜意识进行暗示。"

"啊！"草薙张大了嘴，"原来小中喜欢那个女职员？所以想让她也喜欢上自己……真是个卑鄙的家伙。"

"确实很卑鄙，同时也很幼稚。胁坂小姐说她已经为耳鸣苦恼了三个多月，但根本就没留意过小中。"

"这件事你告诉北原了吗？"

"告诉了。"内海薰回答，"我在来这里之前，已经把声音的备份给了北原先生。"

他说了什么没有——草薙正要发问，手机响起收到邮件的提示音。他向两人说了声"不好意思"，拿起手机查看。

刚刚说到北原，他就发来了邮件。邮件的标题是"结束"，正文如下：

> 小中承认了对胁坂睦美小姐的所作所为，并要我们对她保密。这下一切都解决了。请转告物理老师和美女刑警，接下来就交给我们吧。我知道你为什么能出人头地了，果然只是因为运气好，运气好才会有贵人相助，就是这样。今后也尽管让我嫉妒吧！
>
> 又及：祝早日康复
>
> 北原

草薙忍不住笑了起来，把手机切换回待机画面。

"您好像很开心？"内海薰说。

"大概是银座的女招待发来的邮件，"汤川冷着脸说，"问他现在方不方便来看望。"

"哟，这你都知道？"

"果然如此吗？你都写在脸上了。走，内海，可不能搅了他的好事。"

"是啊。前辈，您多保重。"

"好。出院后请你们喝酒。"

两人走出病房时，故意发出很大的声响。

草薙躺了下来，想着北原的邮件。

有贵人相助？你哪里知道，和那两个人好好相处有多辛苦啊。他在心里嘀咕。

* 作者注：小说中出现的脑内声音装置，到二〇一二年五月时尚未实际应用。

第四章　曲球

1

雨下个不停。进入十月以后，天气一直没有放晴。

"这就是所谓的秋雨绵绵吧。"男人低声说。

快到目的地时，手机响了。男人咂了咂嘴，摸索着拿起手机。他看着前方，一边单手操纵方向盘，一边接起电话。"喂？"

"啊，是我。"是妻子的声音。

"什么事？我在工作。"

前方是红灯，男人踩下刹车。

"我知道，但这是急事。仙台的姑妈打电话过来说还是希望我能参加守灵仪式，所以我现在要过去，今晚就住在那里。"

男人撇了撇嘴。"晚饭怎么办？"

"你自己想办法吧，也可以叫外卖。"

"给孩子们带的饭呢？"绿灯亮了，男人松开刹车，踩下油门。

"你放心，只要给他们钱，他们自己会解决的。"

"解决？买便利店的盒饭吗？"

"可以啊，买面包也行。不用担心，他们会随便买点儿吃的。"

妻子不耐烦地说。

目的地到了，停车场的指示箭头映入眼帘。男人放慢车速，转动着方向盘。"你要在仙台待多久？"

"嗯……"妻子沉吟着，"我打算明天回来，但也有可能再住一晚，因为要帮忙处理葬礼后的事。"

"为什么？你就不能想想办法，早点儿回来吗？"

地下停车场的入口已经出现在眼前，因为之前来过多次，他对这里很熟悉。

突然，一个念头闪过他的脑海。离开事务所时，上司提醒过他一件事，是什么事呢？

"可是奶奶以前那么照顾我，我怎么能撒手不管呢？"

"真没办法，知道了。"

说完，男人把手机丢到副驾驶座。

做女人真轻松啊，他想。哪儿像自己，满脑子都想着哪怕多赚一块钱也好。今天本来可以休假，但因为同事病倒了，他被临时叫出来代班。当然他也可以拒绝，但经济状况却容不得他放弃那笔特别津贴。

然而，开不熟悉的车很不顺手，就像待在别人家里一样不自在。烟灰缸上贴着的写有"禁烟"二字的贴纸也让他心中不快。

停车场的入口越来越近。赶快卸完货，然后去抽根烟吧！

就在通过入口时——

一阵冲击让男人的身体向前扑倒，安全带紧紧勒住肩膀。

咦，怎么回事？男人不知道发生了什么事。

下一瞬间，白色的东西从天而降，转眼间覆盖了挡风玻璃。

男人终于想起了上司提醒他的事——是关于货车的高度。随后，他的脑海里浮现出了停车场入口上方的字——限高。

2

这么大的车，应该停不进机械式停车场。草薙打量着银灰色的车身想。那是一辆欧洲产的轿车，车长超过五米，宽度也超过一米八，所以只能停在平面车位。可惜车位数量很少。

"所以才要使用特权阶级的力量吗？"草薙抱着胳膊说。轿车停放的车位前有一行字——非相关车辆禁止使用。

"您这么说有些对不起受害人吧。"后辈刑警内海薰在旁边责备他，"听说是健身会所安排她停在这里的。"

"虽然是这样，但也是因为她是名人，才会让她停在这里吧？如果是普通人，健身会所就不会这么做了。"

"我想就算是普通人，只要成为这家健身会所的 VIP 会员，应该也可以享受同样的待遇。"

"能够成为 VIP 会员的人，就不是普通人了。"草薙不以为然地说。这时手机响了，是上司间宫打来的。

"你看现场了吗？"

"现在正在和内海看现场，也向健身会所的人初步了解了情况。"

"是嘛。你有什么想法？"

"想法……"草薙挠了挠太阳穴，"现在还说不上来，不过受害人在这里停车应该不是偶然，所以有可能是知道这件事的人预谋作案。"

"是吗？好，我过后再听你详细汇报，你们先来警察局，受害人的丈夫很快就到。"

"丈夫……"

手机另一端传来间宫粗重的鼻息。"当然是东京天使队的柳泽投手了。快点儿过来！"说完，他挂断了电话。

草薙坐着内海薫开的车前往辖区警察局，雨刷在挡风玻璃前来回摆动。今天早晨就开始下雨了，草薙想起受害人的车也是湿的。

"虽然这么说有点儿轻率，不过幸好东京天使队没有打进季后赛。如果进了，现在就要乱成一团了。"内海薫说。

职业棒球联赛即将迎来漫长赛季的尾声，从下周开始，排名靠前的球队就要进行季后赛了。不过这个赛季东京天使队排名一直落后，已经开始休假。

"运动员们可能会感到震惊吧，但赛季中队友的家人过世也是常有的事，如果被这种事影响比赛，当职业运动员也不够格。"

"可是发生在自己身上就另当别论了吧。如果是因病去世还可能早就做好了心理准备，这种突然发生的……而且是他杀，他肯定无心比赛了。"

"这么说也有道理。不过柳泽投手的话应该没关系，他很可能不会上场。"

"是吗？"

"他快四十岁了，力量已经在走下坡路，今年赛季的后半段一直是二线运动员。我记得他前不久接到了战力外通告①。"

内海薫叹了口气。"偏偏在这种时候，他的妻子又出了这样的

---

① 日本职业棒球术语。在赛季即将结束时，球队会通知已不在球队未来战力规划之内的运动员，这通常意味着将与该运动员解除合同。

事……实在太不巧了。"

"什么时候遇害都不巧啊。"草薙点了点头，一股苦涩的味道在嘴里蔓延开来。

今天下午五点半左右，警方接到报案，一个女人头部流血倒在健身会所的停车场，报案的人是停车场的保安。

因为保安同时拨打了一一九①，急救人员也赶到了现场。女人倒在驾驶座的车门旁。她穿着连衣裙，外面套着薄大衣，大衣的背面几乎一半都被血染红了。

急救人员确认女人已死亡时，辖区的警察也赶到了。

死者头部有被钝器多次击打的痕迹，染着血的哑铃滚落在尸体附近的车底，现场没有发现受害人的手提包之类的物品。

辖区调查员和机动搜查队员进行了初步调查，与此同时，草薙他们也被召集到现场。遗体已经被运走，但受害人的车还留在原地，鉴定员在继续调查。草薙看着这样的景象，向健身会所的人问话，整理现有的情报。

没有发现手提包，所以没能找到驾照，但因为车停在特殊车位，死者的身份很快就被查明了。

死者名叫柳泽妙子，是这家健身会所的 VIP 会员。今天她是来做美容的，已经事先预约了。美容师说，每次她来都会安排她在地下停车场的特殊车位停车。

健身会所的资料库里存着柳泽妙子的个人基本资料，警方由此查出她办理的是家庭会员，并查到她的丈夫是职业棒球东京天使队的柳泽忠正。

---

① 在日本，119 是急救、火警电话。

不久，草薙和内海薰来到警察局。柳泽忠正已经到了，并且确认了死者的身份。间宫正在一个房间向他了解情况，草薙和内海也跟其他调查员一起参加了。

　　柳泽体格结实，但身材不像想象中那么高大，如果穿上西装，看上去就像公司职员。他的长相也给人一种知性的感觉。

　　"关于这起案件，您有什么线索吗？"间宫问。

　　"完全想不到。"柳泽脸色苍白地回答，"今天下午四点半左右收到她的邮件，告诉我她正要去做美容，跟平常没什么区别。"

　　"您妻子常去做美容的事，有多少人知道呢？"

　　"这个嘛……"柳泽思索着，"我不清楚。我没有告诉过任何人，但她也许跟朋友提过。"

　　"您妻子有没有跟您说过，去做美容时发生过不愉快或是奇怪的事？"

　　柳泽心烦意乱地摆了摆一双大手。"没有，我没听她说过。我不太了解她的日常活动。"

　　他的声音透着烦躁，在一旁的草薙觉得可以理解。听说职业棒球运动员的生活几乎全部奉献给了棒球，只有这样才能生存下去。他把家庭事务全都交给妻子打理，所以才能专注于棒球。他不可能会留意妻子在家做什么。

　　"那么，"间宫说着，把放在旁边的塑料袋拿到桌子上。袋子里有一个长方形的盒子，包着知名百货公司的包装纸。"您见过这个吗？"

　　"这是什么？"

　　"这东西放在车的副驾驶座上，装在百货公司的纸袋里。"

　　柳泽困惑地摇了摇头。"我不知道。"

　　"看上去像是准备送人的礼物，您听妻子说过这件事吗？"

"没有，我没听说过。"

"所以，您也不知道里面是什么了？"

"是啊，当然了。"

"那可以由我们保管一段时间吗？看情况，可能要用 X 光确认里面的东西。"

"请便。"柳泽一副漠不关心的样子，不耐烦地回答。妻子突然遇害，在现在的精神状态下，他显然无法思考这种细节。

之后间宫又问了几个问题，但柳泽并没有说出对调查有帮助的内容。

间宫吩咐草薙送柳泽回家，应该是想让他们互相熟悉一下。一般来说，间宫会把不好相处的死者家属的后续联络工作都推给草薙。

草薙让内海薰开车，自己坐在副驾驶座上。

车开始行驶后不久，柳泽就打起了电话。他小声说着话，可以听到"守灵""葬礼"之类的词。

"请问……"电话打到一半，柳泽问草薙，"遗体什么时候能送回来？"

草薙稍稍思索后回答："最快明天傍晚，因为要进行司法解剖。"

"……这样啊。"柳泽又说了几句，挂断了电话。草薙听到他叹了一口气。

虽然已经是十月，天气依然很闷热，草薙打开了空调。过了一会儿，柳泽说："不好意思，能把空调开小点儿吗？我不想让身体着凉。"

草薙吃了一惊，慌忙关了空调。"抱歉，是我疏忽了。投手的肩膀不能受凉吧？"

"不……我已经用不着那么爱惜肩膀了。"柳泽自暴自弃地说。

3

案发第五天，凶手被逮捕了。凶手是个二十七岁的男人，几天前被公司解雇，因为他擅自将公司设备拿到网上出售的事败露了。

男人迷恋一个偶像团体，计划去看她们在案发第二天举行的演唱会。演唱会会场将出售特别的衍生商品，男人自然打算大量购买，无奈囊中羞涩，必须想办法筹钱。烦恼到最后，他想到了偷停车场的车里的财物。他在一家高级健身会所的停车场当过保安，知道停在 VIP 专用车位的车里很可能有值钱的东西，打算把偷到的财物拿到当铺卖掉。

但他没有把握能打开车锁。虽然看起来很简单，但他没有经验，而且听说最近有些车的车锁如果非正常打开，会响起警报。

于是他决定打破车窗。他把家里两公斤重的哑铃装在纸袋里，出了门。

去停车场的路上，他一路避开监控摄像头。VIP 专用车位上已经停了两辆车，但都不是高级车。就在他犹豫着不知该怎么办时，又有一辆车开来，这辆车明显是高级进口车。

男人站在旁边的车旁，看着那辆进口车倒车到车位上。开车的是一个女人，从车外也可以看出她的穿着很考究。

突然，他灵光一闪。根本不需要打破车窗，只要趁女人下车时出手袭击，把她打昏就可以了。她身上应该带着钱包，如果是这样，就不需要去当铺了。

男人拿着哑铃，从后方靠近那辆车。

驾驶座一侧的车门打开，女人下车了。她把皮包背到肩上，关上了车门。

下一瞬间，男人将哑铃砸向女人的头部后侧。"砰"的一声，就像石头相撞的沉闷声音。

女人呻吟着倒在地上，露出痛苦的神情，但没有失去意识，在试着移动手脚。

男人再次砸下哑铃，这次打破了头，鲜血直流。但女人还在动，于是他又砸了一次，女人终于不动了。

他抢走女人的包，离开了现场。他不记得把哑铃丢到哪里了。他戴着手套，应该不会留下指纹。

男人回到住处，检查了包里的东西。钱包里有超过十万日元的现金，他觉得可以尽情买衍生商品了。

监控录像引起了调查员的注意。停车场里多处装有监控摄像头，男人的身影却几乎没有被拍到，这一点反而不自然。调查员认为他掌握了摄像头的位置，巧妙地利用监控死角行凶。

但有一个摄像头拍到了男人的身影，那个摄像头是去年才安装的。

在这家健身会所工作过，在安装那个摄像头前辞职的人很可疑。这一推论很自然地浮出水面。

虽然监控录像不太清晰，但调查员还是轻松地找到了男人。

4

投出球的瞬间，不，准确地说，球即将离开指尖时，柳泽就感觉不对了。他挥动手臂时感到力量没有很好地传到球上，当然不可能投出漂亮的球。白球划出一道与预想相去甚远的轨迹，落入宗田的棒球手套中。或许是心理作用，声音听起来也很刺耳。

宗田一言不发地把球抛了回来。他是柳泽的私人教练，对棒球理论也很了解。两人已经合作了五年多，他比谁都熟悉柳泽的情况，他们不用说话就能知道彼此的想法。

"再投五个球吧？"柳泽说。

宗田只是沉默地点了点头，应该也觉得这样就够了。有失水准的球，投多少个都不会有帮助。

室内练习场里只有柳泽和宗田两人，年轻运动员都去高知县参加秋季集训了，其他运动员应该也都开始调理身体。排名靠前的球队的运动员正在季后赛中奋战，但东京天使队在联盟中排名第五，已经提前进入了休赛期。

虽然柳泽接到了战力外通告，但球队对他还不错。当他提出还不打算退役、想要使用练习场时，球队毫不犹豫地答应了。

目前还没有球队联系柳泽，照这样下去，他只能退役了。唯一的机会是联合测试会，收到战力外通告的运动员可以在其中展现实力，柳泽只能寄希望于在那里被某个球队相中。

测试会已经快要到了，第一场将在下个月月初举行，第二场则在月底，他必须在短短一个月内提升状态。

我能做到吗？柳泽扪心自问，内心深处已经有了答案——不可能，没那么容易。这只是自我安慰而已。

柳泽不擅长投快球，而是靠制球力、球种搭配和变化球取胜。但赖以安身立命的变化球已经无法发挥效用，球无法划出他预想中的曲线。他自己也不明白问题究竟出在哪里，只能认为是因为体力衰退。

这时，柳泽用余光瞥见一个人影。相识的记者应该都离开了，会是谁呢？他仔细一看，原来是姓草薙的警视厅刑警。案件发生后，他找过柳泽很多次。之前他似乎在调查妙子被熟人杀害的可能性，但柳泽觉得不可能。认识妙子的人无论有什么理由，都不会对她下杀手。

前几天，凶手落网了，果然纯粹是谋财害命。柳泽非常后悔，早知道就不办健身会所的 VIP 会员了。

投完剩下的五个球，没有一个球让他满意。他苦笑着走向宗田。"阿宗，我现在投的球，连你都可以打中了。"

"因为你的身体状况还不理想。积累了一个赛季的疲劳，又发生了那种事，有一段时间没有好好练习了。"

"那种事"应该是指妙子遇害的事。

"我觉得跟那没关系。"柳泽耸了耸肩。

柳泽走向草薙。刑警坐在长椅上，正在看运动方面的专业杂志。杂志是宗田带来的，他精通理论，也很喜欢阅读。

草薙放下杂志，站起身来。"不好意思，在您练习时来打扰。我是来归还之前由我们保管的东西的。"

说完，草薙递出一个纸袋，里面是包装好的长方形盒子。柳泽觉得很眼熟，案发后他在警察局见过这个盒子。

"关于这个，有什么发现吗？"柳泽问。

草薙摇了摇头。"我也问了您妻子的朋友，可是没有人知道。有几个人说，会不会是送给丈夫的礼物？"

"不可能，最近没有纪念日。里面装的是时钟吧？"

"我们用 X 光透视过，发现是一个座钟。"

"那就更奇怪了。送我这种东西有什么意义？"

"是啊。"

"算了，迟早会知道的。"柳泽将纸袋放到长椅上。

"对了，"草薙拿起刚才在看的运动杂志，"这是您的吗？"

柳泽看了一眼杂志名称，上面写的不是棒球，而是另一项运动，难怪草薙觉得奇怪。"不是，是阿宗的。"

"阿宗？"

说到这里，宗田正好走了过来。柳泽向他介绍了草薙。

"这本杂志有什么问题吗？"宗田问。

"没有，只是有点儿好奇。这不是羽毛球的专业杂志嘛，为什么打棒球的人会看呢？"

宗田露出笑意，说了声"失礼了"，拿过杂志翻到其中一页，递给草薙看。"有一篇文章我很感兴趣，觉得或许可以应用在棒球上。"

草薙瞥了一眼，微笑着点了点头。"果然是这样。我也猜是不是因为这篇文章，因为其他文章无论怎么看，都和棒球无关。"

旁边的柳泽伸过头去看了看，是今天中午宗田给他看过的文章，题目是《流体力学视角下的羽毛球连续运动研究》。宗田说可能对研究变化球有用，但他没什么兴趣。

"这篇文章怎么了？"柳泽问。

"实不相瞒，"草薙稍稍挺起胸膛，回答道，"写这篇文章的帝都大学物理学家，是我的大学同学。"

练习结束后，柳泽搭出租车回家。自从案发以来，他的车一直停在停车场。

临别时宗田说的话还在他耳边回响。"就当是碰运气，不妨去听听人家的意见，说不定会有帮助呢？"

"哪有这种事？"柳泽一口回绝。他不认识那个什么物理学家。向一个写羽毛球的人请教棒球方面的问题，岂非南辕北辙？

望着窗外闪过的夜景，柳泽叹了口气。差不多该退役了吗？他在心里低语，很想问问已经不在人世的妙子。

"这样也好，跟预想的差不多。"把接到战力外通告的事告诉妙子的那天晚上，妙子轻松地说，"明年你就三十九岁了，到了这个年纪，硬撑也无济于事。今年的成绩是两胜三败，后半赛季都没有出场，即使还有球队要你，也不知道会不会派你上场。与其无所事事地虚度一年时光，倒不如直接放弃，迈向下一阶段的人生。结婚的时候，我们也是这样约定的。"

妙子说的是事实。结婚前她提出的条件，就是在无法继续当现役运动员时，不要留恋下去。

"每个人有不同的美学。不断挑战，直到身心俱疲，或许也有价值，但我无法认同。如果留恋下去，一定会让很多人担心和困扰，当事人也一定能意识到这些。即便如此却还要坚持下去的话，不管怎么说都太任性了。常有人说，这是因为棒球是他的全部，我觉得很可笑。依靠棒球生活最多也就到四十岁而已，人生才过去一半。我很想问问他们，剩下的日子打算怎么办？"

柳泽无言以对，觉得妙子说得有道理，所以答应她不会执着于现役运动员的身份。

正因如此，告诉她收到战力外通告的那天晚上，柳泽努力用开朗的声音对她说道："接下来要做什么呢？我只会打棒球，要从头学起了。"

"别着急，慢慢来。先休息一阵子，然后再考虑。"妙子鼓励他说，声音里透着兴奋。

他开始烦恼——真的要就此告别棒球吗？可是，已经答应妙子了。

现在想来，这样的烦恼其实不算什么。说到底，不过是运动和职业而已，总是有办法的。

妙子的死夺走了柳泽的一切，连烦恼也消失了。如今没有人反对他继续打棒球了，但那又怎样呢？

今年的赛季柳泽一直担任中继投手。赛季前半段，他担任投手时，球队往往获胜，但球队的成绩并不好。打进前几名希望渺茫后，球队高层开始侧重培养年轻运动员，只有在比分差距很大、胜负已经没有悬念时，他才有出场的机会。这种时候观众席上往往零零星星地坐着几个人，没有人认真看比赛。

即便如此，顺利压制对方击球员时，柳泽依然感到很高兴。

每次投出理想的球，晚上酒的味道也格外好。但那是因为妙子在身边。

即使顺利被某个球队录用了，在成功扭转败局后回家的夜晚，我又该向谁吹嘘呢？柳泽心想。

5

抬头看着颇有特色的建筑，柳泽缩了缩脖子。"所谓自惭形秽，就是指这种感觉吧。没想到我也会迈进帝都大学的大门。"

宗田笑了。"你又不是来考试，没必要紧张。"

"是性情不合。我最怕来这种地方。"

柳泽虽然不感兴趣，但因为宗田的坚持，还是决定来听听那个物理学家的意见。刑警草薙已经为他们联系了那个人。

柳泽他们的目的地是物理系第十三研究室，汤川副教授在那里等着他们。他穿着白大褂，身材高大，年纪似乎比柳泽稍大，体格很结实，和柳泽想象中的学者很不一样。

"大致的情况草薙已经告诉我了，听说二位看了我的论文，由此想到是否能应用于变化球的研究。"汤川轻轻推了推金边眼镜的中央。

"很困难吗？"宗田问。

汤川打开笔记本电脑，将屏幕转向柳泽他们。"我认为理论上是有可能的。在研究中，运动员会击打植入了特殊传感器的羽毛球，同时球的轨迹会被数字影像记录下来。然后我们再解析运动员动作的图像，分析不同的击球方式会让羽毛球产生怎样的变化。"

画面从正中一分为二，左侧是运动员的动作，右侧是羽毛球的轨迹，是通过 CG 动画再现出来的。

"羽毛球也有变化球吗？"柳泽问了一个简单直接的问题。

"有，应该说，全都是变化球。"汤川从桌子下拿出一个羽毛球，"鸟的羽毛像这样排成圆锥状，在击球的瞬间，这些羽毛会因为空气阻力收缩。但速度变慢，球承受的风力减弱时，羽毛又会展开，于是空气阻力骤然增大，导致速度急剧降低。即使是笔直击出的球也会发生这种变化，这是羽毛球的特点。"

"原来如此。"宗田马上表示赞同，"不过说到这一点，棒球也一样。棒球不是完美的球体，上面有缝线，绝对的直球是不存在的，本来就会受到重力的影响。"

"完全同意。所以我才说，应该可以应用到棒球上。"汤川又从桌子下拿出一个东西，是棒球——准确地说，是很像棒球的塑料球。"听了草薙说的情况，为了向二位解释清楚，我事先做了这个内部植入了传感器的球。因为制作匆忙，做得很粗糙，不好意思，不过应该可以让你们理解我的意图。"说着，他把球递给柳泽。

"我要怎么做？"

"你们做好了投接球练习的准备吧？"

"没问题。"宗田拍了拍运动包。

"那就去走廊吧。"

在汤川的催促下，他们走出了研究室。

"请在这里练习几次投接球。"物理学家操作着电脑，对他们说。

"在这里？"柳泽扫视着微暗的走廊，"可以吗？"

"如果学生来这里玩棒球，我肯定会责骂他们的。但这是物理实验，二位也不是外行，没问题的。"

"那就试试吧！"宗田开始脱上衣。

"请不要只投直球，也穿插着投变化球。"汤川说，"可以适当变换球种。"

柳泽轻轻活动着肩膀，觉得事情越来越奇妙了。植入传感器的塑料球的手感和真球截然不同，但大小和重量基本一致。虽然汤川说是临时赶制的，但看来还是花了一番心思。也就是说，这次练习不是随便玩玩。他觉得这个科学家有点儿怪，但也没什么不好。

简单热身后，投球正式开始。宗田蹲下身，柳泽瞄准他的棒球手套，先投了一个直球。走廊上响起尖锐的声音。

陆续有人围过来，但因为汤川在旁边，谁也没有过来制止。

直球之后，柳泽又投了几个变化球。他会投七种球，但在实战中最多能使用四种。

　　柳泽投完第十球，汤川说："好了！"

　　回到研究室后，汤川将笔记本电脑的屏幕转向他们。"请看这个。"

　　屏幕上的棒球正在缓慢旋转，旋转轴似乎稍微偏离了水平线。

　　"这是柳泽先生的第一球。"汤川说，"旋转次数是每秒三十二点三次，旋转轴较水平线向右倾斜八点七度。第二球的旋转轴接近垂直，偏离垂直线九点二度，旋转次数是每秒十三点五次。是变化球吧？"

　　"是滑球。"柳泽说，"真让人吃惊，只是投几个球，就能知道这么多吗？"

　　"这些数据用高速摄像机也可以观测到。使用传感器的优势，在于还能知道球被投出时的加速度、施加在球上的力量方向，再对照柳泽先生投球姿势的图像分析数据，就可以清楚看出投球姿势和球的运动方向之间的关系。"

　　"比方说，"宗田探出身体，"只要与状态良好时的投球姿势比较，就能明白问题出在哪里吗？"

　　"应该可以。"

　　"怎么可能——"柳泽失笑，"我觉得没那么简单。状态良好时的录像我看了不知多少次，都已经看腻了，也知道什么地方有问题，但修正之后依然没有改观，这才是困扰我的地方。"

　　汤川笑了，露出雪白的牙齿，微微点了点头。"我只是介绍理论和方法，要不要尝试是您的自由。何况我也认为专业的感觉是普通人无法理解的。但如果这种重要的感觉本身出了问题，寄希望于科学这样客观的方法，也不失为一条出路。"

柳泽没有说话。感觉本身出了问题——这完全说中了他的困境。

6

练习场上传来令人心情愉悦的声音，接着是一个男人的声音，那个人应该是宗田。

草薙开门走了进去。柳泽正在练习投球，接球的依旧是宗田，但今天还有一个人在帮忙。场边放了一张桌子，汤川正在操作电脑。仔细一看，还有几台摄像机在拍摄。

汤川发现了草薙，向他微微点头。草薙用眼神回应。

不久投球练习结束了，柳泽向草薙打了个招呼，对宗田说了声"我去换衣服"，离开了练习场。

"因为是我介绍的，所以想来看看情况。"说着，草薙递给宗田一个纸袋，"不嫌弃的话请收下这个吧，算是慰问品。"袋子里装的是铜锣烧。

"谢谢。老实说，自从汤川老师来帮忙，我每天都很吃惊。没想到柳泽投球的姿势走形得这么严重，稍微修正了一下就好了很多，真是受益匪浅。我还是第一次使用'关节的角速度'这类名词。"宗田的话听起来不像是恭维。

"是嘛，看来我没白介绍——你还真厉害。"后一句话是对汤川说的。

汤川却一脸凝重地侧着头。"我在棒球上是外行，只是将现在的数据与柳泽投手状态良好时的数据做了比较，把二者差异变成数值而已，就像确认机器人的动作。但人不是机器人，很多地方无法达到数值的要求。"

"怎么回事，你的情绪很低落啊？"

"是这样的，"宗田插口道，"柳泽投球的姿势本身已经大有进步，但没有体现在投出的球上，还是没能恢复得和全盛期时一样凌厉，尤其是用来和对手一决胜负的滑球不行。在汤川老师的帮助下，发现原因在于动作的微妙差异，但不知道该如何矫正，现在我们正在为此烦恼。"

"这还真是难办啊。"

"依我看，精神方面的因素也十分重要，应该是因为他妻子的事情。"

"是啊。"草薙理解地点头，"这件事带来的冲击一时间还是难以消除。"

"这是一个原因，不过我觉得他可能有心结，因为妻子反对他继续当现役运动员。"

"啊，是吗？"

"柳泽太太似乎认为，人不能一直留恋过去，应该积极向前看。虽然我不觉得坚持当现役运动员就是消极，但柳泽太太就是这样想的，所以柳泽投手也答应了她要退役。"

"现在妻子过世了，情况发生了变化。"

"没错。因为没有人反对了，他于是改变决定，力求继续当现役运动员。他也希望通过专心打棒球忘记那件事吧。但他的内心恐怕还在犹豫——真的可以继续打棒球吗？这是不是对在天堂的妻子的背叛？"

看到柳泽回来，宗田将食指竖在嘴唇前，小声说："刚才说的话，请不要告诉他。”

汤川已经收拾完毕，两人便一起离开了练习场，去一家小酒馆吃晚饭。

“职业运动员也真是辛苦，还不到四十岁，就不得不考虑要不要退役。”草薙喝着生啤，轻轻摇了摇头。

“那起命案已经完全解决了吗？”

“单就案子来说，已经移送检方，没有我们的事了。”草薙把毛豆丢进嘴里。

“'单就案子来说'是什么意思？还有什么事没解决吗？”

“也不是什么重要的事。在查出凶手之前，本以为一个东西可能是重要证据，结果却什么都不是。”草薙说道，然后把柳泽妙子被杀时车里有个纸袋的事告诉了汤川。

“这件事确实很奇怪。如果那个时钟是准备送人的礼物，她一定约了那个人见面，你们没找到那个人吗？”

“我们排查了很多人，还是没找到。手机通话记录里的人都问过了，也徒劳无功。”

“你在意的只是这个神秘的礼物吗？”

“不，其实还有一件事。”草薙压低了声音，“调查员在受害人家附近调查案情时，打听到了一个让人有些在意的情况。”

“什么情况？”

“从上个月开始，受害人时常驾车外出，而且打扮得很漂亮，不像是去附近购物，通常两个小时左右回来。”

汤川拿着啤酒杯，皱起了眉头。“还真不能小看邻居的眼睛，不知道在什么地方就被看到了。这件事你向柳泽投手确认过吗？”

“我问过他，对妻子白天都做些什么了解多少。不出所料，他一无所知，似乎以为柳泽太太一直待在家。"

"你告诉他柳泽太太出门的事了吗？"

"怎么可能！"草薙撇了撇嘴，"就算告诉他也无济于事，况且他听了这种事一定会起疑心。"

"唔……"汤川陷入沉思，"你是说，他的妻子有外遇？"

"家庭主妇白天打扮得漂漂亮亮出门，还瞒着丈夫，谁听到这种事都会觉得可疑吧。你不觉得还是别多嘴比较好吗？"

"嗯，我也这么觉得。"

"虽然还有不少谜团，但一直以来，我的处理方式都是不再提与案子无关的事。接下来只希望柳泽投手尽快恢复状态，这就要拜托你了！"

但物理学家用指尖推了推眼镜，语气冷淡地说："我能做的只有对柳泽投手的投球进行科学分析，无法触及精神层面的问题。"

7

从球场出来，柳泽快步走向停车场，但在途中遇到了认识的记者。这个记者在柳泽收到战力外通告时，写过一篇主张他退役为时尚早的报道，柳泽不能对之视而不见，只得放慢了脚步。

"您对联合测试会感觉如何？"记者问。

"也就这样了，我现在的实力。"柳泽微微低着头，边走边回答。

"可是感觉您投得很不错，大家都说您投的直球的水准也比赛季中要好。"

"但还是被击中了，没办法。"

"那是因为击球员表现出色，他也拼尽全力了。不过您夺得三振的球很有威力。"

"那反而只是因为击球员水平不高。"

"您太谦虚了，还是说几句有斗志的话吧！这样我写报道也比较容易。"

"眼看就要报废的破车，哪里还说得出有斗志的话？"柳泽举起左手，示意记者不要再跟着他了。

来到停车场，柳泽打开车的后备厢，把行李放进去，"砰"的一声关上后备厢。这时他注意到车身上有锈迹。这是怎么回事？他感到很惊讶。虽然车已经买了八年，但他自认为使用时很爱惜，每次去洗车时都会打蜡。

仔细一看，好几个地方都出现了锈迹。虽然都要细看才能发现，但还是让人心中不快。

柳泽咂着嘴坐进车里。看来即将报废的不只是车主。他发动了引擎，车倒是顺利启动了。

今天举行了第一次测试会。接到战力外通告的各球队运动员齐聚一堂，展现现有实力。如果被某个球队看中，就能再次被录用，但这种可能性微乎其微。

柳泽和三个击球员对战，形式和实际比赛一样，一垒设有跑垒员。柳泽做出要投球的姿势牵制对手，紧接着侧身投球。

对战第一个击球员时，他顺利夺得三振，第二个击球员也没有击中他的球。但到了第三个击球员，第一球就被用力击中。柳泽本以为那个击球员不会一开始就挥棒，于是轻率地投向好球区，结果事与愿违。

但柳泽觉得球本不应该那么轻易被击中的。记者说是因为击球员发挥出色，但他知道不是这样。现在他投的球没有压迫感，无法让那些击球员产生畏惧感。

也许妙子说得对——柳泽透过挡风玻璃仰望着天空，天气好得让人懊恼。

离开停车场后，他沿着球场旁的路缓慢行驶。测试会还在进行，究竟有几个人能重返球场呢？他试着想象某个球队给他打电话的情景，却只觉得是痴人说梦。

一个男人在球场旁的人行道上走着，背影看起来很眼熟。柳泽放慢车速，看了一眼那个人的侧脸，果然没错。他急忙踩下刹车。

方向盘在左边，他当即打开电动车窗，叫道："汤川老师！"

汤川似乎在想什么事，低着头继续往前走。柳泽又叫了一声："汤川老师！"

这次物理学家终于听到了，停下脚步四处张望，发现了柳泽。"哎呀，还真巧。"他露出雪白的牙齿一笑。

柳泽请汤川坐在副驾驶座，沿途寻找咖啡店。路过一家小餐厅时，两人决定进去稍坐一会儿。

"没想到您特地来看测试会，真是让我惊讶，谢谢您。"柳泽鞠躬致谢后，拿起咖啡杯。

"我刚好在这儿附近有事。"汤川明显在撒谎，"这还是我第一次看测试会，很值得一看，感觉和平常看的棒球不是一种运动。"

"的确不一样。虽然都是和三个击球员对战，但在瞬息万变的比赛中投球，和在事先设置好的情况下投球，感觉完全不一样。不过也没什么好抱怨的，毕竟我是接受测试的一方。物理考试不也一样吗？抱怨考题出得刁钻，也无济于事。"

"也对。"汤川笑了，"那么，您今天投出了满意的球吗？"

"我觉得已经展现了目前的实力。"

"那就好。"

"我已经竭尽全力了，所以……"柳泽放下咖啡杯，直视着汤川，"我在想，是不是该到此为止了。"

汤川没有移开视线，挺直了脊背。"您决定退役吗？"

柳泽点了点头。"投球的时候我想，我到底在干什么，为什么要拼命留在这个地方？从踏入棒球界的那一刻起，退役的倒计时就开始了，只不过属于我的时间已经所剩无几。我是不是不肯接受这个现实，在做无用的抵抗呢？"

"您所说的抵抗，在我看来是令人钦佩的努力。我认为努力不会白费，即使在棒球上没能取得成果，今后也必定会发挥作用。"

"谢谢。既然决定告别棒球，就不能再麻烦老师您了。"柳泽将双手放在腿上，再次深鞠一躬，"非常感谢，本想用重返棒球界来报答恩情，但现在看来已经无法实现了。我会用别的方式来表达感谢。"

"不用客气……真的要放弃吗？也许会有球队看了今天的测试会而决定联系您啊。"

柳泽无力地苦笑，摆了摆手。"自己的事自己最清楚，只能投出那种球的投手，不会有职业球队想要。很遗憾，这就是现实。"

"是吗？既然您决心已定，我就不多说了。"

"承蒙您全力相助，我却没能取得成就，真是很抱歉。"

"没关系，希望您在新的天地一展身手。"

柳泽本想付咖啡钱，汤川却抢先拿走了账单。"我来付好了。

不过，您能不能送我到车站？"

"我送您回家吧。"

"不用，送到车站就可以了。"

两人离开餐厅，走到车前。汤川正要打开车门，却惊讶地皱起眉头。

"怎么了？"

"没什么，只是觉得车漆剥落的情况有点儿奇怪。"

柳泽绕到副驾驶座那侧一看，果然如汤川所说，车窗下方的车漆剥落，锈迹蔓延开来。

"这里也是这样，还有这里。"汤川用指尖抚摩着引擎盖的表面，"我从没见过车漆剥落成这样，说句失礼的话，就像得了皮肤病。发生了什么事吗？"

"我也是刚刚才发现，正纳闷是怎么回事。前段时间在加油站洗车的时候，还没出现这种情况。"

"您这段时间有没有开这辆车去过什么地方？"

"没有。老实说，我很久没开这辆车了。自从上次洗车后就没开过，之后不久那件事就发生了。"

"案发当天，您妻子开车外出过，是这样吧？"

"是的，她就是在健身会所的停车场遭到袭击的。"这是柳泽不愿回想的过去。

或许是错觉，汤川的眼神变得锐利起来，他仔细查看车身。

"怎么了？虽说锈迹看起来很奇怪，但不影响开车。本来我也在考虑换车了，所以也刚好。"

物理学家回过神来。"是吗？我有点儿在意，因为很少见到像这样锈蚀的金属。"

"科学家果然会关注很多细节。"说完，柳泽坐进驾驶座。

8

"找到了，草薙前辈，是这个吗？"内海薰看着电脑屏幕说。

草薙从旁边探头看向屏幕。"酒店的停车场吗……"

"那天只有这一起事故。"

"嗯。"草薙含糊地点点头，将双臂抱在胸前。

昨天晚上，汤川问了他一个奇怪的问题：柳泽妙子被杀当天，东京有没有发生药剂倾洒的事故？

"应该是强碱性的药剂，很可能是灭火剂之类。"汤川语速很快地说道。

草薙问是怎么回事，汤川便将柳泽的车的事告诉了他，认为车漆的损伤十分反常。

"那不是使用时间长导致的质量下降，而是因为车曾处在某种特殊的环境下。柳泽投手对此毫无头绪，应该是柳泽太太开车时出现了状况。"

汤川认为，这可能和柳泽妙子令人难以理解的行动有关。

这起案件的调查工作已经全部结束，但草薙也很在意柳泽妙子遇害前做了什么，于是让内海薰调查看看。

酒店里发生的是一起交通事故，一辆大型货车撞上了地下停车场的入口。司机犯了一个低级错误，没有注意到停车场限高。那辆货车平常是别人开，那天的司机忘了货车的高度和自己平时开的不一样。

建筑物没有受到严重损伤，但事故触发了自动灭火装置，灭火装置朝入口附近喷射了大量灭火剂。安保人员发现后关上了开关，但灭火剂已经持续喷射了约三分钟。

草薙打电话给汤川，向他讲述了事故的情况。

"就是这起事故，"汤川说，"应该没错。可以的话，我想去一趟酒店，了解灭火剂的成分，不过不知道他们会不会告诉不相关的人……"

草薙叹了口气。"好吧，我陪你去。毕竟是我介绍你认识柳泽先生的。"

两人约定半小时后在酒店大堂见面，然后挂断了电话。

"如果是那时喷的灭火剂导致车身损伤，就说明柳泽妙子那天去过那家酒店。"内海薫说，她似乎听到了两人的对话，"是在去健身会所之前。而且，她还向丈夫隐瞒了这件事。"

"家庭主妇大白天去酒店？婚外情的味道越来越浓了。"草薙皱了皱鼻子，站起身来。

草薙抵达酒店时，汤川已经到了。两人一起前往地下停车场，保安室就在自动缴费机旁边。

接待草薙他们的是一个看上去六十多岁、头发花白的保安，事故发生当天也是他值班。

"真是吃了一惊。我还是第一次遇到那种事，突然间，入口附近全是泡沫。"保安瞪大眼睛说。

"其他车有没有受影响？"草薙问。

"灭火剂只喷洒在入口附近，没有影响到停放的车辆。不过当时正好有几辆车经过，那些车的情况就难说了。虽然监控摄像头拍到了那些车，但因为有灭火剂，看不清车牌，也联系不上车主。"

"我们可以看一下当时的录像吗？"

"可以。"

保安熟练地操作着录像机，液晶屏幕上显示出停车场的入口。一辆大型货车正在倒车，应该是发现撞到入口了。入口的上方已经喷出了白色泡沫。

几辆车从中穿过，可能以为只是泡沫，不会受影响。

"啊！"汤川突然叫道，"是刚才那辆车吧？"

将录像倒回去，只见一辆银灰色的车正在通过，虽然车牌无法辨认，但和柳泽的车十分相似。

"应该没错。"草薙说。

"你知道灭火剂的种类吗？"汤川问警卫。

"详细情况我不清楚……"说着，保安拿出介绍手册。

"果然是水成膜泡沫灭火剂。"看过介绍后，汤川低声说，"如果车漆完好，不会有问题，但如果有细微的伤痕，就很可能从那里开始腐蚀。其实柳泽太太应该立刻去洗车。"

"那天下了雨，即使车身沾上了泡沫，也会被雨水冲走，所以她可能没有放在心上。"

汤川摇了摇头。"只用雨水冲刷没用。"

"撞上入口的大型货车是运输公司的，"保安说，"运输公司表示，对于被淋上灭火剂的车，将会在确认车的损伤情况后进行赔偿。能否转告那位车主，请他和我们联系？"

"好，我会转告的。"说完，草薙道了谢，和汤川一起离开了保安室。

"看来，柳泽太太确实在案发当天来过这家酒店。"汤川边走边说，"问题是她去了酒店的什么地方。"

"先去前台查查看？"

"恐怕是白费力气。如果是去幽会，有夫之妇应该不会在前台露面，应该是男方先办理入住手续，她直接去房间才对。"

"也是。"

"但即使来了酒店，也不一定是去房间。柳泽太太不是带了礼物吗？很可能她约了人在酒店的某个地方见面，准备将礼物送给对方，但最后对方没有出现，她就把礼物带回去了。你觉得这个推断如何？"

"这样啊……的确有可能。"

两人在电梯厅确认了酒店设施的位置，发现茶室在一楼。

走进店里，点了咖啡后，他们顺便向女服务员出示了柳泽妙子的照片。

"啊，这个人……"

"您认识吗？"

"来过几次，我记得她常点花草茶。"

"我猜对了。"汤川说。

"她是一个人吗？"

"不，每次都是和一位先生一起来的。"

草薙和汤川对视了一眼，重新望向女服务员。

"那是怎样一个人？"

"是个身材高大、上了年纪的男人。"

"她最近什么时候来过？"

"这个嘛……"女服务员思索着，"最近没见过她，最后一次应该是在三周前。"

她记得很准确，命案发生在二十天前。

"当时那位先生也一起来了吗？"

"我记得是——啊，对了。"女服务员似乎想起了什么，"那次她点了蛋糕，是草莓蛋糕，还问我有没有蜡烛。"

"蜡烛？"

"她问了之后，一起来的先生笑着说，蜡烛就不用了。"

"先生吗……"

"所以我猜是不是那位先生过生日……请问，我可以离开了吗？"

"嗯，可以了，谢谢。"

女服务员离开后，草薙问汤川："你怎么看？"

"她的猜想应该没错，那天是那位先生的生日，所以柳泽妙子点了蛋糕，并打算插上蜡烛祝贺，但对方谢绝了。"

"那么，那件礼物又是怎么回事，为什么没有送出去？还是说那件礼物与那位先生的生日无关？"

"也可能她原本打算送的，但发生了一些事，导致她无法送出去。"说完，汤川忽然瞪大了眼睛，"你之前说过，里面是时钟吧？这样啊，也有这种可能……"

"什么？怎么回事？"

汤川直视着草薙。"草薙警官，这次轮到我有事拜托你——请帮我找出一个人。"

9

指定的餐厅离繁华的商业区不远，是一家面向一条狭窄的路的小型中餐厅。柳泽推开餐厅的门，立刻看到了草薙和他身边的汤川。两人已经落座，但都站起来迎接他。

"突然把您叫出来，真是不好意思。"草薙向他道歉。

"没关系。您说有很重要的事，到底是什么事？"

"先请坐，我们一边吃一边慢慢聊。听说这家店的海鲜很受欢迎。"

柳泽落座后，两人也坐了下来。女服务员来问他们喝什么饮料，他们点了啤酒。

"车子后来怎样了？"汤川问。

"还是那样。我不常开车，不过每次看到，都感觉更严重了。到底是怎么回事呢？"

"这件事已经查到了原因。"

"咦，是吗？"

"果然遭遇过特殊状况。"

汤川开始解释，他所说的是柳泽完全想象不到的。柳泽所住的公寓也有地下停车场，他不由得想，如果撞到那里的入口，会不会发生同样的事？

"我们都知道，在海边使用的车，寿命要比普通的车短，因为海水的盐分会腐蚀金属。您的车沾上了强碱性的灭火剂，它的腐蚀性比海水强得多，车漆当然会一天天剥落。"

"酒店希望您和他们联系。"草薙将记了电话号码的便条放到餐桌上，"肇事的公司将会进行赔偿。"

"这样啊。可是妙子为什么会去那种地方……"

菜陆续送了上来，味道确实很可口。但妙子令人费解的举动让柳泽无法释怀，他根本无心细细品尝。

就在他怔怔思索时，汤川问："那个盒子您带来了吗？"

"哦，带来了。"柳泽从放在一旁的纸袋里拿出盒子，这是案发当天妙子放在车里的。

"您看过里面吗？"

"没有，我没打开过。"

"是嘛，让我看一下。"汤川接过盒子，带着学者特有的表情，用认真的眼神反复打量。

"请问……"柳泽开口道。

"果然是这样。"汤川用力点头，指着盒子的包装，"包装纸有重新贴过的痕迹，说明包装被拆开过，之后又重新包好。"

"这样一来，一切都有了合理的解释。"草薙说。

柳泽看看草薙，又看看汤川。"这是怎么回事？我完全不明白。"

"您妻子和一个男人多次在酒店的茶室见面，案发当天也是如此。"

"男人？"柳泽脑海里浮现出令人不快的想象。

"柳泽先生，"草薙挺直脊背，开口说道，"听说您今年夏天就跟妻子说过，可能会收到战力外通告？"

"您怎么知道……"

"是您妻子告诉那个男人的。她为了您，向他请教过很多事。"

草薙拐弯抹角的说话方式让柳泽不禁急躁起来。"那个男人是谁？请快点儿告诉我。"

草薙将视线投向柳泽后方，微微点了点头。

"嗯？"柳泽转过头，发现身后站着一个身穿白色厨师服、体格很好的男人，年纪在五十岁左右。

"和您妻子见面的人就是我。我姓杨，来自中国台湾，是这家餐厅的老板。"

"什么……"柳泽倒吸一口凉气。妙子和一个外国人见面，还向他请教有关丈夫的事——

"我妻子是日本人，和您妻子上同一家英语语言学校。我妻子跟她说了我的情况，她很想和我谈一谈，所以我们在那家酒店的茶室见过几次面。"

"杨先生——"草薙说，"他弟弟现在效力于台湾职业棒球队，所以很了解去台湾打棒球要做哪些准备工作。"

"去台湾打棒球……妙子在打听这种事？"

"即使接到了战力外通告，也没有其他球队录用您，您也一定想要继续打棒球——您妻子这样说过。"杨先生沉稳地说道，"为了继续打棒球，您应该也做好了离开日本的心理准备，所以她想现在就开始准备，以免到时手忙脚乱。"

"想不到她……她明明说过，希望我退役。"

"那是您妻子特有的激励方式。她跟我说，如果表现出无论去哪里都甘愿跟随的态度，丈夫的心态一定会放松下来，要让他有不顾妻子反对也要挑战的决心。"

杨先生的话让柳泽心情激荡。他完全没有发现，妙子原来这么为他着想。

"您妻子是个很体贴的人。那天也为我庆祝了生日，还特地准备了礼物。"

柳泽望向长方形盒子。"那是要送给您的礼物吗？"

"是的，不过我没有接受。"

"为什么？"

"因为在杨先生的故乡，"汤川说，"忌讳送钟给别人。"

杨先生点了点头。"钟的中文发音是'zhong'，赠送时钟就是

'送钟'，和陪伴临终之人的'送终'发音相同，所以忌讳送钟给别人。"

"这样吗？我还是第一次听说。"

"在酒店的茶室里打开礼物，发现里面是钟时，我有些吃惊，犹豫着不知道该怎么办。但我觉得应该让您妻子知道我们的习俗，于是告诉了她。她慌忙向我道歉，改为请我吃蛋糕。"

柳泽低下了头，因为眼泪几乎夺眶而出。他很惊讶妙子竟然做了这么多准备，而他浑然不觉。

挑战台湾棒球——他确实考虑将其作为最后的选择，也一直在烦恼怎样和妙子说这件事。其实妙子早已洞悉了一切。

"得知您妻子过世时，我感到很痛心。"杨先生说，"我觉得也许是因为我没有收下时钟，她才沾上了霉运。"

柳泽摇了摇头。"我很庆幸您告诉我这些事，让我了解到妻子的真实心意。"

"您妻子，"杨先生的眼睛湿润了，"她说很想再一次看到您投出凌厉的滑球。"

10

草薙来到看台，发现汤川坐在三垒一侧最边上的座位。他朝汤川挥了挥手，走了过去。

"为什么坐得这么偏？不是有很多空位吗？"草薙扫视着内场说。虽然不是空荡荡，但看台上还有许多空位。这是赛季外的第二次测试会，只有体育媒体记者和狂热的球迷才会来看。

"要检查柳泽投手的投球姿势，从这个角度看最合适。你不满意的话，可以去其他座位。"

"我又没说不满意。柳泽投手第几个上场？"

"应该就是下一个。"

"是吗？差点儿没赶上。"草薙在汤川身边坐了下来。

和杨先生见面后的第二天，柳泽重新开始了训练，并且再次请汤川协助。听说为了今天的测试会，他们和宗田倾尽了全力。

"我还真不知道你对台湾的风俗也很了解。"草薙说。

"那里有很多优秀的物理学家，他们了不起的地方在于，哪怕是不科学的文化和习俗，也不会轻视。时钟的事也是他们告诉我的。"

"原来如此。"

汤川说，柳泽妙子可能是出于某种原因才无法送出礼物——他想到这一点时，就注意到了盒子里是时钟这件事。送礼的对象如果来自台湾，很可能不会收下时钟。

于是草薙再次排查了柳泽妙子的人际关系，原来答案近在眼前，就藏在手机里。

命案发生后，警方联系了柳泽妙子手机通话记录上的每一个人，但没有核查非个人所有的电话，比如餐厅的电话。案发两天前，柳泽妙子给一家中餐厅打电话。

杨先生虽然有手机，但很少随身携带，因此想要联系他，打电话到餐厅是最快捷的。柳泽妙子也知道这件事，每次都是打电话到餐厅约他见面。

柳泽出现在球场上，看台上响起了掌声。他在职业棒球界活跃多年，看来还是颇受欢迎的。

练习了几次投球后，比赛正式开始。他将和击球员郑重地一决胜负。

"汤川，实际情况怎样？柳泽投手有可能重返棒球界，继续当职业投手吗？"草薙问。

"那不是我这种外行能知道的。"汤川干脆地说，"不过，有一件事我可以断言。"

"什么事？"

"以某种方式投球时球会产生什么变化，可以从科学的角度进行分析。但怎样投则取决于投手，没有物理学介入的余地。诸多实验表明，人身体的运动受精神因素影响很大。"

"也就是说，一切都取决于本人？"

"所谓投手就是这样。自从和杨先生见面后，柳泽投手的变化很明显，他不仅再次请我帮忙，对待训练的态度也改变很大。如果只看科学层面的数据，他现在的投球水平已经不逊于全盛时期。"

"喂，那不是意味着他可以重回棒球界——"

嘘！汤川将食指竖到嘴唇前。投手丘上，柳泽已经摆出投球姿势。

柳泽以优美的动作投出白球。草薙看得很清楚，白球在击球员面前突然拐弯。

击球员挥棒落空。

第五章　念波

1

敲门声响起时，御厨藤子正在桌前看书。那是她很喜欢的推理作家的新书，上市前就在网上预订了，今天终于送到了。她习惯在睡前阅读，但精装书很重，不能在床上看，否则手腕会酸痛。

"来了。"回应的同时，藤子看了一眼座钟。现在是晚上十一点多了。

藤子夹好书签，合上书，来到门口。打开门一看，春菜站在门外，穿着睡衣，外面套着睡袍，藤子可以闻到她身上淡淡的化妆水味道。她的气色不太好。

"对不起，这么晚还来打扰。"春菜向藤子道歉，"有一件事想拜托你。"

"什么事？"

春菜稍稍踌躇，开口道："我想请你给若菜打个电话。"

"啊？"藤子不解地说，"为什么？有什么急事吗？"

"该说是急事吗……总之我感到心惊肉跳。"

"心惊肉跳？"

"对不起……"春菜小声道歉，"我心里真的很不安，总觉得心神不宁……拜托你打个电话。"

藤子有些不知所措。春菜有多少年没说过这种话了？小时候倒是时常有这种事，不过若菜说这种话的次数可能比春菜更多。

"会不会是心理作用？最近你工作太累了。"

春菜是童话作家，写了三十多本书。

"不是。"她摇了摇头，"我有感觉，很强烈的感觉。我想若菜一定出了什么事。"

她的声音充满悲壮，藤子无法说一句"怎么会呢"，然后一笑置之。从过往的经历来看，藤子无法否认她们之间存在神秘的联系。

"那么，"藤子说，"你为什么不自己打电话呢？"

春菜悲伤地低下头。"我做不到，我很害怕。"

藤子叹了口气，点了点头。"好吧，我打电话看看。"

"谢谢你，真是不好意思。"

藤子回到桌前，拿起放在看了一半的小说旁的手机。虽然时间有些晚，但若菜应该还没睡。她从通讯录里找到若菜的电话号码，打了过去。

2

正要抬起手再点一杯冰威士忌苏打时，矶谷知宏的手机响了。一看屏幕，是御厨藤子打来的。他有种不祥的预感。时间是晚上十一点十五分。

"喂？"他接起电话。

"我是御厨。不好意思，这么晚给你打电话。"御厨藤子用中年女人特有的低沉声音向他道歉。

"没关系。稍等一下，我找个安静的地方。"矶谷正在常去的酒吧喝酒，拿起手机离席。走出酒吧后，他在电梯厅再次将手机放到耳边。"让您久等了。有什么事吗？"

"老实说……有点儿不好解释。"

"什么事？"

"春菜让我立刻联系若菜。"

"春菜？为什么？"

"因为……她感到心惊肉跳。"

"心惊肉跳？"矶谷不由得皱起眉头。

"她说，若菜可能出事了。我问她会不会是心理作用，但她坚持要我联系若菜。于是我给若菜打了电话，但联系不上她。电话拨通了，却没有人接听。"

矶谷马上感到心跳加快，体温上升。

"所以，虽然知道会打扰你，还是给你打了电话。"

"谈不上打扰……这确实让人担心。若菜在做什么呢？该不会是去洗澡了？"

"你现在在外面吗？"藤子问。

"是的，跟员工一起喝酒，不过现在顾不上了。好，我这就回家，一有发现立刻通知您。"

"不好意思，那就拜托了。但愿她平安无事。"藤子客气地说完，挂断电话。

矶谷凝视着手机，然后拨打了妻子若菜的电话。电话很快就通了，但只有呼叫音，果然无人接听。

他回到酒吧。三个部下正在喝葡萄酒，矶谷把其中一个姓山下的员工叫了过来。山下资历最深，但也只有二十五六岁。

"我得马上回家。"

听了矶谷的话，山下瞪大了眼睛。"出了什么事吗？"

"我不知道。因为联系不上我家那位，亲戚很担心，打电话给我。我也给她打了电话，没有人接。"

"啊，那确实让人担心。"

"所以我现在要回去，这里接下来就劳烦你了。"

"当然可以，不过我也一起去吧，感觉有些担心。如果她平安无事，我再回来喝酒。"

矶谷也觉得的确有人一起去比较好。"是嘛……那不好意思，你陪我回去吧。"

向其他员工稍作解释后，两人离开了酒吧。

"咦，是您妻子的妹妹发现的吗？听说您妻子是双胞胎，该不会是心灵感应吧？"出租车上，矶谷把御厨藤子说的情况告诉了山下，山下兴奋起来。

"我不知道，也许只是心理作用。"

"但我听说，双胞胎常有这种情况。我的初中同学中有一对双胞胎，其中一个身体不舒服，另一个必定也会生病，连考试做错的地方都一模一样。"

"嗯，我也时常听说这种事。若菜也说，她们俩以前就经常这样。"

"所以我觉得确实存在心灵感应，双胞胎真的很不可思议。"说完，山下慌忙补充了一句，"呃，不过希望今晚的事只是心理作用。"

矶谷住在涩谷区松涛，从山手大道转弯后就到了。那一带新式住宅鳞次栉比，出租车里的山下看着窗外，感叹道："好漂亮啊！"

两人在矶谷家门前下了出租车。那是一栋镶着瓷砖的白色房子，车库里停了辆红色宝马。那是若菜的车，看来她已经回家了。但从外面望去，房子里没有开灯。

矶谷穿过大门，走上通往玄关的台阶。山下紧随其后。

矶谷拿出钥匙，但看到门开了条缝，便没插钥匙，直接转动门把手。门果然没锁。

室内一片漆黑。矶谷伸手摸索墙上的开关时闻到了香味。他很熟悉那种香味，正是若菜用的香水的味道。

矶谷打开开关，玄关立刻一片光明。

一瞬间，他身后的山下"啊"地惊叫一声，声音很大，吓得矶谷几乎跳了起来。

实际上，矶谷也忍不住想尖叫。

靠近玄关的走廊上，若菜如同人偶般倒在地上，鲜血从头部汩汩流出。

3

东京站八重洲中央出口正上方的时钟显示，现在是下午五点多。以上班族为主的人流连绵不断地通过自动检票口，完全看不到尽头。

"是那两位吗？"

听了内海薰的话，草薙望向检票口的前方。两个女人并肩走来，其中一个年纪在五十岁上下，另一个看上去二十五六岁。年轻女人戴了顶灰色帽子，正是电话里约定的标记。看了她的脸，草薙就确定了。果然是双胞胎，长得很像。

两人刚走出检票口，草薙他们就迎了上去。

"您就是御厨春菜小姐吧？"草薙问。

年轻女人眨了几下眼睛，小声回答："是的。"

"我是警视厅的草薙。二位这么远赶来，辛苦了。"

两个女人微微鞠躬致意。

"若菜……我姐姐现在在哪儿？"春菜问。

"在医院的 ICU。"

"可以见面吗？"

"不，"草薙摇了摇头，"应该不能见面，因为她目前的状况还很危险。"

"还没有恢复意识吧？"

"对。"

春菜垂下了眼帘。她没有化妆，但睫毛很长。"可是，"她开口说，"我们还是想去医院，了解一下现在的情况。"

"好的。我们准备了车，会带你们过去。"

"谢谢您。"

等待内海薰把车子开到车站前时，另一个女人做了自我介绍。她是春菜的姑姑御厨藤子，现在和春菜生活在长野县。

"我们现在住的房子是家父建的，我也是在那里出生长大的。哥哥结婚后，我曾搬出去住，但二十年前哥哥嫂子都因飞机失事去世，我就又回到家里，照顾她们姐妹。"

"飞机失事……真是可怜啊。"草薙望向春菜，她的长睫毛微微一动，"也就是说，您代替她们的父母抚养她们？"

"也没那么了不起。幸好父亲和哥哥都留下了财产，亲戚也帮了很多忙，我几乎没受什么苦。"御厨藤子淡淡地说。

"这样啊。冒昧问一句，您结婚了吗？"

"从来没有。没有缘分。"她微微一笑。

内海薰开的车到了，两个女人坐在后座，前往医院。在车上，草薙简单介绍了案件的概况。

案件发生在昨晚十一点左右，警方接到报案称，一个住在涩谷区松涛的独栋房子中的女人头部流血，倒在地上。报案人是女人的丈夫。附近派出所的警察立刻赶到现场，确认情况。由于受害人很可能是遭到歹徒袭击，而且距作案时间没过多久，警方发布了紧急缉查布控指令。草薙他们在今天早上接到了出动命令，因为是抢劫杀人未遂事件，警方在辖区警察局设立了搜查本部。

受害人名叫矶谷若菜，是个二十九岁的女人。现场没有抵抗的痕迹，她的衣着也不凌乱。她在青山经营一家古董店，警方认为她从店里回家后，一走进玄关就遭到了袭击。她的头部有两处伤口伤势严重，一处在头部后侧，一处在额头旁边。

"现在还不知道凶手是谁吧？"春菜问。

"是的。目前正在全力调查。"

"知宏……我姐夫有没有提供什么线索？"

"今天在医院里和他见了面，但他说没有任何头绪。"

草薙和内海薰一起在医院的候诊室见了矶谷知宏。他似乎一夜不曾合眼，看上非常憔悴。矶谷说，妻子应该没跟谁结怨，最近也没听她提到身边发生过什么不寻常的事。

"警方认为这是抢劫案吗？"御厨藤子问。

"现在还无法断定，不过可能性的确很高。"草薙谨慎地回答。

室内没有遭到洗劫的迹象，但若菜包里的钱包不见了。据矶谷说，里面应该有十多万日元现金。

歹徒闯入的途径已经查明。歹徒打破了从马路上无法看到的一扇玻璃窗。矶谷得知后，懊恼地咬着嘴唇说："早知道会出这种事，应该早点儿申请安保公司的家庭安全服务。"

从现场情况来看，这似乎是单纯以钱财为目的的犯罪。但嫌疑人是在家里没人时闯入，刚好赶上矶谷若菜回家，还是原本就躲在屋里准备袭击回家的人，这一点目前还不得而知。

快到医院时，两个女人都沉默了。草薙很关注她们，尤其是御厨春菜的心境。亲人突然遭遇不幸通常会令人震惊，但她的情况却和一般人不同。至少对她来说，这起案件并非"晴天霹雳"。

从矶谷知宏那里几乎未能得到任何线索，但草薙很在意一件事，就是他是如何发现妻子受伤倒地这件事的。

据他说，是通过小姨子的心灵感应。

抵达医院后，御厨春菜和藤子果然没能见到若菜，但听护士说主治医生会说明目前的状况，于是她们跟着护士去了另一个房间。草薙和内海薰则待在候诊室。

"你怎么看？"草薙问后辈女刑警。

"还没有详细了解情况，没什么看法。"内海薰直截了当地回答。

"但我总觉得，隐约有种神秘的氛围。"

"草薙前辈，您说的神秘，该不会只是指她是个美女吧？"

"这个嘛，我也不否认。"

内海薫故意叹了口气，似乎不想再继续无聊的话题。

据矶谷知宏说，昨晚御厨藤子打来电话后，他就急忙返回家中。藤子在电话里告诉他，春菜察觉姐姐有危险，想要联系若菜，但电话无人接听，因此感到很担心，问他能不能回家看看情况。

虽然觉得可能只是心理作用，矶谷还是和部下山下一起回了家。他无法对藤子的话一笑置之，因为在此之前，他已经多次见识过妻子和她妹妹之间不可思议的联系。

结果正如他的预感，不，应该说是正如春菜的感应。

"我觉得很奇妙，双胞胎之间果然有心灵感应。"矶谷知宏的眼神很认真。

草薙无法释怀。目前为止，他在办案时见过许多不可思议的事，有不少事让他不得不承认灵异现象、超自然现象和超能力等事物的存在，但最终这些事都得到了合理的解释。这次也会一样吗？

那么该如何解释呢？

他和内海薫讨论后得出了相同的结论：必须和当事人——也就是双胞胎中的妹妹见面。联系御厨春菜后，得知她正要来东京，便约定在东京站见面。

春菜她们回来了。两人的表情看上去很凝重，草薙猜测应该是因为得知情况不容乐观。

"让你们久等了。"御厨藤子鞠躬致歉。

"情况如何？"草薙问。

藤子神色黯然地摇了摇头。"医生说，目前还无法断言，也许可以保住性命，也有可能永远无法恢复意识……"

医生恐怕只能这样回答。

"这样吗……我们也衷心期盼她早日康复。"

"谢谢。"藤子说。旁边的春菜鞠了一躬。

"想请教二位几件事，现在方便吗？不会占用你们太多时间。"

两人对视了一眼，点了点头。"好的。"藤子答道。

医院里有咖啡店，一行人移步到店里后，草薙开始发问。据她们说，已经一年没见过若菜了。因为古董店经营得很好，若菜一直很忙，但每个月都会通过电话、邮件联系她们几次。

"您最后一次和若菜小姐联系，是在什么时候？"

春菜稍稍沉吟，答道："大约两周前，我收到她的邮件。那次她进的货里有我可能会中意的收纳盒，所以她把盒子的照片发给了我。我马上打电话给她，说我很想要，请她用快递寄给我。"

"当时您有没有觉得姐姐有什么反常的地方？"

"没有。姐姐的语气听起来和平时一样活泼开朗。"

矶谷若菜活泼开朗吗？草薙颇感意外。看御厨春菜的样子，很难想象若菜的性格是那样的。当然，双胞胎未必连性格都一样，况且姐姐还在生死边缘徘徊，也难怪春菜开朗不起来。

"听说这次是您察觉到姐姐遭遇危险的，"草薙切入正题，"这种情况以前也经常发生吗？"

"嗯，是的。"御厨春菜回答时表情没有变化，"读大学时姐姐去滑雪，一天晚上我有不祥的预感，打电话给她后，得知她因为受伤被送到医院了。我自己生病卧床时，正在夏威夷旅行的姐姐打电话过来，也说突然有不祥的预感。类似的情况可以说数不胜数。"

草薙将视线移向御厨藤子，问道："是这样吗？"

"的确经常发生。"藤子答说，"我已经习惯了，只觉得这是理所当然。"

"所以这次听到春菜小姐的话，您也丝毫没有疑惑，马上去联系了若菜小姐？"

"没错。"

"最近怎么样？有没有像这次这样察觉若菜小姐有危险？"

"这段时间没有——对吧？"春菜向姑姑求证。

"对，据我所知没有。"

"最近一直很平静，直到昨天晚上。当时我真是心惊肉跳……"御厨春菜右手捂住胸口，直视着草薙的眼睛，"那一瞬间，我的脑海里浮现出一个男人的脸，那张脸可怕极了。我觉得就是那个男人袭击了姐姐。"

4

"不好意思，我拒绝。你去找其他人吧。"汤川学语气冷淡地拒绝。

草薙早就料到了他的反应。"不要这么说，能不能先听我说明情况？你叫我去找其他人，可是这种匪夷所思的事，除了你也没有人可以请教了。"草薙将双脚搭在旁边的椅子上，用没拿电话的那只手挠着头。

"你错了，不是除了我以外没有人，而是我也不在你可以请教的人之列。拜托你，别为这种事来找我！"

"别这么说呀。你不觉得这件事很有意思吗？心灵感应啊！我在网上查过了，科学家对心灵感应是否存在还没有得出结论，如果能弄清楚这件事，那可是世纪大发现。"

只听汤川哼了一声。"我告诉你一件事。科学家对幽灵是否存在也没有得出结论，尼斯湖水怪也是这样。不，在这种意义上，圣诞老人也是一样。"

"那我问你，如果有幽灵的照片，你会怎样？不想看看吗？如果有人说自己真的见到了圣诞老人，你不想了解情况吗？如果不想，原因是什么？难道不是因为已经认定那种东西不存在吗？这是科学家应该有的态度吗？无论什么事都站在中立的立场进行研究的人，才是真正的科学家吧？这可是你常挂在嘴边的话。"

"真让人吃惊啊。"面对草薙的质问，汤川沉默片刻后说，"没想到你会这样反驳，对于你来说，算是很有逻辑性了，你是在哪里磨炼的辩论能力？"

"当然是在审讯室。最近的嫌疑人中有许多口才好的人。"

呼——电话那边传来汤川粗重的鼻息。"有证人吗？只有当事人的说法是不行的。"

"有好几个，所以才能及时发现受害人。要是发现得稍微晚一点儿，人就没救了。"

汤川默然，草薙感觉有希望。"当事人已经来到东京，只要你方便，现在就可以去你那里。"

"唉，"汤川发出无可奈何的叹息声，"我真讨厌自己的性格，无论如何都无法战胜好奇心和探究心。为什么我会有你这种朋友呢？"

"这就是命运啊！"

"先跟你讲清楚，"汤川说，"我不相信命运，命运比圣诞老人还不可信。"

"谁知道呢。我可以带当事人过去了吧，今天怎么样？"

"我可以抽出时间。"

"好的，我让内海随后联系你说明详细情况。"说完，草薙挂了电话，立刻抬头望向站在一旁的内海薰，"谈妥了。"

"他果然提到了幽灵和圣诞老人。"

"幸好你先给我培训了一下，这还是我第一次在吵架中赢过他。话说回来，你竟然能猜到他会说什么。"

"毕竟打了这么久交道了。"

"我认识他二十多年了，还是完全不懂他在想什么。算了，你先带两位御厨女士去帝都大学。她们现在在哪儿？"

"我让她们在酒店等待消息。"

"你现在就出发，万一汤川改变主意就麻烦了。"

"好的。"

目送内海薰离去后，草薙站了起来。间宫坐在宽敞的会议室前排，眉头紧锁，看着资料。

"我安排两位御厨女士去汤川那里了。"

间宫抬起头，噘着嘴。"是嘛。但愿伽利略老师能想出合理的解释。我要向上面报告案件概况，可是开头就难住我了。总不能写什么心灵感应吧？更麻烦的是，已经有新闻记者早早打探到消息，一定是辖区警察局的刑警泄露出去的。真是的，哪里都有嘴快的家伙。要不了多久，电视台也要找上门了。"

"那件事怎么办？就是嫌疑人肖像的事。"

"那件事啊，"间宫伸手抵着额头，"我跟肖像组讨论过了，他们表示只要有必要，随时可以提供协助。只是……"

草薙之前提议说，先把御厨春菜脑海里浮现的男人的脸画出来。

"还是有问题吗？"

"唔……"间宫沉吟，"这样给嫌疑人画像，万一被媒体捅出去，怕是会舆论哗然。"

草薙无法否认。警视厅搜查一科利用心灵感应进行犯罪调查？他的脑海里浮现出这样的标题。

"真是一起棘手的案子。如果受害人恢复意识就好办了。"间宫叹息。

傍晚，内海薰回到了搜查本部。

"怎么样？"草薙问。

"一开始汤川老师明显不感兴趣，虽然问了春菜小姐她们几个问题，但我看得出来，他怀疑只是巧合。"

"听你的口气，汤川后来态度有了变化？"

"是的。"内海薰重重点头，"春菜小姐的一句话，让汤川老师改变了态度。"

"一句话？"

"那句话是'连在一起'……"内海薰打开记事本，"春菜小姐是这样说的，自己和姐姐的心现在仍连在一起。姐姐看上去失去了意识，但大脑还在正常活动，输出各种信息。虽然无法解读那些信息的含义令她很懊恼，但她知道姐姐现在很痛苦。"

"……真的假的？"

"听了她的话，汤川老师感兴趣起来，说要带她去其他地方检查。"

"怎样的检查？"

"我在另一个房间等，没有亲眼看到。据汤川老师说，是使用一种能探测到微弱电磁波的仪器检查的。当然，仪器原本的用途与心灵感应无关。"

"检查结果如何？"

"似乎结果与一般人不同。最后汤川老师说，希望她成为第十三研究室的研究对象。"

"啊？"草薙瞪大了眼睛，"汤川说要研究心灵感应？"

"好像是。他询问两位御厨女士接下来的安排，说方便的话，他想明天就开始研究，请她们务必协助。"

"这真是意想不到的发展。"

"我也很惊讶。"

"也就是说，这起案件中的现象连汤川都无法给出合理的解释，不得不承认心灵感应的存在吗？"

"也许吧。他还请我提供协助。"

"协助什么？"

"汤川老师希望我把所有案件相关人员的面部照片带给他，他要给春菜小姐看，确认她大脑的反应。"

"喂，别开玩笑了！"草薙抓着头，"万一这种事传到媒体那里，肯定会闹得沸沸扬扬。内海，这件事要对其他人保密，自己人也一样。"

"我知道。照片的事怎么办？"

"我会考虑的。"

草薙立刻向间宫报告了这件事。

"这跟之前说的不一样啊。"圆脸的上司沉下脸来，"难道在报告里也要写心灵感应吗？"

"再稍微等等吧，我去找他了解一下情况。"

"就这么办吧。老实说，刚才有个认识的新闻记者打电话过来，说是听说这起案子和超能力有关，问我是不是事实。"

"您是怎么回答的？"

"当然是装糊涂了，不过他好像很怀疑。"

"最近没有重大事件发生，所以做社会专题的记者们都在为没有素材苦恼吧。"

"真是麻烦。关键的调查偏偏又毫无进展……"间宫撇了撇嘴。

5

门上贴的去向告示牌显示，汤川现在在另一栋楼。汤川在做什么呢？草薙惊讶地拿出手机。他事先已经和汤川联系过，说自己今天会来访。

电话很快就接通了。"喂？"电话里传来冷淡的声音。

"我是草薙。你在干吗？"

"啊，忘了跟你说，关于春菜小姐的研究在其他地方进行。不好意思，你过来吧。"

"没问题，你在哪儿？"

"医学系的生理学研究室。"

"生理学？"

草薙正想问生理学研究室在哪儿，电话已经被挂断了。

出了大楼，草薙按照路牌的指引前往医学系研究室。他去过好几次帝都大学医院，但医学系的研究大楼还是第一次来。这是座美丽的新建筑，草薙想起这栋大楼几年前刚刚重建过。

在研究室入口报上姓名后，学生带他进到里面。宛如潜水艇入口的厚重大门敞开着，草薙一走进去，顿时吃了一惊。一个很难想象和生理学有关的巨大装置从天花板上垂下，外形如同火箭，前端倾斜向下，下方是御厨春菜的头部。她穿着绿色衣服，躺在床上。

汤川和一个穿白衬衫的男人站在一旁。见草薙来了，汤川替那个男人做了介绍。他是医学系教授，也是这个研究室的负责人。

"我可以向他解释情况，教授请休息一下吧。"

听汤川这样说，气质儒雅的教授说了声"那我就不客气了"，离开了房间。

草薙再次抬头打量装置。"这到底是什么？真庞大啊。"

"这叫脑磁图技术。大脑中有电流流过神经元时，会产生极其微弱的磁场，这种装置可以检测出来。"

"磁场？人的脑袋里会有那种东西吗？"

"生物的每个部分都会产生磁场，心脏和肌肉也不例外。与这些相比，脑磁场非常微弱，只有地磁场强度的一亿分之一，需要使用超导材料做的线圈才能检测出来，还要持续用液态氦进行冷却，所以整个装置才会如此巨大。"

"哦，用这个就能调查心灵感应吗？"

"这只是研究的一环，要做各种各样实验才能知道具体情况。——辛苦了，您可以起来了。"

听了汤川的话，御厨春菜缓缓坐起，看到草薙后，向他微微点头致意。

"听说你承认心灵感应的存在，老实说，我很惊讶。"

汤川闻言皱起眉头。"我没有承认，只是觉得有研究价值。"

"这不是一回事吗？"

"完全不一样。"

"但事实上，这种情形很难有其他合理的解释吧？"

"合理的标准因人而异，我只是对春菜小姐大脑发出的信号感兴趣，想要探究它的真面目。"

"信号？"草薙望向春菜，她不自在地低下了头。

"我刚才说过，大脑会产生磁场。她的大脑产生的磁场存在某种规律，我们正在调查它到底是什么。"

草薙哑然。御厨春菜的大脑会产生那种东西吗？这该如何向间宫解释呢？

"照片你带来了吗？我之前应该说过，需要所有案件相关人员的照片。"汤川问。

"没有，今天没带过来。我打算先找你了解一下情况。"

汤川不满地皱起眉头。"你们不是希望尽快破案吗？为什么做事效率这么低？"

"调查资料不能随便带出来，何况还关系到个人隐私。"

"但在某种意义上，她也可以算是目击者。让她这样身份的人看相关人员的照片，应该是你们的常规手段吧。"

"目击者嘛……"

"如果这个说法不合适，可以换成别的词。总之，要趁她还没忘掉，尽快采取措施。"

草薙用指尖挠了挠眉梢，又望向御厨春菜。

"关于这件事，我有一个提议。您可以协助我们画嫌疑人肖像吗？"

春菜眨了眨眼。"嫌疑人肖像……吗？"

"就是把您通过心灵感应……也就是您姐姐被袭击时，您脑海中浮现的男人的脸画下来。我已经获得了上司的许可。"

一旁的汤川不屑地哼了一声。"画那种嫌疑人肖像有什么用？

难道打算公开，宣称是根据心灵感应画成的肖像？恐怕会引起轩然大波吧。"

"不会公开，只是作为参考资料提供给走访调查的同事，说是在现场附近目击到的可疑男人。"

"原来如此，连同事也要欺骗吗？"

"没办法，只有少数人知道春菜小姐心灵感应的事。——您可以帮忙吧？"

然而御厨春菜一脸为难地歪着头。"我觉得……做不到。"

"做不到？为什么？"

"因为没有进入那种状态。"

"那种状态是指？"

"我来解释好了。"汤川插口道，"记忆有很多种。比如，你应该听说过，人上了年纪会突然想不起别人的名字，但并不会忘记椅子、桌子这些物品的名称，这是因为记忆储存的地方不同。春菜小姐的情况也一样，事件发生时，她的脑海中确实曾浮现出男人的脸，但她无法自由提取那份记忆。"

"那不就等于忘了吗？"

"不是那样的。虽然想不起某个人的长相，但只要看到照片，就可以判断出是不是那个人，你应该也常有这种体验吧？"

"确实……"

"所以我才说，要把所有相关人员的照片带过来。"

草薙重重地叹了口气。"就算是这样，相关人员的范围到底是多大呢？"

"越大越好。尽可能多地收集照片给春菜小姐看，除此以外，没有其他解决办法。"

草薙凝视着汤川的脸。"你真的相信心灵感应吗？"

"我没有那种先入为主的观念，只是想查出她脑海中浮现的影像的真面目。如果那个人就是真凶，再进行下一步。"

草薙皱了皱眉头。"这起案件多数人认为是流窜作案，我觉得看相关人员的照片没有意义。"

"没有意义吗……这个世界上不存在没有意义的实验。不过，我早料到你会这么说，所以准备了其他信息源。"

"其他信息源？"

草薙身后传来声响，回头一看，带他进来的学生站在那里。"又来了一位客人。"

"来得正好，请他进来。"说完，汤川看着草薙，"看来提供其他信息的人到了。"

草薙惊讶地望向入口，跟着学生进来的人是矶谷知宏。

"啊，刑警先生……"矶谷也显得很吃惊。

"您怎么会来这里？"草薙问。

"当然是我请他来的。"汤川回答，"您的东西准备齐了吗？"后面这句话是问矶谷的。

"总算搞定了。"矶谷从提包里取出 U 盘，"我们身边的人差不多都在这里了。"

"喂，汤川，那该不会是……"草薙来回看着物理学家和 U 盘。

"我托矶谷先生收集了所有与他们夫妻有交集的人的照片。虽然你们似乎认定是流窜作案，但也不能完全排除熟人作案的可能吧？"

"你要让春菜小姐看这些照片吗？"

"没错。——啊，教授，您来得正好。"刚才那个教授回来了，汤川简单说明了矶谷带来照片的事。

"那我们尽快开始？当然，要先征得春菜小姐同意。"

听了教授的话，汤川问春菜："怎么样？"

"我没问题，请立即开始。"

"好的。"汤川转向草薙，"情况就是这样，我们现在开始测试。不好意思，你可以出去一下吗？——矶谷先生也请离开。"

面对意外的发展，草薙茫然地走出房间，觉得一头雾水。

外面有长椅，他和矶谷并排坐了下来。矶谷饶有兴味地看着研究室。

"您是什么时候知道他们在进行这种研究的？"草薙问。

"两天前，是春菜和藤子姑母告诉我的。之后她们带我来这里见了汤川老师。"

"您很吃惊吧？"

"当然了。"矶谷用力点了点头，"我知道若菜和春菜之间有着不同寻常的、特别的心灵联系，但没想到竟然这么强烈。不过多亏这样，才有可能查明凶手是谁，我当然要帮忙了。"说完，他用探询的目光看着草薙。"警方那边怎样了，有什么进展吗？"

听了这个问题，草薙很尴尬。"目前正在梳理目击信息。"他只能这么回答。

"看来不太乐观啊。"矶谷面带愁容，"所以我对这个研究室很期待。"

草薙正在思索如何回应时，汤川和教授从房间里出来了。他们关上厚重的门，又上了锁。

"结束了吗？"草薙问汤川。

"怎么可能，测试才刚开始。"

两人走向墙边的桌子。那里摆放着液晶屏和各种操作台。

"现在向春菜小姐一张一张展示矶谷先生收集的照片，如果照片触动了她的记忆，脑磁场应该会发生变化。——教授，请开始。"

教授点了点头，敲击键盘。液晶屏上显示出一个年轻男人的脸。

"这是我们店里的员工，"矶谷说，"姓山下。"

另一个液晶屏上显示出复杂的波形，这好像就是脑磁场。

草薙站在厚重的门前，透过圆形窗户观察里面的情况。御厨春菜躺在床上，那个巨大装置的前端抵着她的头部。她面前有一个显示照片的液晶屏。

如果用这种方法找到凶手，调查报告该怎么写呢？草薙思考着这个问题。

照片有一百多张，测试大约需要一个小时。汤川他们平静地操作着，始终没有露出欣喜的表情。草薙看得出来，御厨春菜的记忆并未被唤起。

"看来我带来的照片中没有凶手。"矶谷说。

"浮现在春菜小姐脑海中的人是不是凶手另当别论，但照片里确实没有这个人。"汤川回答，"辛苦您收集了这么多照片，真是遗憾。"

"没关系。"矶谷无力地摇了摇头。

汤川将视线转向草薙。"今天的测试结果你也看到了，如果有什么情况，我再联系你。"

"好。"草薙答道。

走出大学正门后，草薙向矶谷道别。正要迈步前往车站时，草薙的手机响了，是汤川打来的。

"怎么了，我落下什么东西了吗？"

"不是，你立刻回来，我有东西要交给你。"

6

矶谷知宏来到店里售卖街式小轮车的BMX①柜台前，山下正在接待一对看起来像是父子的客人。父亲年近四十，儿子似乎是小学生。

店里还有两个店员，一个待在收银台，正低头忙着什么，多半是在玩手机。另一个站在卖滑板的地方，看到矶谷出现，连忙端正了姿势。"早上好！"只有这声招呼是精神的。

"感觉怎么样？"

"呃，就这样。"耳朵上戴着两只耳环的店员抓了抓头，扫视着店里。尽管推出了特卖活动，但店里除了那对父子外没有其他客人。

"在网上也打了广告，没有效果吗？钱都白花了。"

"可不是嘛，哈哈。"戴耳环的店员笑了起来，矶谷狠狠地瞪了他一眼，他慌忙伸手捂住嘴。

两年前，矶谷开了家叫"酷X"的街头运动用品专卖店，售卖滑板、单双排轮滑鞋、小轮车以及相关配件、鞋子、服装等。刚开业时生意兴隆，爱好街头运动的年轻人自不必说，喜欢嘻哈舞蹈和音乐的年轻人也纷纷光顾。

---

① 全称 Bicycle Motocross，即小轮车运动，是起源于20世纪60年代的一种自行车越野运动，有街式、平地花式等不同玩法，车型亦有相应区分。

但后来客流量逐渐减少，原因不明。矶谷改变店里的装潢，也调整了商品的陈列方式，但都没有效果。

最后矶谷得出的结论是因为人口减少，孩子和年轻人的数量本身就在减少，其中热衷运动的人就更少了。矶谷认为游戏和智能手机也难辞其咎，孩子和年轻人只顾在虚拟世界中玩乐，根本不想去室外享受活动身体的乐趣。

但若菜提出了不同的看法。她认为是因为经营方式有问题。"其他店的生意都还不错。我打听了一下情况，那些店都很努力，店员热心研究，不少人的能力不输专业人士。酷X的店员只比普通爱好者稍微多了解一些，资深玩家当然不会上门。"

听了这番话，矶谷很愤慨，反驳道："就算你的古董店经营得好一点儿，也别瞧不起人！"于是若菜沉默了。

山下过来了，一脸垂头丧气的表情。

"刚才的客人没留住吗？"矶谷问，"感觉是爸爸来给儿子买自行车。"

山下摇了摇手。"不是的。儿子已经有小轮车了，据说常去公园，也在大赛上拿到过不错的成绩。他们来店里纯粹是为了炫耀，是那种只看不买的客人。我随便应付几句，把他们打发走了。"

矶谷咂了咂嘴。"难得推出特卖活动，就只有这种客人上门吗？"

"哎呀，现在不景气嘛。"山下满不在乎地说。

就在这时，矶谷的手机响了，是个陌生号码。他略带戒备地接起电话，打电话的是警视厅的草薙。

"不好意思，在您百忙之中打扰了。有些事想向您请教，可以见一面吗？"

"没问题。是什么事呢？"

"我们见面再谈。我去哪里找您呢？只要是您方便的地方都可以。"草薙的口气十分客气，矶谷生出不祥的预感。

两人约好在一家自助咖啡店见面。矶谷抵达时，草薙已经坐在靠里的座位上，向他微微点头致意。矶谷买了大杯咖啡后，走向草薙所在的桌子。

"突然约您出来，很抱歉。"草薙起身鞠躬。

"没关系。"矶谷简短地回答，然后在对面坐下。

"上次辛苦您了。刚才帝都大学那边联系了我，今天将再次进行测试，还是用您收集的照片。"

"啊，是吗？"

矶谷回想起在帝都大学进行实验的情形。他没想到一流大学的学者竟然会认真研究心灵感应。若菜姐妹之间的心灵感应如此强烈吗？

"说起来，难得您能收集到那么多照片。您是怎么收集的呢？"

"我想了很多办法。有的是从以前的照片里挑出来的，也有新拍的……"

"新拍的？怎样选择拍哪些人呢？"

"没有特别的标准，就是去我和若菜平常出入的地方，一个一个拍下来。"

"可是，也有人很难遇上吧？"

"遇到这种情况，我就给对方打电话，主动去见面。"

"他们竟然都同意让您拍摄。"

"我说要制作广告，需要大量照片。虽然也有人怀疑，但在我一再请求之下，还是拍了。"

"原来如此，您真是煞费苦心。"

"为了若菜，这不算什么。对了，您要问什么事？"

草薙听了，将手伸到上衣内侧，问道："您知道六本木有家叫'BALUT'的店吧？那是家有台球桌的酒吧，听说您经常去。"

矶谷心里突地一跳，但他极力克制，没有流露出来。

"那家店怎么了？"

"您也拍了那家店的相关人员吧？"草薙的手依旧放在上衣内侧。

"嗯，拍了。那个U盘里应该有所有店员的照片。"

"确实有店员的照片，还有好几个常客的照片，但恐怕不是全部吧？"

矶谷想要咽唾沫，却发现自己口干舌燥。"……什么意思？"

"您认识一个叫后藤刚司的男人吧？他是BALUT的常客，好像跟您也很熟。"草薙从上衣内侧取出一张光头男人的正面照，"就是这个人。"

"啊，我确实认识，不过谈不上熟……"

"是吗？奇怪了，店员说你们经常一起打台球。"

矶谷伸手捂住了嘴。他突然感到想呕吐，全身冷汗直冒。

"矶谷先生，"草薙冷冷地说，"为什么呢？你们关系这么亲密，为什么没有拍他的照片呢？那个U盘里并没有他的照片。"

"因为没机会见面……"

"但您知道他的电话号码吧？您刚才说过，如果遇不到要拍的人，会主动去找对方。"

矶谷低下头，闭上了嘴。他想不出合理的解释。

"有件事很耐人寻味。"草薙说，"这个男人是光头吧？连胡子都剃光了，脸就像剥了皮的鸡蛋一样干净。可是听说他不久前还留着金发，而且满脸胡子，最近却把头发和胡子都剃光了，您认为这是为什么呢？"

矶谷只觉得视野逐渐变窄。他仿佛事不关己地想，这大概就是绝望的感觉吧。

都怪那家伙——矶谷脑海中浮现出后藤长着胡子的脸。就是因为他没有干净利落地做掉若菜，才会出现这样的局面。

"前几天，这个男人因为违反轻犯罪法①被逮捕，警方搜查了他的住处，您猜找到了什么？一件沾有血迹的皮夹克。分析血迹后，发现那正是矶谷若菜小姐，也就是您妻子的血。现在后藤因涉嫌杀人未遂正在接受审讯，他供称是受人之托杀人。"

矶谷感到两侧有人在动。他抬起头，两个男人分别站到他两侧，看起来都是刑警。

"接下来可能去警察局谈比较好。"草薙的表情甚至可以用开朗来形容。

7

"真的很抱歉。"在刑警办公室角落的会客区，御厨春菜深深鞠躬致歉。

"可以请您从头说起吗？不，那个——"草薙皱起眉头，晃了晃手上的圆珠笔，"我连'从头'是指从什么时候开始都不知道。"

---

① 日本的一种特别刑法，主要针对各种轻微罪行。

"好。"春菜点了点头，"那是大约两个月前的事。那时由于工作，我有机会去东京，于是去见了姐姐。"

"请等一下。之前我问过您，您说已经一年没和若菜小姐见面了。"

"对不起，我说了谎。"春菜再次恭敬地鞠躬。

草薙叹了口气。"那时发生了什么事吗？"

"是的。"春菜沉静地说，"遭到了袭击。"

草薙瞪大了眼睛。"谁？"

"我。"

春菜带着诚挚的表情讲述了下面的事。

那天矶谷若菜在家，因为她经营的那家店正在进行内部装修，暂停营业。春菜联系她后，她让春菜立刻过去。于是春菜在路上买了蛋糕，前往位于松涛的姐姐家。

若菜高兴地迎接许久未见的妹妹。她的丈夫知宏出差了，当天不会回来，若菜邀请春菜住一晚，春菜也就愉快地答应了。

事情发生在晚上六点左右。应若菜的要求，春菜去给庭院的花木浇水。矶谷家的庭院在房子后方，从马路上看不到。虽然庭院后面也有住宅，但围墙很高，不用担心被人窥视。

就在春菜用喷壶逐一给花木浇水时，突然头被什么东西蒙住了，眼前一片漆黑。

她的反应更多是吃惊，而不是恐惧。她认为家里只有自己和姐姐，以为是若菜在恶作剧。

"别闹了，若菜。"她笑着说。

下一瞬间，春菜被猛地一推，跌坐在地上，她完全不明白发生了什么事。

春菜把蒙在头上的东西拿下来，原来是个黑色塑料袋。她扫视四周，空无一人，只是余光似乎瞥见了一个转眼就消失在围墙外的黑影。

春菜摸了摸手臂，这时她才发现手臂被人用力抓过。

刚才是怎么回事——

她回到家中，向厨房一看，若菜正在做菜。看到妹妹进来，若菜问道："怎么了？"

"没什么。"春菜回答。刚才的情形很难解释清楚，她也不想让姐姐担心，况且她自己都没弄明白发生了什么事。

两人吃着饭，热烈地聊着往事，春菜心中的不安逐渐消退。也许是被风吹起的垃圾袋刚好套到自己头上，惊慌之下跌倒在地，感觉就像是被人推倒的——她决定这样想。实际上，她也没有受到什么伤害。

但在浴室里脱下衣服后，看到镜子里的自己，春菜不由得倒吸一口凉气。她的两条手臂上都留下了明显的瘀青。如果只是跌倒，身上不可能会有这样的瘀青。之前她感到手臂被人用力抓住，那显然并非错觉。

的确是被人袭击了吗？但如果是这样，歹徒为什么突然消失了呢？

想到这里，她恍然大悟。

也许歹徒本来要袭击若菜，但因为春菜说了声"别闹了，若菜"而意识到她不是自己要找的人，这才慌忙离去。从这个角度来看，一切都有了合理的解释。

如果是这样，说明歹徒的目的不是强暴，也不是劫财。

歹徒把黑色塑料袋套到若菜头上，接下来打算干什么呢？绑架吗？不对。闯进庭院不难，要把一个人扛出去却并非易事，在那个时间段还会被人看到。

如此看来，歹徒的目的只可能是夺走若菜的生命。可是，是谁想要杀了她呢？

反复思考后，春菜想到了几件事。那天若菜原本应该出门工作，不会待在家中，说明歹徒知道她的店临时停业。选择在庭院动手，很可能是掌握了她的生活习惯，知道她会在休息日的傍晚去庭院浇水。满足这些条件的人，春菜只能想到一个。

那就是矶谷知宏。

其实春菜本来就对这个人印象不佳，但没有具体的原因，纯粹是出于所谓的直觉。还记得若菜第一次向她介绍矶谷时，她就在心里叹气：唉，又是这种类型吗？

春菜和若菜各方面的爱好都很相似，似乎双胞胎身上常有这样的事。食物、衣服、首饰——对方会选什么，不用看也猜得到，因为肯定和自己一样。

但唯独在对异性的喜好上，两人截然不同。具体来说，两人都喜欢温柔的人，但对温柔的理解却不一样。春菜喜欢沉默踏实的人，若菜则偏爱能说会道、光鲜耀眼的人。这本来也没问题，但在春菜看来，若菜的男朋友都是些轻浮的人。事实上，若菜的历任男友的确都在金钱等各方面依赖她。面对春菜的疑问，若菜说："我也知道，但总是放不下那种类型的男人。"

春菜认为矶谷知宏也是那类人，所以得知两人要结婚时，就有了不祥的预感。若菜真的会幸福吗？春菜很不安。姐妹俩继承了父母的大笔资产，她觉得矶谷知宏就是冲着财产来的。

他们结婚已经三年，日子过得怎么样，其实春菜并不太清楚，因为若菜很少提起。若菜知道妹妹对自己的丈夫没有好印象，那天晚上也几乎没有谈论这个话题。

难道是他们夫妻之间有了裂痕？这跟刚才发生的事有关系吗？

春菜对自己的推测感到不安，更无法将这个推测告诉别人，尤其是若菜。你的丈夫会不会想杀你——她该用什么样的表情说出这句话呢？况且知宏那天在冲绳出差，有不在场证明。

最终春菜回家了，对这件事只字未提。若菜发现妹妹有点儿不对劲儿，担心地问她，但她坚持说只是有些累了。

从此春菜就开始烦恼，越来越担心若菜会遭遇不测。

无法忍耐的时候，她就打电话、发邮件来确认若菜平安无事。但因为担心引起若菜的怀疑，她无法联系得太频繁。

有人发现了她的反常，那个人就是和她一起生活的姑姑。

"我发现春菜的情况不对劲儿，但做梦也没想到，在东京发生过那种事。"御厨藤子坐到草薙面前后，微微摇着头说道。

"据春菜小姐说，一直是您替她打电话给若菜小姐。"草薙问。

藤子点了点头。"第一次是这个月五号的晚上。"

"五号？您记得真清楚。"

"那天是我很期待的一本书上市的日子。白天书送到了，睡前正在看书时，春菜来到我的房间，说有不祥的预感，希望我打电话给若菜。我说你可以自己打，但她说感觉很害怕，没有勇气打。"

"然后您就打电话了？"

"我打了。但若菜很平安，没有任何问题。"

"之后她又多次拜托您打电话给若菜小姐吗？"

"是的，每天都要我打电话。后来我担心的不是若菜，而是春菜。我怀疑她有轻度的神经衰弱，所以实际上并没有打电话给若菜，只是告诉她已经打过了。"

"可是那天晚上不一样，就是案发的那一晚。"

藤子缓缓点头。"春菜和往常一样，请我立刻联系若菜。当时我们都在客厅，因此我没法儿敷衍她。没办法，我只好给若菜打电话，可是电话一直无人接听。我也担心起来，打电话给知宏……接下来的事，就和我上次说的一样。"

"但您说了谎。您说那天晚上是春菜小姐第一次要您打电话给若菜小姐。"

"对不起。"御厨藤子低下了头，"得知若菜出事后，我追问春菜，为什么知道若菜会遭遇危险，还有为什么要瞒着我。她终于吐露了实情，我听了后不禁大吃一惊。"

"她怀疑矶谷知宏——若菜小姐的丈夫很可能是凶手吗？"

"我觉得匪夷所思。但听了春菜的话，又觉得确实有道理。不过知宏这次也有不在场证明，若菜遭到袭击时，他在其他地方。"

"的确如此。"

"我们犹豫不决，不知道该不该告诉警方我们对知宏的怀疑。如果若菜没救了，我们会毫不犹豫地说出来，可是一想到她还有可能恢复意识，就下不了决心。万一知宏不是凶手，若菜恐怕一辈子都不会原谅我们。我们一直为此烦恼，最后决定先不告诉警方，看看情况再说。"

草薙皱起眉头。"真希望你们能说出来。"

"很抱歉。可是，不是案子得到解决就好，姐妹俩还要继续生活下去，我希望避免她们手足失和。"

"那你们谎称有心灵感应的目的是什么呢？"

"那是春菜的主意。即使知宏是凶手，行凶的也一定是同伙，因为知宏有不在场证明。如果宣称通过心灵感应看到了那个人的脸，知宏一定会行动起来。春菜说，也许下一步就会对她动手。"

"您也同意她的主意吗？"

"我觉得很危险，可是春菜已经下定了决心，宁可豁出性命也要查出真相。我没法儿让她改变主意。"

"拜你们所赐，我们被折腾得不行。"

"我真不知道该怎样表达歉意……实在不知说什么好。不过，您介绍的那位先生真是帮了大忙。"

"那位先生是……"

"当然是汤川老师。"藤子露出笑容，"被带到帝都大学物理系研究室时，我们很紧张。我跟春菜说，不如就此停手，但她说既然声称存在心灵感应，就不能退缩，无论做什么测试，只要一口咬定能接收到姐姐的想法就行了，因为再优秀的科学家也无法否定心灵感应的存在。"

草薙摸了摸后颈。"胆子真大。"

"但那位先生——汤川老师更加厉害，他一眼就看穿了我们的谎言。"

"一眼就看穿？"草薙反问，"第一次见面的时候吗？"

"是的。不仅如此，他还教给我们更好的办法。"

8

草薙来到第十三研究室时，汤川正坐在房间中央的工作台前，用一把大剪刀剪着竹筐。他不可能没察觉草薙的到来，却没有回头。

"你在做什么？"草薙招呼道。

不出所料，汤川丝毫没有流露出惊讶的表情，语气平淡地说："我在制作用来向学生解说的模型。"

"这个像竹筐的东西是模型吗？"

"不是像竹筐，就是竹筐。新研发的磁体的晶体结构跟这个一模一样，我就用它来制作模型。"

草薙抱起胳膊，在旁边的椅子上坐了下来。"看来你回归原本的物理学研究了。"

"这话说得奇怪，我不记得我不务正业过。"

"那不算是不务正业吗？比如确认心灵感应存在的实验——不，不如说是演戏。"

汤川微微牵动一侧嘴角，露出笑意。他走向洗手台，在水壶里装上水，打开煤气灶，像往常一样准备请草薙喝速溶咖啡。草薙并不是很想喝，但还是接受了。

"看来你有些误会，我就解释一下吧。"汤川说，"生物发出的磁场和电磁波中有很多谜团，我之前就想调查，刚好这次得到了机会，就请医学系的教授协助，获取了相关数据。你可能忘了，我从来没有使用过心灵感应这个词。"

草薙转了一圈椅子，抬头瞪着汤川。"你以为讲歪理就可以搪塞过去吗？你是在欺骗警察。"

"我没有欺骗，是你们误会了而已。不过——"汤川把两个马克杯并排放好，耸了耸肩，"我确实有所隐瞒，这一点我承认，但应该没有违反法律。"

"这正是我想问的，为什么要瞒着我？"

"春菜小姐她们没有告诉你吗？"

"大致情形已经听她们说了，但还要向你了解详细情况，以便确认她们的话是否有前后矛盾之处。"

水壶的水烧开了，汤川用勺子将速溶咖啡粉舀到马克杯里，倒进开水，诱人的香味飘向草薙。

"第一次见到春菜小姐时，她跟我说，自己和姐姐的心现在仍连在一起。姐姐看上去失去了意识，但大脑还在正常活动，输出各种信息。虽然无法解读那些信息的含义令她很懊恼，但她知道姐姐现在很痛苦——"汤川把两个马克杯端了过来，将其中一个放到草薙面前。

"好像是这样的，我听内海说过，真让人吃惊。"

"听了这番话，我立刻察觉她在撒谎。"

"为什么？因为从科学角度来看不可能吗？"

"不是科学问题，是心理问题。知道姐姐现在很痛苦——你想想看，这种时候还会有心思和物理学家应酬，满足他的好奇心吗？通常不是会只想赶到医院，时刻陪伴在姐姐身边吗？心灵感应的存在是被证实还是证伪，对她来说根本无关紧要。"

草薙手里拿着马克杯，半张着嘴。"的确如此。"

"所以我心生疑问，为什么她要撒这样的谎呢？我猜想，或许她是出于某种原因，才不得不谎称她和姐姐是通过心灵感应连在一起的。"

"于是你直接问了本人？"

"没错，因为我感觉不像是恶作剧。"

"就是在你说要做个简单的实验，把两人带到其他房间的时候吧？据内海说，是要检测大脑发出的电磁波。"

汤川啜了口咖啡，咪咪地笑了。"没有那种装置。我原本就对心灵感应的存在持怀疑态度，并没有做什么准备。再说，那个房间是资料室，不是实验室。"

"我听春菜小姐她们说了。你说要做检查，房间里却空荡荡的，让她们吃了一惊。你撒这个谎，是为了避开内海吗？"

"我觉得如果有警察在场，她们很难说出真相。去了其他房间后，我对春菜小姐她们说，如果有什么隐瞒的事情，请坦诚说出来。我不会告诉警察，也绝对不会透露给其他人。如果有我帮得上忙的地方，我会提供协助。如果希望我营造存在心灵感应的假象，我也可以视情况帮忙。"

"你都说到这种程度了吗？"

"说实话，我自己也很想知道，为什么春菜小姐能察觉姐姐遭遇了危险。我认为其中一定有奥秘。"

"所以她们……"

"嗯。"汤川点了点头，"春菜小姐和姑姑对视一眼后，不约而同地开了口。至于说了什么，她们应该已经告诉你了吧？"

"是啊。"

汤川表情缓和下来，露出笑容。"那其实是种很简单的把戏。春菜小姐每晚都在担心若菜小姐的安危，也就是说，根本不存在心灵感应。不过我很佩服她们利用心灵感应走出的一步棋——声称通过心灵感应接收到了袭击者的长相。如果凶手真的是受害人的丈夫，他会有什么反应呢？我也很感兴趣。"

"所以你决定协助她们？"草薙瞪着朋友，"对我也守口如瓶。"

"我既然答应替她们保密，自然也不能告诉你。不过听了她们的话，我觉得照这样下去，事情不会有进展，所以提议，反正要做，不如做得彻底，我也会帮忙。"

"你是指在生理学研究室的那场大型演出？有必要那么大动干戈吗？"

"如果不演到那种程度，矶谷知宏不会把春菜小姐的话当真，对于她声称通过心灵感应从姐姐那里接收到记忆这件事，也不会感到畏惧。"

草薙撇了撇嘴。"这……也许吧。"

"最重要的是，要让凶手相信心灵感应确实存在，有了这个前提，才能设下圈套。这也是我不告诉你的原因之一，我们要把人骗进圈套，如果警察默许这种行为，恐怕会有问题吧？"

"如果你们找我商量，我确实会很为难。"

那天实验结束后，草薙被汤川的电话叫了回来，汤川把矶谷带来的 U 盘交给了他。"矶谷先生毕竟是普通人，很难把身边所有人的照片都收集全。你能不能确认一下，这里面有没有遗漏什么人？"汤川说。

"为什么要这样做？"草薙问。

汤川说："如果遗漏了人，为什么会漏掉？纯粹是矶谷先生疏忽了，还是他刻意为之？我想要查清楚这件事。"

说这句话时，他特别强调了"刻意"这两个字。

草薙一听，恍然大悟。汤川是在怀疑矶谷知宏，想必他从春菜她们那里得知了什么事。

与间宫商量后，第二天，警方派出几个调查员排查矶谷知宏身边的人。要找的是没有被矶谷拍下照片的人，这件事并不困难，只要与 U 盘里的照片进行比对即可，不用去搭话。

就这样，调查员找到了后藤刚司。他没有固定工作，不久前还在靠女招待包养过活。据说他已经跟那个女人分手了，手头很缺钱。

最关键的是，他最近剃光了头发和胡子。这应该是因为他从矶谷那里得知情况后，认为自己的长相留在春菜——也就是若菜的记忆中。

因为警方找到了沾血的皮夹克这一证据，后藤痛快地招供了。用作凶器的锤子丢到了河里，而主犯果然就是矶谷知宏。

"如果若菜小姐死了，矶谷能拿到三亿日元以上的遗产，他许诺支付其中的一千万日元给后藤，于是后藤就答应杀人。他们把人命当成什么了！"草薙拿着马克杯，愤恨地说道。

"丈夫是为了钱吗？"汤川问。

"简单来说，就是这么回事。矶谷的店全靠若菜小姐的支援才能勉强维持，她对丈夫的无能感到震惊，最近时常提到离婚。矶谷曾有外遇，即使打离婚官司也很难获胜。"

"所以干脆在离婚前杀了若菜小姐吗……想得也太简单了。不过，正因为他是这种男人，才会落入圈套。对了，若菜小姐的情况怎样了？"

"关于这件事，有个好消息。她的身体正在逐渐恢复，应该很快就会醒过来。"

"那就好。你去了医院吗？"

"没有，是在来这里的路上接到春菜小姐的电话，听她说的。"

春菜兴奋的声音依旧在草薙耳边回响，她是这样说的："今天早上醒来后，觉得头脑格外清爽。到昨天为止脑海里还云雾弥漫，今天云雾却像被风吹走了一样，消散得干干净净。我想若菜大脑的状态就是这样的，她一定会醒过来。"

汤川听了，摘下眼镜，刻薄地撇了撇嘴。"这只是基于主观愿望的自我暗示吧。脑磁图检测的结果显示，春菜小姐和普通人没有区别，我也把这个结果告诉她了。"

"也就是没有心灵感应吗？"

"无法观测到任何类似的东西。"

这时，草薙的手机收到邮件，是春菜发来的。一看内容，他忍不住瞪大了眼睛。

　　刚才若菜醒过来了，也没有失忆，太好了。

见草薙愣在那里，汤川问："怎么了？有案子吗？"

这个装模作样的物理学家会怎样面对这个事实呢——

草薙兴奋地将屏幕上的邮件转向汤川。

第六章　伪装

1

"汽车导航系统虽然是划时代的发明，但也有不知变通的缺点啊。"坐在副驾驶座上的汤川学不满地说，"从刚才开始，屏幕上就只有这条连绵不绝的山路，前面应该也一样。不如在开到下一个路口前关掉画面吧。"

"如果屏幕上什么都没有，会很冷清吧。"草薙操作着方向盘说道。确实，从刚才开始，车一直行驶在这条路上。"别抱怨了，帮我看看还要在这条路上开多久。"

汤川伸出手，手指在液晶屏幕上滑动。草薙看到地图移动了。"好消息，还有两公里左右就到目的地附近了。"

"还有两公里？哎呀。"

现在刚过下午一点半，跟预计的时间差不多。从东京出发后，已经过去三个多小时了，他们只在高速公路的服务区休息了一次。一直是草薙在开车，汤川虽然不承认，但他多半是那种有驾照却从不开车的人，所以草薙也无法提出换他来开。

"天色看起来不太好啊，"草薙抬头看了看天空，"听说山里的天气变化无常……"

汤川拿出手机查看。"降水概率百分之九十，根据天气预报，很快就会下雨，还是场大雨。"

"真的吗？惨了，我没带伞。"

"只要把车停到酒店门前就没问题。"

"如果停车场离酒店大门很远怎么办？只有我一个人淋雨吗？"

"总比两个人都淋雨好。外套和行李就交给我，可以减少大部分损失。"

草薙叹了口气。要是一句句计较这个人说的话，就没完没了了。

不久，水滴开始滴滴答答地落在挡风玻璃上。

草薙握着方向盘，感到不对劲儿，车身似乎在左右晃动。他将车靠到路边，慢慢停下。

"怎么了？"汤川问。

"感觉车不受方向盘控制，我下去看看。"

草薙离开驾驶座，绕着车查看了一遍，果然左侧后轮被扎破了。在高速公路的服务区时还没有异常，可能是后来在哪里碾到了金属片。

草薙告诉汤川后，汤川说了句"没办法，我来帮忙吧"，从副驾驶座走了下来。

他们从后备厢拿出千斤顶、工具、手套和备用轮胎，将千斤顶放在被扎破的轮胎旁，缓缓顶起车身。不巧的是，雨下得更大了。

汤川站在道路中心线附近，留意后方有没有车驶来。

一辆红色的车驶近，是辆奥迪 A1。汤川就像施工现场的引导员一般，手舞足蹈地发出信号。

红色汽车没有径直驶过，停在了汤川前方不远处。

司机似乎在向汤川打招呼，汤川走到车旁，两人说了会儿话。不久，红色汽车启动，从草薙的车旁开了过去。

汤川向草薙走来，手里撑着一把塑料伞，不知是什么时候拿到的。

"这把伞是从哪儿来的？"

"刚才的那个女人给的。"

"女人？开车的是个女人吗？"

"是个年轻漂亮的女人。她觉得换轮胎的人——也就是你浑身湿透，太可怜了，所以把伞送给我们。这个世界上还是有好心人的，还不算无可救药。"汤川站在草薙旁边，为他打着伞。

"太好了。"草薙继续换轮胎。

轮胎终于换好了，两人再次出发。雨越下越大，车穿过几个隧道后，右前方出现一栋白色建筑。正门前宽敞的停车场里，七成的车位已经停了车。年轻的镇长要在这里举行婚礼，来客自然不少。这家山里的度假酒店应该很感谢这场婚礼。

"是刚才那辆车。"汤川指着停车场一角，之前那辆红色汽车就停在那里，"那个女人没准也是来参加婚礼的。"

"如果你看到了她，告诉我一声，我要向她道谢。"

"你是听说她很漂亮，才这么上心吧？"

"嗯，这我不否认。"

酒店大堂里，两个熟人在等着他们。和汤川一样，两人也是草薙在大学羽毛球社的同学。

"现在就差你们俩了。"姓古贺的男人指着草薙和汤川说，"只有你们俩还是单身。你们没忘记约定吧？最后一个结婚的人要请所有人大吃一顿烤肉。"

　　这是第一个同学结婚时大家立下的约定，已经是十多年前的事了。

　　"我当然没忘。"汤川指着古贺像西瓜般突出的肚子，"但我觉得履行这个约定恐怕对你没好处。"

　　古贺皱起眉头，用手挡住肚子。"你记得约定就好。在那一天到来前，我会拼尽全力减肥的。"

　　"他是认准了根本不会有那一天，才敢说这种大话。"另一个朋友说，在场的人都笑了起来。

　　包括草薙在内，这一届羽毛球社一共有十个人。新郎应该给所有人都寄了请柬，今天没到场的同学，想必都有无法脱身的缘由。草薙能请到假，也算是个奇迹了。

　　登记入住后，草薙和汤川进了双人房，换上西装，前往婚礼会场所在的楼层。

　　他们在休息室和羽毛球社的朋友们再次谈笑时，伴随着"嗨，大家都来啦"的招呼声，谷内祐介出现了。他的脸比学生时代大了一倍，也发福了。虽然不清楚他作为镇长能力如何，但能看出他很有威严。

　　"不好意思，让你们远道赶来。不过这里的饭菜很可口，也有温泉，各种设施都可以随意使用。难得来一趟，大家好好放松一下吧！"谷内语气明快地说。

　　谷内大学一毕业就回了老家，进入县政府部门，从事振兴当地经济的工作。两年前他辞职了，参加镇长竞选。他的父亲以前也是镇长。由于没有与他竞争的候选人，最终他当选了。

　　收到将在镇里的度假酒店举行婚礼的通知时，草薙感受到了谷内的用意。他应该是希望借这个机会，让大家了解镇子的优势。

谷内向休息室里的所有人打过招呼后就离开了。很快就要举行婚礼了，他还这么忙碌。

草薙打量着其他参加婚礼的人，有很多比谷内还要年长的男人。虽然只是个小镇，但当镇长少不了各种应酬，草薙觉得这份工作应该很辛苦。

"开红色奥迪的女人会不会在新娘那边的休息室？"草薙小声问汤川。

"也许吧。先不提这个，"汤川看着窗外说，"天气预报还真准。"

草薙也向窗外望去，大雨正激烈地敲打着玻璃窗。

2

傍晚六点多，桂木多英离开了房间。她乘电梯下到二楼，沿着走廊往里走，里面有一家门口装饰着意大利国旗的餐厅。虽然菜不是很好吃，但在这家酒店的餐厅中，算是不错的了。

一走进店里，女服务员就迎了上来。告知服务员她是一个人用餐后，她被安排到靠窗的座位。虽然是晚餐时间，餐厅却很空。她在登记入住时听说，今天镇长的婚礼在这里举行，所以停车场里停了很多车，这会儿婚宴会场应该很热闹。

尽管没有一点儿食欲，也得吃点儿东西，她点了沙拉和意大利面。她还想喝点儿葡萄酒，但忍住了。

喝了口杯子里的水，她望向窗外。雨似乎越下越大，她不禁有些担心。家里的别墅不知怎样了？想到要走在泥泞的地上，她就感到郁闷。

她拿出手机，用重拨功能给母亲亚纪子打电话，但只能听到呼叫音，没有人接听。她又打了别墅的座机，结果也一样。

就在她犹豫要不要打武久的手机时，点的菜送上来了。虽然胃并没有想开工的迹象，她还是拿起了叉子。

小口吃着意大利面，她脑袋里想的是其他事。

鸟饲修二是怎么做的呢，应武久之约来到这种地方了吗？一般人肯定会拒绝过来，但鸟饲有着常人没有的厚脸皮，说不定会堂而皇之地上门。

但鸟饲如果去了别墅，这时应该会联系她。她到现在还没接到电话，说明鸟饲多半没去。

多英食不知味地吃完饭，女服务员过来问她要不要餐后甜点，她摇头拒绝，结账后离开了餐厅。

快到七点了，她正要快步走出酒店门时，有人叫住了她。

"那位客人！"一个身着黑衣的中年男人跑了过来，"您准备出门吗？"

"对。"

"是要去镇上吗？"

"不是，去别墅区。"

"噢……"男人半张着嘴，"这样啊，那就没问题了。路上请小心。"他恭敬地鞠了一躬。

这是怎么回事？多英疑惑地迈开步伐。一出大门，她顿时感到泄气，外面依然在下大雨。

撑起漂亮但不太结实的伞，她走到奥迪车前。浅口皮鞋内侧全湿了，但现在也顾不上了。她坐上车，立刻发动引擎，调快雨刷的速度。

车沿着黑暗的道路前进，一路都没遇到其他车。除非有要事，谁也不想在这种天气外出。

前方出现了熟悉的建筑。面向马路的车位上，停着一辆沃尔沃旅行车。那是武久的车，旁边的车位空着。多英扫视四周，没看到其他车，鸟饲修二果然没来。

多英将奥迪倒进沃尔沃旁边的车位，撑开伞下了车。地面果然十分泥泞，车轮上也沾满了泥巴。为什么车位上也不铺柏油呢？她不禁生起房主武久的气来。

多英穿过大门，来到门前。她没带钥匙，然而拧了拧门把手，门一下就开了。

脱鞋的地方放着男式皮鞋和女式平底鞋各一双，此外只有一双武久在这栋别墅穿的拖鞋。

多英脱了鞋，从拖鞋架上拿了双拖鞋穿上，沿着走廊往里走。玄关前面是客厅。别墅里寂静无声。

她打开客厅门，里面一片漆黑。她摸索着打开墙上的开关，客厅亮了起来。

窗边的摇椅上坐着一个人——是武久。

多英咽了口唾沫。武久胸部以下全是血。

这不是梦，是现实——多英的脑海中浮现出这样的想法。她蹲下身，左手捂着嘴，视线游移着。

亚纪子倒在朝向庭院的玻璃门前，面色发灰，裙摆向上卷起。

多英颤抖着从包里拿出手机，按下一一〇 ① 的拇指止不住发抖。

---

① 在日本，110 是报警电话。

3

晚上七点多,草薙他们离开了婚宴会场。

"早知道是这种婚宴,我们还不如从第二场开始参加。"古贺扫兴地抱怨,"主宾是副知事①,县议会的议员带头干杯,连警察局局长都来致辞,简直成了本地名流的聚会。"

"哎呀,别这么说,谷内毕竟是镇长,有他的立场。"草薙说,"所以他才贴心地安排了第二场。"

"哟,草薙,你跟以前很不一样,圆滑多了啊。这是怎么回事,汤川?"

被问到的汤川轻轻耸了耸肩。"没办法,草薙也是公务员。"

"这样啊,倒也是,不能违背上层的意思啊。"

"说什么呢,你们哪里知道公务员的辛苦。"草薙伸出拳头。

第二场宴会在酒店顶楼的酒吧举行。在此之前,他们决定去楼下的休息区消磨时间。

他们来到一楼,发现大门附近聚集了很多人。仔细一看,都是刚才参加谷内婚宴的人,警察局局长也在其中。他们应该不参加第二场宴会了,但每个人看上去都有些奇怪,显得不知所措。

令人惊讶的是,谷内也从电梯厅走了出来。他还穿着晚礼服,但表情很严峻,与婚宴时截然不同。他跑到人群中,和警察局局长他们交谈起来。

---

① 统辖和代表日本都、道、府、县的长官,经居民直接投票公选,任期 4 年。

"好像发生了什么事。"草薙旁边的汤川说道。

"嗯，我去问问。"草薙走到谷内身边。正好他们也谈完了，草薙便小声问他："出什么事了吗？"

谷内撇着嘴，耸了耸肩。"大雨引发了泥石流，下山的路有一段不能通行了。"

"那条路被堵住了吗？"草薙回想起来这里时驶过的山路。

"没错。幸好没有发生事故，但很多人要被困在这里了。"

"镇长！"一个小个子男人跑了过来，"从现场的情况来看，明天上午应该可以恢复通车。"

"要这么久吗？"

"这场雨下个不停，实在没办法。即使清理了沙土，也需要时间来确认是否安全……"

谷内咬着嘴唇，抓了抓头。"真是要命。"

圆脸的警察局局长过来了。"镇长，您了解情况了吗？"

"了解了。对不起，给你们添麻烦了，拜托了！"

警察局局长点了点头。"现在已经开始交通管制，这个时间段应该不会出现什么混乱。"

"对不起，"谷内又说了一次，然后突然想起什么似的，回头望向草薙，"对了，给您介绍一下，我以前不是说过，我有个大学同学在警视厅工作吗？就是他。"

突然被介绍给局长，草薙一时不知所措，慌忙递出名片。"敝姓草薙。"

"喔，久仰久仰。"局长也拿出名片，"我听镇长说过，您解决过许多疑难案件。"

"您过奖了……不过是凑巧罢了。"

看名片，局长姓熊仓。他看上去很温和。

这时，熊仓的礼服里传来手机的来电铃声，他说了声"抱歉"，接起电话。"是我……是啊，怎么了？道路的事又——"说到这里，熊仓忽然瞪大了小小的眼睛，表情也明显凝重起来。接下来他说的话让周围的气氛紧张起来。"什么？发生了命案？"

第二场宴会比预定时间晚了一会儿才开始。虽然另一位主角缺席，但年轻人都围着新娘愉快地互相拍着照。婚宴上都是议员、官员等有头有脸的人物，让人局促不安。对年轻人来说，或许新郎不在时为新娘送上祝福更加方便。新娘比谷内小十三岁，古贺故作认真地发火说："这简直不可饶恕！"

一个男人朝草薙他们走过来，正是刚才向谷内报告泥石流状况的人。他蜷缩着瘦小的身体，在草薙耳边小声说："不好意思，可以请您过来一下吗？"

"我？"

"是的。镇长找您有事，局长也在等您。"

"警察局局长也……"

草薙心生不祥的预感，但无法拒绝。一旁的汤川不可能没听到刚才的对话，但他转过头，自顾自地喝着鸡尾酒。

草薙向男人点点头，起身离席。

男人边走边自我介绍，他姓小高，在镇公所担任总务科长。

"是什么事呢？"草薙问。

"这恐怕不便由我……镇长会直接告诉您的。"小高吞吞吐吐地说。

草薙被领到酒店二楼的一个房间。这个房间可能也会作为会议室使用，里面摆着一张大桌子，四周是沙发。谷内和熊仓在那里等着，谷内已经换上了西装，局长还穿着礼服。

"不好意思，在你玩得开心的时候打扰你。"谷内示意草薙在对面的沙发落座。

"没关系，到底发生了什么事？把新娘一个人留在那边，没问题吗？"草薙边问边坐下。

"现在顾不了那么多了。"谷内转头望向熊仓。

"实不相瞒，"熊仓开口道，"刚才的电话您应该也听到了，发生了命案。局里接到报案，报案人称自己的父母遇害了。"

"地点是？"

"就在附近。"熊仓表情严肃地回答，"沿着这家酒店前面的路再往上开，就是别墅区，命案就发生在其中一栋别墅。报警的是房主的女儿，她今晚前往别墅时，发现先到的父母已经被杀死了。"

"这可是重大案件啊。不过——"草薙看看熊仓，又看看谷内，"为什么告诉我这件事呢？"

熊仓苦着脸。"这当然跟警视厅的人没有任何关系，是由县警负责的案子。但您也知道，现在通往山下的道路无法通行，别说县警本部，我们警察局都很难派人去现场。这种天气连直升机都飞不过去。"

"那么，现在报案人正独自一人在案发现场等着吗？"

"不，别墅区附近有驻在所①，那里的警察在负责保护现场。"

"这样啊……"草薙逐渐了解了情况。

"道路最快也要到明天早上才能恢复通车，可是在那之前，我

---

① 日本警察基层机构，多设于山区、孤岛等偏远地区。

们不能什么都不做。这种案子如果不能在第一时间展开调查，后果是致命的。"

"那当然，可是道路不通，也没办法啊。"

"确实无法从警察局去现场，但从这里可以。"

"啊？"

"局长的意思是，他要亲自去现场。"谷内说。

"局长要……"

熊仓挺起胸膛。"我是局长，但也是警察。"

"原来是这样。"草薙点了点头。这没有什么好奇怪的，发生凶杀案等重大案件时，当地警察局局长赶到现场，从程序上说甚至是理所当然的。

"只是，"熊仓尴尬地皱起眉头，"说来惭愧，我一直主要负责交通方面的案件，几乎没有调查刑事案件现场的经验。当然，最基本的规则我自认还是了解的，但就怕一着不慎，酿成无法挽回的后果，那可就糟了。"

"所以，"谷内向前探身，"局长找我商量，能不能请你帮忙？"

"我？"草薙稍稍向后靠，看着熊仓，"要我陪您一起去案发现场吗？"

"说实话，就是这样。"熊仓两手放在膝上，"我身为局长，就在案发现场附近，却什么都不做的话，实在有点儿……"

草薙也觉得这样说不过去，但他不太情愿——到了这种地方，还要去命案现场。

草薙正打算找个借口回绝时，谷内仿佛看穿了他的内心，深深鞠了一躬。"我也拜托你了，你就答应吧！别让我这个镇长脸上无光。"

4

雨稍微小了些，但还没到可以调慢雨刷速度的程度。小高开着车，谨慎地操作着方向盘。

从酒店出发后，十分钟左右就到了别墅区的入口。进入别墅区后，每隔一段距离就出现西式风格的建筑。不久，他们看到一座建筑旁停了辆警车，小高说应该就是那里。

车在警车后面停了下来。草薙撑开伞下了车。熊仓紧随其后，小高则留在车里。

草薙和熊仓都穿着向酒店借的工作服，也戴了帽子，避免头发掉在现场。他们当然也准备了手套。

别墅是座木制建筑，被幽暗苍郁的树木环抱，无法看清全貌，但可以看出占地面积在一百坪①左右。来这里之前，草薙得知房主姓桂木。

别墅旁的车位上并排停着沃尔沃和红色奥迪。草薙目不转睛地望着那辆奥迪，熊仓问："怎么了？"

"不，没什么。"草薙摇了摇头。

大门旁站着一个身穿雨衣的警察，看到熊仓，他一脸紧张地敬礼。他是个三十岁左右的青年，看上去朴实木讷。

"报案人呢？"熊仓问。

"在里面。"

① 日本计量房屋和土地面积的单位，1 坪约为 3.3 平方米。

"情况怎么样？"

"嗯，她看起来很受打击。"

"向她了解情况了吗？"

"啊，不，还没有详细……"

"你看过现场吗？"

"看过。不过只是稍稍看了一眼。"

熊仓向草薙望去，用目光征询他的意见——接下来该怎么办？

"局长您最好也先看一下现场，"草薙说，"不过尽量不要碰到东西。"

熊仓顺从地点了点头。即使面对年纪比他小、级别比他低的人，他也丝毫不摆架子，想必当上局长是众望所归。

从大门通往玄关的过道上铺着踏脚石，两人慢慢地走着，注意避免踩到泥土，因为泥土上可能留着凶手的脚印。正常来说，在鉴定工作完成前，就算是局长也不应接近现场。

他们来到玄关前，用戴着手套的手敲门。

"请进。"女人柔弱的声音传来。

草薙打开门，顿时吃了一惊。

一个女人抱着膝盖坐在门厅，她身穿牛仔裤和红色衬衫，外面套着灰色开襟毛衣。

女人抬起头，慢慢站了起来。她看起来二十六七岁，身材苗条，个子很高，留着长发，眼角恰到好处地上挑。正如汤川所说，她是个相当出众的美女。

女人报上姓名，她叫桂木多英。

熊仓也作了自我介绍："虽然穿成这样，我可是警察局局长。"他的话很好笑，但草薙不能笑出来。

他简单介绍了草薙，桂木多英默默地点头。她显然无心留意警方的情况。

"现场在哪里？"熊仓问。

"在里面。"她指着身后的走廊，"里面的客厅。"

草薙和熊仓脱下鞋，套上准备好的塑料袋。为了防止滑落，还在脚踝用橡皮筋固定，尽可能不在现场留下痕迹。

桂木多英留在原地，两人沿走廊前行，里面的门关得很紧。

草薙缓缓打开门，一股恶臭扑鼻而来，像是秽物与血混合在一起的臭味。

草薙小心地走进客厅，忍不住屏住了呼吸。跟着进来的熊仓"啊"的一声叫了出来。

首先映入眼帘的是放在窗边的摇椅，上面坐着一个瘦小的男人。他的胸口开了一个大洞，胸部以下浸染着骇人的黑色血迹。他穿着宽松的长裤和 Polo 衫，外面套了件背心。

视线转到右侧，他们看到了朝向庭院的玻璃门。其中一扇门敞开着，一个女人仰面倒在前方的地板上，从这个角度乍一看似乎没有外伤。

草薙从口袋里拿出数码相机。这是他自己买的，特地带来参加谷内的婚礼，却做梦也没想到会派上这种用场。

站在原地拍了几张室内的照片后，草薙留意不碰到周围的东西，小心地走向摇椅。但他在一米外停下了脚步，因为他发现地上飞溅着细微的血迹，上面还有人走动过的痕迹。

草薙就从那个位置观察男人胸前的伤口，胸口像是被挖了一个洞，肉和内脏都被破坏得乱七八糟。草薙对这是什么伤口已经有头绪了，他以前见过同样的尸体。

男人的年纪在六十岁到八十岁之间，灰色的脸上皱纹很多，让人联想到乌龟。

拍下几张照片后，草薙走到女人的尸体前。

他立刻看出了女人的死因，她的脖颈上有勒痕。不是绳子的痕迹，而是清晰的指痕，指痕上还沾着淡淡的血迹。

"草薙先生，那是……"熊仓用手电筒照着庭院。

雨水打湿的地面上，黑色的枪身闪着微弱的光。

"果然是霰弹枪……"草薙低声说。

"竹胁桂老师的大名我也早有耳闻……原来是竹胁老师啊，真令人吃惊。"熊仓语气沉重地说道。

桂木多英无力地摇了摇头。"请不要用那个名字称呼家父。那是他在外面用的名字，在我听来就像不相干的外人。"

"啊，这样吗？恕我失礼，那以后就用本名桂木武久来称呼令尊吧。然后，令堂名叫亚纪子……"

"是的。"桂木多英点了点头。

回到酒店后，他们借用先前的会议室询问案情，草薙也参加了。他本来不感兴趣，但受谷内所托，他无法拒绝。

摇椅上的死者是个作词家，笔名竹胁桂。草薙对这个名字没什么印象，但听人说起他的几首代表作后，不禁有些吃惊。他的作品以演歌为主，但都是热门歌曲，也在红白歌会上被演唱过。这样的人拥有一两栋别墅也不足为奇。

"我父母应该是今天一大早到的别墅。每年这段时间他们都会在别墅住上一个月左右。"

"您没和他们一起去吗？"熊仓问。

“我平时就不和父母一起住，这次是因为担心才过来的。”

“担心？担心什么？”

桂木多英露出犹豫的表情，舔了舔嘴唇。“昨晚母亲联系了我，说父亲提出要约一个人到别墅。那个人叫鸟饲修二，曾经是父亲的徒弟，现在是音乐制作人。”

“为什么要约这个人？”熊仓问。

“为了抗议。”

“抗议什么？”

桂木多英叹了口气。“鸟饲先生最近推出了几个新人歌手，每个人的歌都由他亲自作词。其中一首与父亲以前写过但未发表、打算以后给人唱的歌词十分相似。”

“原来如此，也就是剽窃了。”

桂木多英点了点头。“但鸟饲先生的说法完全相反。他说那首歌的歌词是他学艺时期的作品，曾请父亲过目，父亲也确实指导他修改了几处，但大部分是他原创的。”

“嗯……”熊仓沉吟，“谁的说法是对的呢？”

桂木多英摇了摇头。“我不知道。父亲从业多年，作品数量庞大，没发表的应该也很多。但也正因如此，记不清哪个是自己的作品，或是把徒弟的作品误当成自己的，都不奇怪。”

“也就是说，鸟饲先生的说法有可能是对的？”

“是的。父亲听了鸟饲先生的主张后勃然大怒，决定把他叫到别墅。听母亲说起这件事后，我很担心，因为父亲与鸟饲先生关系破裂不会带来任何好处。正因为鸟饲先生作为音乐制作人活跃于业界，父亲才至今都能接到作词的工作。万一两人谈崩了，父亲作为作词家的地位很可能会动摇。我认为必须想办法稳妥地解决这件事——出于这种想法，我来到了这里。"

"您能做到吗？"

"我不知道。但我觉得只有我才能从中调停，因为父亲一向很听我的话。"

"原来如此。大致情况我们了解了，能不能请您再详细谈谈发现两人尸体时的情形？"

桂木多英点了点头，喝了口杯子里的水，又做了几次深呼吸，这才开口。她下午两点左右抵达这家酒店，登记入住后，几次打电话给父母的手机和别墅的座机，都没打通。她以为两人没带手机外出了，便决定先在房间里休息。但快到六点时，依然联系不上他们，她不由得担心起来。在二楼的意大利餐厅吃过晚饭后，不到七点，她从酒店出发，七点二十分左右抵达别墅。别墅的门没锁，她换上拖鞋，走向里面的客厅。客厅没有开灯，打开墙上的开关后，她立刻发现了异常。来到两人身边一看，虽然不是专业人士，她也看得出他们已经死亡，于是没有打一一九，而是打了一一〇。之后她不敢待在客厅，就在玄关等警察到来——以上是桂木多英的供述。

熊仓问桂木多英，除了武久与鸟饲不和外，最近还有没有什么可疑的事，有没有人可能意图杀害桂木夫妇。但桂木多英只是一个劲儿地摇头。"我父母没有和人结怨，不过别墅以前被盗过一次，一些画作和古董被偷走了，但都不是很值钱的东西。那是大约三年前的事，应该向当地警察局报过案。"

"小偷呢？"

桂木多英摇了摇头。"没有抓到。"

警方用了约一个小时了解案情后，桂木多英回到了自己的房间。

5

"真是的，跟你在一起就没好事。没想到笔记本电脑竟然要用在这种事上。"汤川一脸不高兴地打开笔记本电脑，插上读卡器。读卡器里插着草薙数码相机的SD卡。

"我也不愿意插手，还不是顾及谷内的面子。你倒是替他想想，值得纪念的婚礼当天，泥石流封路，婚礼会场附近还发生了命案。想和新娘温存一番，但现在还在和相关人员商议。"

"谷内的确值得同情……"汤川站在电脑前，"好了，准备完毕。"

电脑屏幕上的窗口里排列着小小的照片，正是草薙拍摄的命案现场。

草薙准备将这张SD卡提供给县警本部的鉴定科，但想先确认一下内容。

"说起来，没想到开奥迪的女人就是受害人的女儿。雨伞的事你向她道谢了吗？"汤川问。

"当时的氛围不适合道谢，再说她似乎没认出我。"

"得知好心的女人遇到这样的悲剧，我感到很痛心，希望能尽快破案。"

"我也这么觉得。我认为那个姓鸟饲的男人很可疑。我查看过别墅，感觉不像是盗窃杀人，更可能是武久先生在两人争吵过程中大发雷霆，拿出猎枪试图威胁鸟饲，结果反而被鸟饲抢走了枪，遭到射杀。"

"枪是受害人的吗？"

"好像是。据武久先生的女儿说，武久先生几年前起就很喜欢飞碟射击，最近才逐渐不玩了。客厅的墙上有陈列着枪的木制柜子，柜门是敞开的。"

"子弹也放在那里吗？"

"不，不在那里。地下仓库有个保险柜，平时子弹保管在那里。我们去看的时候，保险柜的门关着，还上了锁，无法打开。我想武久先生案发前去拿了一颗子弹。"

汤川用指尖轻轻推了推眼镜。"你的推理有合理性，但如果只是为了威胁，完全可以不装子弹啊。"

"那可不行。只用来做装饰的猎枪平时是不装子弹的。要想威胁鸟饲，就必须当着他的面装上子弹。"

汤川稍稍思索，点了点头。"确实有道理。"

"总之，得先确认鸟饲的不在场证明。我们看到尸体已经是受害人死后七八个小时的事了。鸟饲住在西麻布，他如果是凶手，应该没有白天的不在场证明。"

"原来如此。"汤川点点头，拿起了杂志。

"你不看看照片吗？"草薙走到电脑前问道，"你以前多次协助我破案，但从没见过案发现场吧？就当供日后参考如何？"

汤川歪着头，撇了撇嘴。"不用了，我不认为可以从中获得对人生有用的知识。"

"是吗？算了，那我就不勉强你了。"

草薙敲击着键盘，从第一张照片开始逐一确认。为了记录家具和日用品的位置，连续几张照片都是在客厅门口拍的。

终于到了尸体的照片。

摇椅上的桂木武久闭着眼睛，胸部以下被大量的血浸染成黑色。草薙从不同角度连续拍了几张他的死状。

接着是妻子桂木亚纪子的遗体。她头朝庭院，仰面倒在地上，长裙裙裾凌乱，但没有露出内裤。

这时，草薙身后传来一声"停"。他回头一看，汤川已经从杂志上抬起头来，正看着电脑屏幕。

"怎么，结果你还是看了吗？"

"无意中瞥了一眼，发现了让我在意的事，就继续看了下去。"

"在意的事？"

"能不能再放一次刚才的照片？就是被枪杀的男人的照片，好像有好几张。"

"你想看就自己来看，这是你的电脑。"

"好吧。"说完，汤川起身走到草薙旁边，手指放到触控板上，用熟练的手法操作着。几张照片显示出来，上面都是在摇椅上死去的桂木武久。

"出血量惊人啊。"汤川低声说，"是当场死亡吗？"

"应该是。"草薙说，"近距离射穿心脏，恐怕来不及叫出声就死了。"

"唔……"汤川露出沉思的神情。

"怎么了？哪里不对头吗？"

"不，现在还无法下结论。"汤川拉开书桌的抽屉，拿出酒店的便条纸和圆珠笔，一边看着电脑屏幕，一边写下了什么，然后回到沙发上。

"怎么回事？不要卖关子，痛快说出来吧！"

汤川没有回答，自顾自地用圆珠笔在便条纸上写着什么。草薙伸过头一看，不由得吃了一惊，他写的是算式。

草薙不敢再问，重新转向电脑。他决定无视这个古怪的物理学家，继续确认照片。

草薙确认完桂木亚纪子的遗体照片后，汤川说："霰弹枪是丢到庭院里了吧？"

"没错，这是照片。"

草薙在屏幕上展示照片，霰弹枪掉落在铺着草坪的庭院里，距离玻璃门约两米。拍完照片后，他和熊仓商量，把枪收到屋里。因为如果枪继续被雨水淋湿，重要的痕迹会被冲刷掉。枪身上也有飞溅上去的血。

"你说过亚纪子夫人的脖子上有勒痕，是绞杀吗？"

"不，是扼杀。大概是因为她看到武久先生被枪杀，凶手不得不将她也灭口。她脖子上沾的血很可能是武久先生的，因为枪也被溅上了血。"

但汤川一脸无法释然的表情。

"怎么了？你有什么不满吗？"

"我没有什么不满，只是听了你刚才的话，觉得霰弹枪没有被丢在客厅里这点很奇怪，因为凶手扼死亚纪子夫人时不可能拿着枪。"

"那么，枪不是在杀害她之前，就是在杀害她之后被丢到了庭院里。"

"为什么要这么做呢？"

"我不知道，只能去问凶手了。"

草薙继续确认照片。除了别墅内部，他还拍了周边，也拍了车位。车位上并排停着沃尔沃和奥迪，草薙发现沃尔沃上沾了泥巴，无法看清车牌，不由得咂了咂嘴，早知道应该再靠近点儿拍。

"确实是那辆奥迪。"汤川在身后说，他果然一直在看，"那辆车现在在哪儿？"

"还停在那边，因为不能随便挪动。这辆车有什么问题吗？"

"不，没什么。"

这时，电话响了。草薙拿起话筒："喂？"

"喂，草薙吗？是我，谷内。"

"啊，有什么事吗？"

"那之后没什么新的情况。今天真是不好意思，谢谢你答应我的不情之请，熊仓局长也说你帮了大忙。"

"那就好。局长现在在做什么？"

"他应该还在会议室打电话联系各方。毕竟又是泥石流又是命案，他今晚恐怕睡不了觉了。"

看来熊仓是个很认真的人，也难怪他坐立难安。草薙不禁心生同情。

"我现在正在一楼休息区和古贺他们闲谈，为没能好好参加第二场宴会表示歉意。你们也一起过来吧？"

"好啊，我也和汤川说一下。"草薙挂了电话，把通话的内容告诉汤川。

"这个提议不错，我们连一张纪念照都没拍呢。"汤川操作着电脑，把 SD 卡拔出来，递给草薙，"不过我还要查点儿东西，你先去吧。"

"你要查什么？"

"不是什么要紧事。如果有发现，我会告诉你的。"

"你还是这么喜欢卖关子。算了，我先去找局长。"说完，草薙接过 SD 卡。

从房间出来，草薙乘电梯下到二楼，来到会议室。会议室的门敞开着，草薙往里一看，果然如谷内所说，熊仓正在打电话。

"请明天一早派出特种车……好，一切拜托了。我们这边也会做好准备，感谢您的支援。"他挂上电话，舒了口气。

草薙用拳头敲了敲开着的门，熊仓看到他，露出疲惫的笑容。"啊，您来了。"

"我来把这个交给您。"草薙走进去，递上 SD 卡，"我检查了里面的内容，应该都拍到了。"

"谢谢您，真是帮了大忙。"熊仓像接过贵重物品般小心地接过 SD 卡。

"后来有没有什么进展？"

"嗯，进展倒谈不上，不过县警本部支援的人手会比预计时间更早到达，还会派出可以在泥泞道路上行驶的特种车。"

"是嘛，那就好。"

"鸟饲的动向，我们已经请求警视厅协助调查了。从目前的状况来看，这个人的嫌疑最大，他是否有不在场证明应该很快就能查出来。这次全靠草薙先生您帮忙，真是不好意思。"

草薙摆了摆手。"请不要放在心上。倒是您不要太过操劳，当心累坏了身体。今晚还是休息一下比较好。"

"谢谢您，我会休息的。"

向谦和的警察局局长道别后，草薙乘上电梯。汤川也在电梯里。

"你查完了吗？有没有收获？"草薙问。

"还可以吧。"汤川意味深长地回答。

他们来到一楼的休息区，看到谷内他们坐在靠里的地方，新娘也在其中。谷内也看到了草薙他们，朝他们挥着手。

除了他们以外，只有零星几个客人。看到在谷内他们不远处坐着的女人，草薙停下了脚步。那个女人是桂木多英。两人的视线刚好对上，她向草薙点头致意，草薙也轻轻点了点头。

"看到那么凄惨的情景，她恐怕不敢一个人待在房间了。"草薙在汤川耳边小声说。

他们走向谷内，众人腾出两个空位。

"我可听说了，来参加婚礼你都能大显身手啊！"古贺开玩笑道。

"别调侃我了，我什么都没做。"

"不，局长都佩服地说，警视厅的刑警果然很厉害。这可不是恭维，我也很骄傲。"谷内向新婚妻子夸耀道。

比他小十三岁的新娘两眼放光地说："好厉害啊！"

"您先生才是真厉害呢。"草薙客气地说。

他们喝着香槟和葡萄酒，和老朋友们聊着天。汤川用手肘戳了一下草薙的腰。"奥迪小姐从刚才起一直在留意这边，是不是有话要跟你说？"

"奥迪小姐？"草薙望向汤川下巴指示的方向，桂木多英果然正看着他。

"失陪一下。"草薙和谷内打了声招呼，起身走到桂木多英的座位旁，问道，"您找我有事吗？"

她轻轻点头。"可以占用您一点儿时间吗？"

"当然可以。"草薙在对面坐下，"是关于案子的事吧？"

"是的。"桂木多英回答，"我有事想请教您。"

"什么事？"

"说来惭愧，当时我慌乱之下，没有仔细看现场。我知道父母死了，但发生了什么事，其实我完全不清楚……我想向您请教到底发生了什么。"桂木多英微微低着头，客气地说道。

"啊……这也难怪。一般人根本无法直视现场的情况，尤其是遗体。"

"凶手是怎么杀害我父母的？我知道父亲是被猎枪射杀的。"

"应该是从非常近的距离击中了坐在摇椅上的武久先生，然后又用手掐死了亚纪子夫人。具体的情况，要等鉴定员调查后才能知道。"

像是感到寒冷，桂木多英抱起胳膊，搓着上臂。"谁做了这么可怕的事……是抢劫杀人吗？"

草薙歪了歪头。"不能完全排除这种可能性，但概率不大。抢劫犯会自备凶器，不会拿刚好放在那里的猎枪行凶。我想应该是熟人作案。"

"熟人……就是那个人，鸟饲先生吗？"

草薙苦笑着摇了摇头。"接下来就是县警本部的工作了，我是警视厅的人，外人不能随意发表不负责任的言论。"

"啊……也是。"

桂木多英伸手去拿杯子时，草薙瞥见汤川走了过来。

"白天的事多谢您了，真是帮了很大的忙。"汤川站着向桂木多英道谢。

"不客气。"她小声回答，"原来你们就是当时那两个人。"

汤川递上名片。可能是对物理系副教授的头衔感到惊讶，她眨了眨眼睛。

"我从他那里听说了案情，实在太遗憾了。我衷心希望可以尽早破案。"

"谢谢您。"

听着两人的对话，草薙不由得紧张起来。汤川不是那种会特意向不熟悉的人表示哀悼的人。

"可以打扰一下吗？"汤川问。

"请坐。"桂木多英回答。

"实不相瞒，我是令尊的歌迷。不，或许应该说，我很喜欢令尊作词的歌曲。"汤川说着，在草薙旁边坐下。

"这样啊……"

桂木多英露出不知所措的表情，但草薙更吃惊，他从来没听汤川说过喜欢演歌。当然，他没有让内心的惊讶流露出来，汤川想必自有用意。

"令尊的作品多以家人之间的感情为主题，有的表现孩子诞生时的喜悦，有的咏唱女儿出嫁时父亲的心境，有的表达对年迈父母的感激之情，都是让人感到很温暖的作品。"

"能得到您这样的评价，父亲泉下有知，也会很高兴的。"

"听说令尊确实很重视家庭关系，和同事们定期举行家庭聚会，全家人都会参加。"

"您知道得真清楚。"

"我在网上看到的。受邀参加聚会的人写了博客，说竹胁桂老师的家庭如同画上那般美满，令人羡慕。"

他刚才就是在查这些事吗？听着汤川的话，草薙心想。

"这起案件会对令尊作品的价值有什么影响吗？他逝世后，音乐界应该会重新评价他，认可他的出色才华吧？"

桂木多英无力地摇了摇头。"这是不可能的。"

"这样吗？"

"如果是病死或意外死亡也就罢了，被谋杀只会给人留下很不好的印象，那些歌手很可能再也不想唱他的歌了。"

"这样吗……那您也会很辛苦吧。冒昧问一句，您父母买人身保险了吗？"

听汤川问出这种冒失的问题，草薙吓了一跳，汤川却很坦然。

"不清楚，我想应该没有。他们俩都不喜欢保险。不过没关系，我可以照顾好自己。"

"是吗？不过请不要勉强自己，相信一定会有帮助您的人。"

桂木多英的表情稍微缓和了一些。"但愿如此。"

"不知您从事什么工作？莫非也是作词吗？"

"不，我从事设计工作。"

"是嘛，也是创意性的工作啊，看来您继承了令尊出众的才华。"

桂木多英露出复杂的表情，沉默不语。草薙也不知道汤川的意图。

"对了，您今晚是住在这里吧？听说您白天就已经办了入住手续。"

"是啊，有什么问题吗？"

"没有，我只是有些奇怪，既然您父母有别墅，您为什么不住在那里呢？"

草薙望向汤川的侧脸。这么说来，的确如此。

能看出桂木多英微微吸了口气。"因为我无法预料结果。"

"结果？"

"父亲和鸟饲先生谈判的结果。我想气氛可能会很尴尬，父亲也会不快……所以还是住酒店比较好。"

汤川轻轻点了点头。"原来是这样。但您很早就登记入住了，去别墅之前，您都做了什么呢？"

桂木多英瞪大了细长的眼睛，表情僵硬。"去别墅之前，我打算先给父母打电话，但一直没打通，所以就在房间里休息。这有什么问题吗？不行吗？"

"不，当然不是不行……"

桂木多英拿起放在旁边的包，站起身来。"不好意思，我有些累了，先失陪了。草薙先生，谢谢您告诉我那些重要的事。"

"那不算什么。请好好休息。"

桂木多英道了声晚安，走向出口。目送着她的背影，草薙质问汤川："你是怎么回事？被你那样追问，谁都会不舒服，何况她还是受害人家属。你到底在想什么？难道你想说她是凶手吗？"

汤川沉默地看着草薙，目光中流露出科学家特有的冷峻。

"喂，你该不会真的——"

"我有个建议。"汤川说，"为了答谢她借伞给我们的建议。"

6

多英躺在床上，闭上了眼睛，但只能坚持几十秒。浑身是血的武久和被扼杀的亚纪子浮现在她眼前，让她无法安然入睡。

她打开床头柜的灯，坐起身来。虽然不太渴，但她想喝点儿东西。

就在这时，酒店房间的电话响了起来。她吃了一惊，看了看床头柜上的数字时钟，已经是夜里一点多了。

多英咽了口唾沫，接起电话。难道发生了什么紧急状况？

"喂？"

"不好意思，您休息了吗？"一个低沉而清朗的声音说，"我是汤川。"

"啊……没有，我还没睡。"

"是嘛，那能不能听我说几句？"

"说几句？"

"是的。可以的话，希望不在电话里说，而是面谈。不好意思，能麻烦您现在来一楼大堂吗？"

多英一时无法回答。汤川的语气很平静，但她感到非同寻常。这么晚打电话过来，本来就很不正常，但她犹豫了一下，并没有回答"今天太晚了，明天再说吧"。这个男人到底打算说什么呢？多英想起之前在休息区的对话，他一定发现了什么。

"怎么样？"汤川再次问道。

多英做了个深呼吸。"好的，我可以去大堂，不过要请您稍等一下。"

"不着急，我等着您。"

听到电话挂断的声音，多英也放下话筒。

她一边换衣服，一边思索着。汤川发现了什么吗？但如果和案件有关，应该是草薙打电话给她，而不是汤川。

她没有心情重新化妆，只画了眉毛，戴上眼镜，然后离开了房间。

乘电梯下到一楼，深夜的酒店寂静无声。她小心翼翼地走向大堂，前台也没有人。

朝向院子的窗户旁站着一个身材颀长的男人，正是汤川。看到多英，他礼貌地鞠了一躬。

"不好意思，我来晚了。"她走到近前说道。

"哪里的话，是我提出了不情之请。"汤川露出雪白的牙齿一笑，"想喝点儿什么吗？旁边就有自动贩卖机。"

"不，不用了。"

"是吗？那先坐下来再说。"

汤川在附近的沙发上坐了下来，多英也隔着桌子在对面落座。汤川身旁放了一台笔记本电脑。

"雨好像停了。"汤川望着窗外说，"雨停后，工作就容易开展了。听说中午前道路就能恢复通行，到时将会正式展开调查。"

多英点了点头。"听您这么说，我就放心了。"

汤川凝视着她的脸。"真的是这样吗？"

"啊？"

"您真的希望尽早开始调查吗？"

多英忍不住皱起眉头。"您这话是什么意思？"

汤川挺直了身体。"日本的科学调查手段在不断进步，即使案发现场有少许巧妙的伪装，也会立刻被识破。对于做了伪装的人来说，调查当然越晚开始越好，因为遗体的状况每时每刻都在变化。"

多英收紧下巴，瞪着物理学家。"您想说什么？如果有话想说，请您说清楚。我到底做了什么？"

汤川直面她的视线，没有回避。"我已经说过好几次了，您做了伪装。"说完，他把电脑挪了过来。

7

草薙拉开罐装啤酒的拉环，白色泡沫溅到了左手上。他舔了舔泡沫，喝起了啤酒。窗外一片漆黑，玻璃上映出他的身影。

汤川离开房间已经有十分钟了，现在应该已经开始和桂木多英谈话了。

这次是破例——想起刚才和汤川的对话，草薙嘀咕了一句。

"我是在看到那张受害人坐在摇椅上的照片时产生怀疑的。"汤川说着打开电脑，上面显示着案发现场的照片。他应该是擅自复制了 SD 卡的内容，草薙本想抗议，但决定先听他把话说完。

"我记得，当时你看起来就很奇怪，但不肯告诉我你在怀疑什么。"

"因为你是刑警，我不能说没有把握的话。轻率的言论会给人带来困扰，那有违我的本意。"

"这我知道，快告诉我你在怀疑什么。"

汤川操作着电脑，屏幕上显示出那张有问题的照片。照片上是从斜侧方拍摄的坐在摇椅上的受害人。

"我不了解枪支。用霰弹枪从非常近的距离开枪，受害人会受到多大程度的冲击？"

这是个出人意料的问题，草薙抱起双臂回答："应该是很大的冲击，不过我不知道确切的数据。听说即使被小型手枪近距离击中，冲击力也能一下子将人震飞。"

"嗯。"汤川点了点头，指着电脑，"受害人坐在摇椅上，摇椅的构造是可以前后晃动的，在这种状态下被霰弹枪击中，会出现什么情况呢？你应该也想得到吧。"

草薙看着照片。"摇椅会向后倾斜。"

"没错，而且会大幅度倾斜。"

"我懂了。"草薙说着打了个响指，"大幅度倾斜后，摇椅会直接翻倒。所以你想说，摇椅没有倒这一点很可疑。"

但汤川摇了摇头。"不，高级的摇椅做得很精巧，无论怎样倾斜都不会倒。"

"什么，这样吗？那就没有问题了啊。"

汤川放松嘴角，露出笑容。"向后大幅度倾斜后，摇椅会怎样？"

"会怎样？当然是再向前……啊！"

"看来你终于知道我想说什么了。"汤川指着照片，"向后倾斜后，因为反作用力，摇椅会猛地向前倾。这是摇椅的优点之一。利用这种反作用力，老人即使坐得很靠后，也可以轻松站起来。但如果坐在上面的不是活人，而是已经当场死亡的人呢？"

"摇椅向前倾的时候，尸体会被抛出去……"

"没错。"汤川从上衣口袋里拿出便条纸，放到桌上，纸上潦草地写着算式，"我根据照片推算了摇椅的形状、重量和受害人的身高、体重。粗略计算了一下，结果表明无论怎么想，死者坐在摇椅上都不合常理。正如你刚才说的，尸体一定会被抛出去。"

"那为什么没有被抛出去呢？是凶手所为吗？"

"有这种可能，但可能性很低。你站在凶手的角度想象一下。开枪后，受害人和摇椅一起大幅度向后倾斜，然后又猛地倒向凶手的方向，凶手正常的反应应该是下意识地闪避吧。"

在脑海中想象着这样的情景，草薙点了点头。"的确如此，所以是怎么回事？"

"从现场状况来看，受害人在其他地方被射杀，然后被搬到摇椅上的可能性微乎其微。"

"这一点我也可以担保。出血量很大，如果尸体移动过，立刻就能发现。"

"受害人是坐着的时候遭到枪击的，但身体仍然留在摇椅上。能解决这一矛盾的答案只有一个，就是受害人遭到枪击后，摇椅几乎没有晃动。"

"比如，有东西阻碍了摇椅后仰？"

汤川的手指在电脑触控板上移动，几张照片连续显示出来。"从你拍的照片来看，没有妨碍摇椅晃动的东西。"

"嗯，我在现场也没看到那种东西。"

"受害人无疑是坐在摇椅上遭到枪击的，但承受了身体中弹的冲击后，摇椅却没有晃动。这是为什么呢？因为身体中弹的同时，还承受了反方向的力，具体来说，就是把身体往前拉的力。"

"往前？凶手拉的吗？"

"凶手有什么理由这样做？何况凶手双手还拿着枪。"

"那是怎么回事？别吊我胃口了，快告诉我吧！"

汤川稍稍思索，开口道："你的射击水平如何？开过枪吧？"

"射击？我不太擅长，不过会定期进行训练。"

"那你知道开枪时的后坐力很大吧？"

"当然知道，有一次还差点儿因此伤了肩膀。"说完，草薙皱起眉头，"和这有什么关系？"

"射出子弹的瞬间，因为反作用力，枪支被施加了巨大的后坐力。但假如中枪的人抓着这把枪呢？"

"啊？"草薙瞪大了眼睛。

"中弹后，受害人的身体被推向后方，与此同时，枪支向相反的方向飞出。但如果抓住那把枪，两个方向的力就会抵消，最终受害人的身体就会留在原地。"

"抓住那把枪？那意味着……"

"我就不绕弯子了，"汤川的神情变得严肃，"开枪的就是受害人自己，我想应该是用脚趾扣动扳机的。也就是说，他是自杀的。"

草薙深吸了一口气，停顿片刻后，再慢慢地呼出。"怎么可能？不会吧？"

"为什么不可能？死者坐在摇椅上这个问题，除此以外还有其他解释吗？如果有，不妨说来听听。"

草薙皱起鼻翼。"我哪里解释得了。就算是自杀，他妻子又是怎么回事？难道也是自杀的？"

"我可没这么说。亲手掐死自己难度极大，不如说是不可能。但既然武久先生的死因是自杀，他妻子的死因就同样值得怀疑。或者应该这样说，合理的推测是，他们夫妻的死是由其中一人决定的。"

草薙明白了汤川的意思。"武久先生杀害了他妻子？"

"这应该是最合理的推测。武久先生掐死妻子后，开枪自杀。简单地说，这起案件是殉情。他妻子有反抗的迹象，很可能是被迫殉情。"

"等一下，那枪被丢到庭院里件事，要怎么解释？"

汤川淡然地点了点头。"我不是一开始就说这件事不自然吗？当然不自然，因为那是为了干扰调查而做的伪装。"

"你是说，有人改变了枪的位置……"

"这是唯一的可能。问题是谁干的？"

有机会做这件事的人，草薙只能想到一个。"桂木多英小姐吗？她为什么要这样做？"

"这就是问题所在。你觉得她是为了什么？"

"把殉情事件伪装成抢劫杀人案的好处吗？"草薙沉思着，很快想到了一种可能性，"原来如此，所以你才会问她这起案件的影响。"

"你猜得没错。我原本以为成为这种大案的受害人，作词的歌曲会被重新评价，得到认可。"

"但她说这种事是不可能的，被杀反而会损害形象。"

"我觉得她说的是实情，于是想到了另一种可能性——"

"人身保险吗？"

"没错。我听说即使买了人身保险，殉情这种情况保险公司是不会理赔的。"

"你是说故意杀害被保险人免责条款吧。不论是相约殉情，还是强迫殉情，保险公司都不会支付保险金。但多英小姐说武久先生和亚纪子夫人没有买人身保险。"

"这应该是真的，这种事只要一查就清楚了。既然如此，为什么要把简单的强迫殉情伪装成凶杀呢？"

"一旦成为命案，警方就会问这问那，增添不少烦心事。因为根本没有凶手，调查当然也会拖得很漫长。宁愿留下如此不愉快的记忆，也要伪装成命案，有什么意义呢？"草薙挠了挠头，"我想不出来。如果是相反的情况，命案的凶手将现场伪装成殉情事件，倒还可以理解。用这起案子打比方的话，就是凶手枪杀武久先生后掐死亚纪子夫人，然后将现场伪装成强迫殉情。"

"你说到重点了。"汤川说，"刚才你说凶手枪杀武久先生后，又掐死了亚纪子夫人，为什么是这个顺序呢？"

"因为亚纪子夫人脖子上沾着血，应该是武久先生的血。那自然是武久先生先被杀害，否则就不合理了。"

听了草薙的话，汤川露出满意的笑容。"重点就在这里。"

"到底是怎么回事？"

汤川竖起食指说："关键是顺序。"

8

"把殉情事件伪装成命案有什么好处呢？我无论如何都想不明白。实际上，我做出了一个严重的误判。您并不是想将案件伪装成命案。如果能以殉情事件的原貌达成目的，就再好不过了。我说得没错吧？"

汤川沉稳的声音在寂静的大堂中回响。其实声音并不大，他甚至刻意压低了音量。多英觉得声音在回响，无疑是因为每一句话都在动摇她的心。

但奇怪的是，她并不慌乱，内心逐渐听天由命了。尸体不可能坐在摇椅上——她根本没有想到这个问题。其他人会注意到这件事吗？

"请继续说下去。"多英说。

汤川微微颔首，开口道："您想要伪造的，是两个人死亡的顺序。武久先生杀死亚纪子夫人后，开枪自杀——这个顺序对您很不利，必须要让顺序反过来。没办法，您只好制造了一个不存在的杀人犯，将现场伪装成武久先生被枪杀后，亚纪子夫人又被扼杀的样子。因为顺序至关重要，所以您将武久先生的血抹到了亚纪子夫人的脖颈上。我说得对吗？"

汤川带着温和的笑容问道，多英感觉肩膀的力气被抽走了。

"为什么顺序很重要？无论父母哪一方先死亡，对子女来说都没有区别，不是吗？"虽然觉得这个学者已经洞悉了一切，多英还是试图稍作抵抗。

"如果孩子是两人的亲生子女，"汤川说，"就正如您所说，顺序无关紧要。但如果不是，情况就不一样了。"

听了这句话，多英深吸了一口气。他果然连这一点都看穿了。因为已经有心理准备，多英没有惊慌失措。

"您是说，我不是他们的亲生女儿？"

"我是这样推测的。那我反过来问您，您是武久先生法律意义上的子女吗？在这种事上撒谎是没用的，很快就可以查出来。"

多英吐出一口气，放弃了抵赖的念头。汤川说得没错，这种事很快就可以查出来。"您猜对了，我是母亲带过来的。我六岁时，母亲再婚了。"

"果然是这样。之前我提到您继承了令尊的才华时，您露出了尴尬的表情，当时我就确信你们没有血缘关系。问题在于，武久先生有没有收您为养女……"

"没有。"多英回答，"我用了桂木的姓，曾向家庭裁判所①申请改姓。但因为没有办收养手续，我和那个人在法律上并不是父女关系。"

---

① 日本基层审判机构，负责审理家庭纠纷案件和未成年人犯罪案件。

她干脆称武久为"那个人"，而不是"父亲"。

汤川缓缓点了点头。"您和他不是父女关系，也就没有继承权。您继承武久先生遗产的唯一条件，就是武久先生先于亚纪子夫人死亡。在这种情况下，武久先生的财产先由亚纪子夫人继承，而她和您当然是母女关系，如果她在武久先生死后死亡，全部财产将归您所有。"

多英唇边露出笑意，说道："那个人和母亲结婚后，很想有自己的孩子，想让亲生子女继承他的全部财产，所以没有收养我做养女。"

汤川耸了耸肩，歪着头。"真是奇怪。最后也没能生下自己的孩子，一点儿意义都没有。"

"他就是这种人。但是，汤川先生，"多英凝视着物理学家端正的脸庞，"就算我有对案发现场进行伪装的动机，也没有证据证明我真的那样做了，不是吗？死者仍然坐在摇椅上这件事，或许从物理角度看很奇怪，但恐怕不能证明我做了伪装。"

"您说得没错。"汤川微笑，"但您犯了一个严重的错误。"

多英收紧下巴，抬眼看着物理学家。"什么错误？"

汤川操作着电脑，屏幕上出现了图像，是沃尔沃和奥迪并排停放的照片。"就是这个。"

"这有什么问题吗？"

"请您仔细看，沃尔沃的车牌上沾着泥巴。您觉得泥巴是什么时候沾上的？"

"这我怎么知道？"

"是吗？如果只是在沃尔沃旁边倒车，泥巴是不会溅到后面的。车牌上沾着泥巴，说明有其他车从这辆沃尔沃前方不远处快速驶过。要做到这一点，那辆车必须先停在沃尔沃旁边的车位上。如此一来，就可以推断出时间。沃尔沃沾上泥巴的时间，是从开始下雨的下午两点，到您最终把奥迪停在那里的晚上七点多之间。在那里停过车的人到底是谁呢？我不认为是凶手。据草薙判断，推定的死亡时间要早于那个时间段。"

多英恍然大悟。原来是在那个时候？当时她确实很慌张，也许快速驾车离开时，奥迪的轮胎溅起了泥巴。

"您在更早的时候——应该是登记入住后就去了一次别墅，发现了两人的尸体。但您没有立刻报案，而是做了一些伪装后才驾车离开别墅。泥巴就是那时沾到沃尔沃上的。回到酒店后，您用了晚餐，再次来到别墅。是这样吧？"

多英挺直了身体，至少不能让他看出自己惊慌失措。"您有我去了别墅两次的证据吗？"

"应该能找到。车位上应该留有不少轮胎的印迹，刚开始下雨和下起大雨时所留下的轮胎印迹不一样。您第一次去别墅时清理轮胎印迹了吗？如果没有清理，我想印迹可以证明奥迪曾在两个不同的时间停在那里。"

汤川指出的事实让多英哑口无言，她为自己的愚蠢感到可悲。

"并且，"物理学家继续说道，"日本的警察很优秀，科学调查技术也有惊人的发展。比如说，亚纪子夫人脖颈上沾的血毫无疑问是武久先生的，但问题在于是在什么状况下沾上去的。"

多英不明白他的意思，没有作声。

"我指的是时间。"汤川说，"如果有人在枪杀武久先生后掐死了亚纪子夫人，亚纪子夫人脖颈上的血应该是在血流出后不久沾上的。两人应该吃了相同的食物，从消化程度可以相当精确地推算出死亡时间。如果发现两人的死亡时间很接近，但亚纪子夫人脖颈上沾的血却是在凝固后很久才抹上去的，警方就会怀疑有人对案发现场做了手脚。"

从汤川平淡的语气来看，他似乎无意将多英逼入绝境。他从容自若，确信只要讲清道理，多英迟早会认输。

多英吐出一口气。"还有别的证据吗？"

"警方应该可以找到。"汤川说，"所谓扼杀，就是用手掐住脖子将对方杀死。只要仔细调查，就能查明掐脖子时手指的位置，由此推断出手的大小和形状。如果沾着皮脂，还可以鉴定出凶手的DNA。现在和昭和 ① 时代不一样了，警方轻易就能识破外行人的伪装。"

多英露出笑容，在嘲笑自己肤浅的同时也松了口气。"我原本以为，"她低声说，"说不定能成功。"

"您在休息区问过草薙案情，是想确认警方对案件的看法吧？草薙说的内容与您的目的一致，所以您就放心了，是这样吗？"

"没错。"

"很遗憾，警方没有那么好糊弄。"汤川的表情像是在教导小孩子，"即使我不指出，警方也迟早会查出您和武久先生不是父女关系，到时他们就会彻底调查两人死亡的顺序。我不得不说，您的所作所为，从一开始成功的可能性就极低。"

多英轻轻摇着头。"我就像个傻瓜一样……"

"武久先生强迫亚纪子夫人殉情的动机，您有头绪吗？"

"嗯……我想是因为母亲的男女关系。"

---

① 日本裕仁天皇在位期间使用的年号，时间为 1926 年到 1989 年。

汤川挑了挑一边的眉毛。"外遇吗？"

"说外遇不太准确……母亲和那个人的关系太深了……和鸟饲先生。"

"鸟饲先生……"

"就是那个徒弟。母亲和他的关系应该持续十多年了。"

"武久先生是什么时候发现两人的关系的？"

多英笑了起来。"恐怕从一开始就知道。"

"从一开始？怎么会？"

"您可能觉得我在说谎，但事实就是这样。那个人……桂木武久对妻子的不忠视而不见。"

"这其中有什么缘由吗？"

"有，但我不想说。"

汤川轻轻"啊"了一声。"对不起，是我太追根究底了。"

"没关系。"说着，多英拿过包来。泪水快要流出来了，她想拿出包里的手帕，却又不想在汤川面前擦眼泪。

"我还是去买点儿饮料吧。"说完，汤川站了起来，"您要喝冷饮还是热饮？"

多英轻轻咳了一声，抬起头。"热饮吧。"

"好。"汤川说完就走了，他这么做应该是在照顾多英的心情。

多英从包里拿出手帕，按着眼角。她忽然想到，自己是在为谁流泪呢？对武久和亚纪子的死，她一点儿都没有感到悲伤。即使是亚纪子，她也只觉得她是自作自受。

什么时候开始叫武久"父亲"，多英已经记不清楚了。上小学时，她对这样称呼武久已经没有丝毫抵触情绪，但总是隐隐觉得那个人只是母亲的丈夫，不是自己真正的父亲。当时她还不知道为什么这种想法一直挥之不去。

多英十三岁时发现了亚纪子和鸟饲的关系。那时武久已经在外面租了一年多工作室。那天多英身体不舒服，提前从学校回到家，看到鸟饲穿着内裤从卧室走出来。她从门缝中看到亚纪子正从床上坐起来，全身赤裸。

鸟饲并不慌张，脸上毫无愧色，只是苦笑着回到卧室，和亚纪子窃窃私语起来。多英冲进自己的房间，大脑一片混乱，不知该如何是好。

过了一会儿，亚纪子来到她的房间，向她解释说两人的关系武久也知情。"那个人几年前不是生过一场病吗？从那以后那方面就完全不行了。毕竟也这把年纪了嘛。所以无论我跟别人做什么，他都无话可说。他无法尽到丈夫的义务，我这么做难道不是理所当然的吗？而且，那个人现在还能当作词家，全靠鸟饲先生帮忙，如果鸟饲先生抛下他，就不会有人委托他作词了。这一点他自己也心知肚明，因此才睁一只眼闭一只眼。你不必放在心上，今天的事就当没看到好了，明白了吗？明白了吧？"

多英无法接受这种事，沉默地低着头。不知亚纪子是怎么理解多英的反应的，她转身走出房间，不久多英就听到她跟鸟饲说："没事了，我已经讲清楚了。"

那天后，多英再也没有在家里见过鸟饲。但看亚纪子的举止就知道，两人的关系并没有结束。她多次看到母亲趁武久不在家时，精心化好妆，兴冲冲地出门。

另一方面，亚纪子在外人面前完美地扮演着全心全意奉献的妻子的角色。她似乎从来没有想过和武久离婚。近年来武久的作品不太受欢迎了，但他年轻时创作过许多热门歌曲，因此有不少资产。

武久也没有提出离婚。他的作品大多描写家人之间的感情，也有电视台邀请他参加这种主题的谈话节目。可以说在工作上，美满理想的夫妻形象对他来说是必不可少的。

然而，与被粉饰的表面形成鲜明对比的，是家中冰冷的氛围。多英十五岁那年夏天，发生了一件具有决定性的事。那天晚上，多英正在自己房间睡觉，武久闯了进来。他一言不发地钻到被子里，带着酒臭味的气息喷在多英脸上。

当晚亚纪子和朋友出门旅行了。当然，实际上和她一起去的应该不是朋友，而是鸟饲。

武久强吻了多英，把舌头硬塞到她嘴里，又把手伸进她的内衣。

震惊之余，多英感到极度恐惧，身体无法动弹，发不出声音。

尽管脑海里一片空白，她却在刹那间想通了一件事。

啊，原来是这样。

对我来说，他就是外人。对他来说，我也是外人。他看我时，并没有用看亲生女儿的眼神。这件事我很早就隐约意识到了，所以在内心深处，我从未把他当成父亲。

而现在，他是在报复。这一定是他对妻子不忠的报复，所以我不能反抗。

武久舔着多英的脸，抚摩她全身。多英身体紧绷，一动不动地忍耐着，等待噩梦结束。

终于，武久下了床。他自始至终一言不发。没有发生性行为，也许正如亚纪子所说，他已经力不从心了。

听到房门关上的声音后，很长一段时间，多英连手指都无法动弹。她已经陷入了恍惚。

多英没有告诉亚纪子这件事。从学校回家后，她就立刻躲进自己的房间，尽量避免和武久碰面。武久也明显在回避她，大部分时间都待在工作室，经常不回家。

滑稽的是，两人关系变化的罪魁祸首亚纪子却对此浑然不觉。她仍旧维系着婚外情，在外扮演贤妻良母。

考上大学后，多英开始独立生活。她本以为一辈子都不用再见到武久和亚纪子了，但在亚纪子的一再拜托下，她只得不情愿地参加偶尔举行的家庭聚会。在那种场合，多英也扮演了美满家庭的一员。

至于剽窃一事孰是孰非，多英也不知道真相，但她觉得武久的说法多半是事实。鸟饲和亚纪子应该料定了武久不会抗议，没把他当回事。

听说武久约鸟饲去别墅时，多英也感到意外。她很怀疑他们是否能心平气和地谈判。

亚纪子的确在电话里表示希望多英也到场。她当即拒绝，表示这件事和她无关。于是亚纪子说："拜托你来吧。你什么都不用做，只要过来就好。我觉得他有些不对劲儿，温柔得不正常，说不定有什么不好的念头。"

"不好的念头？"

亚纪子顿了一下，说："他可能想杀了我和鸟饲先生。"

"怎么会？"

"可我的确有这种感觉。总之你一定要来，有你在场，他就不会做不好的事。"

"我才不要管这种事。"多英挂了电话，直接把手机关机。

她觉得太荒谬了，完全不想和他们打交道。

但随着时间流逝，多英开始感到不安。亚纪子说话一向夸大其词，但这次她的话里透着前所未有的紧迫感。再回顾这些年的种种，多英觉得她的想法并非不可能。

犹豫了很久，多英还是驾驶奥迪前往别墅。但她不打算在那里过夜，一想到要和武久待在同一屋檐下，她根本无法入睡，于是决定和以前一样住酒店。

在别墅，她看到了那凄惨的一幕。那一瞬间，她明白了武久真正的意图。他想先杀死亚纪子再自杀，就这样了断一切。

多英马上想到报警，拿出了手机。但按下按键前，她陷入了混乱。

该怎样向警察说明情况呢？父母殉情？不，不对。母亲和母亲的丈夫殉情？也不对。母亲是被杀害的，也就是被迫殉情。母亲先被她的丈夫杀害，然后丈夫用猎枪自杀——

想到这里，多英突然冷静下来，甚至放下了手机，抬头重新打量两具尸体。

如果就这样报警，结果会怎样呢？

亚纪子跟她谈过遗产继承的事。仿佛在密谋般，母亲压低了声音说："他没有收养你，现在的情况下，你无法继承他的遗产。所以我无论如何都要活得久一些，至少不能在他之前死。"

多英想起了那时的话。如果就这样报警，她无法得到遗产。

她其实觉得那种东西无关紧要，从来没有想过要遗产。但看着死在摇椅上的瘦小男人，她心里出现了另一个想法。

真的可以就这样结束吗？

那一晚已经过去十多年了。虽然多英不知道这个男人受过怎样的煎熬，但那绝对比不上她所承受的痛苦。她度过了多少个不眠之夜？又有多少次就算睡着了，也会被噩梦惊醒？只要成年男人靠近，她就心惊肉跳，全身冒汗，不知偷偷练习了多少次，她才能正常说话。

不能就这样结束。她还没有得到补偿。

于是她决定伪造现场，让两人的死亡顺序反过来。

多英这么做不是想要遗产。这只是为了拿到自己理应获得的赔偿金的手续。

伪造了现场后，多英决定先回酒店。可能的话，她希望由鸟饲发现尸体。如果能让警方对鸟饲产生怀疑就更好了，伪装会更难被识破。

然而鸟饲没有来。或许那时她的计划就已经失败了。

听到脚步声，多英回过神来。汤川走了过来，双手拿着罐装饮料。

"有可可、奶茶和热汤，您要喝哪种？"

"我喝奶茶吧。"

"好。"汤川说着递出一罐饮料。多英接了过来，罐身还很烫。

"我想了想，"汤川说，"武久先生杀害了您的亲生母亲，给您造成的有形无形的损失难以估量，因此，您应该可以向武久先生提出赔偿损失的请求。"

多英意外地望向汤川，她没想到他会说出这种话。

"您觉得怎样？"汤川问，看起来不像在开玩笑。

"这可能是个好主意。但在那之前，我必须先接受审判。"多英说，"我的所作所为构成什么罪？诈骗罪吗？"

汤川拉开可可的拉环，喝了一口后，开口道："您可以明天早上去和熊仓局长解释，就说之前心慌意乱，有些地方说错了。因为害怕走火，您把枪支丢到了庭院里，又不小心用那只手碰了母亲的脖子。现在还没有做正式笔录，改口完全来得及。"

多英眨了眨眼睛，双手握紧了那罐奶茶。"可是，您的朋友是警察……"

"所以他没来这里。"汤川说，"如果他在场，会有许多不便。"

也就是说，那个姓草薙的警视厅刑警也同意这个决定？多英感到内心深处涌出一股暖流。

"为什么？"她问，"为什么要帮我？"

汤川微笑着点了点头。"为了感谢您借伞给我们。如果不是您帮忙，我们参加朋友婚礼时就要大打喷嚏了。"说完，他喝了口可可，皱起眉头，"太甜了，放一半量的砂糖就够了。"

多英把奶茶放到旁边，从包里拿出手帕，她又忍不住要流泪了。这一次，她终于明白眼泪是为谁而流——是为了抚慰终于可以逃离黑暗的自己。

从明天起，她再也不用演戏了，也再也不需要伪装了。想到这里，她就感到心灵仿佛长出了翅膀。

第七章　演技

1

死者的视网膜是怎么回事呢？

听说人的眼睛其实就像一台照相机，那么，如果对死者的视网膜进行科学分析，或许就能知道这个人最后一刻看到的景象。现代科学还做不到，但总有一天会实现。

望着驹井良介灰色的面孔，敦子茫然地思考着这件事。驹井良介的眼睛对着天花板，但那并不是他最后一刻看到的景象。他看到的应该是一个发疯般持刀冲向他的女人。

砰——砰——远处响起沉闷的爆裂声。是烟火的声音，从刚才起就连续不断，但直到现在才终于传到敦子耳中。

敦子将视线移到手上，戴着手套的双手紧握着刀柄，那把刀深深地插在驹井的胸口。

她觉得一切都是那么不真实。仅仅几个小时前，驹井还在排练场生龙活虎地四下走动。"你这是在干什么？这样的声音根本无法打动观众的心！"他那比演员更有张力的声音在排练场中回荡。

然而，现在驹井的心脏已经停歇，再也不会跳动了。

刺死他的是我，是我杀了他——敦子在心里反复告诉自己。

她再次看向驹井的脸。驹井的表情毫无变化，宛如能剧的面具般松弛无力。那是张已经放下一切的脸，他生前从未露出过这样的神情。

敦子松开刀柄。刀插在驹井的胸口，就像竖在小山上的十字架。

敦子扫视四周，发现黑色的手机掉在脚下。她用戴着手套的手捡起手机，查看通话记录。最新的电话是她自己——神原敦子打来的，虽然很想删除，但她只能忍住。警方一定会要求手机供应商提供详细的通话记录。

倒数第二通电话是工藤聪美打来的，来电时间是今天晚上七点十分。最新的已拨电话也是打给工藤聪美的，时间是昨天晚上十点多。

接着，敦子打开通讯录。排在あ行的第一个人名是青野，下一个是秋山，然后是安部由美子。敦子操作着手机，删除了青野和秋山的数据，于是安部由美子就排在了首位。①

她又查看了邮件，没有未读邮件。她浏览了一遍发件箱和收件箱，不出所料，绝大部分都是驹井和工藤聪美的往来邮件。她看了最近的几封，内容都很空洞。她不禁叹了口气。驹井是知名导演，私生活却庸俗不堪。自己竟然迷恋过这种男人，真是可悲。

砰——烟火的声音再次传来。

敦子突然想起一件事，拿着手机抬头望向天花板。这是一栋跃层住宅，一部分是阁楼，北面和东面都有巨大的窗户。

①"あ"是日语五十音中的第一个字母。这三个人名的首字母都是"あ"，故显示在通讯录的前面。

敦子走上靠墙的楼梯。

如她所料，从北面的大窗户可以看到色彩鲜明的烟火。烟火照亮了夜空后，隔一会儿才传来声响。

敦子用手机拍下烟火。她希望照片上记录的日期和时间可以干扰警方的调查。

下到一楼后，她将驹井的手机放入塑料袋，收到自己的包里，然后拿出另一部准备好的手机。那部手机和驹井的手机颜色很像，但外形有微妙的差别。不过一眼看去，应该无法看出区别。

敦子抬起仰卧在地上的驹井的左腕，轻轻弯曲手肘，试图让那只手握住那个用来冒充的手机。但驹井的手指很难弯曲成合适的样子，手机掉在腋下。敦子无奈，只能任由手机留在那里。

做完这一切后，敦子再次扫视室内。接下来要面对的敌人就是警察了，演技不熟练是行不通的。必须销毁所有的物证，指纹就更不必说了。

敦子断定一切都已处理妥当，向外面张望了一下，离开了那座房子。这里原本是仓库，几乎没有人经过，但她依然低着头走路。幸运的是，在走到大马路之前，她没有遇到任何人。

她看了一眼手表，现在是晚上八点四十分，必须抓紧时间了。刚好一辆出租车驶来，她招了招手，拦下了车。

上了车，告知司机目的地后，敦子想脱下手套。手指直到这时才开始发抖，她花了些时间才脱下来。

看着自己映在车窗上的脸，敦子吃了一惊，那眼神太可怕了。她伸手按摩着脸颊，用力活动嘴角后挤出笑容。你这是怎么了？你可是女演员啊——她给自己打气。

九点整，敦子抵达了与安部由美子约定见面的咖啡店。她已坐在靠窗的桌前，正在看一本文库本的书。

"抱歉，让你久等了吧？"敦子在对面坐下，问道。

由美子露出笑容，摇了摇头。"没有，我也刚到。"

女服务员走了过来，两人点了饮料。敦子点了咖啡，由美子点了红茶。

"不好意思，你本来在和大家一起看烟火吧？"

"不，我没去。对了……你说的更换服装是怎么回事？"

"还没有定下来。刚才和驹井先生在电话里谈起这件事，我们觉得这也是一种选择，所以想听听你的意见。"

"啊……原来是这样。"

"怎么样？现在才更换服装会很困难吗？"

"也不是完全不可行，不过要看改动的程度。如果自己手工制作服装，还是办得到的，但如果要找厂家订购，恐怕会比较困难。比如说……"由美子开始解释。

听着她的话，敦子留意着时间。尸体的状态每时每刻都在变化，她不想在这里耽搁太久。

饮料送上来了，由美子的解释中断了。敦子打了个招呼，起身去洗手间。走进隔间，锁上门，她从包里拿出放在塑料袋里的驹井的手机。

敦子先从通话记录里选中工藤聪美的电话号码，按下拨号键。就在呼叫音响起，电话即将接通的瞬间，她挂了电话。接着，她从来电记录中选中自己的电话号码，又做了一遍和刚才一样的事。最后她选中通讯录里安部由美子的号码，将手机放进包里，回到座位。

"不好意思，你刚才说到哪儿了？"

"今后的日程安排。"安部由美子看着记事本，继续说下去，丝毫没有起疑。

"——情况就是这样。"由美子解释完毕，抬眼望向敦子，征求她的意见。

"这样啊……"敦子喝了口咖啡，手探入桌下的包里，找到手机。"这么说来，更换主角们的服装很难啊，"她按下手机的拨号键，"还是算了吧。"

"如果一定要更换，也可以拜托厂家试试看。"由美子说着，放在一旁的包里传来手机铃声。她拿过包，从里面拿出手机，"啊"地轻呼一声。"是驹井先生打来的。"

"你接吧，应该是为了服装的事。"

由美子点了点头，将手机拿到耳边。"您好，我是安部。"下一瞬间，她惊讶地皱起眉头，"喂？喂？咦……驹井先生？"

"怎么了？"

由美子放下手机，不解地歪着头。"什么都听不到。"

"是信号不好，断线了吗？"

"感觉不像，电话已经接通了，可以隐约听到声音。"由美子再次将手机拿到耳边。

两人的对话传入敦子包内驹井的手机中，由美子隐约听到的正是这个声音。

"你先挂断再打过去看看？"

"就这么办。"由美子按着按键，又一次将手机拿到耳边。

驹井的手机已经被设置成了静音模式，敦子伸手拿起咖啡杯。"怎么样？"

"不行，只能听到呼叫音……"

"他很快还会再打过来吧？"

"也是。"由美子挂断电话，没有起疑。

之后，两人商量了三十分钟左右服装的事，但大部分内容只是进行确认，并没有多大意义。

"辛苦了。不好意思，让你特地跑一趟。"两人走出咖啡店后，敦子说。

"哪里，有事尽管随时找我。"

"我也向驹井先生汇报一下。"敦子拿出自己的手机，看了下屏幕，装出一副吃惊的样子，"咦……"

"怎么了？"

"驹井先生也给我打了电话。有一个未接来电，是九点十三分打来的，我完全没听到。"

"啊，"由美子也拿出手机，"是在给我打电话之前，应该是你没接电话，所以又打给了我。"

"是什么事呢？"敦子拨打驹井的手机号，当然不可能有人接，"不行，还是无人接听。"

"真奇怪，一开始打来的电话也很奇怪。"

"是啊。"

两人对视一眼，敦子开口道："不如我们一起去驹井先生家吧？我觉得最好去看看情况。"

"我也觉得这样比较好。"由美子眼神严肃地答应了。

两人拦了辆出租车，沿着敦子来时的路线原路返回。

在驹井家门前下了出租车，两人站在门口，按响对讲机门铃。当然不可能有人回应。但敦子仍然露出意外的表情，转向由美子。"这么晚了，他会去哪里呢？"

"不知道……"由美子沉吟着。

敦子又按了一次门铃，等了几秒后，说道："……不会已经睡了吧？"

"现在就睡了吗？"

"应该不可能吧。"敦子假装不经意地握住门把手，随手一拧。

门被轻而易举地打开了。敦子身后的由美子似乎吃惊地倒吸一口气。

"驹井先生！"敦子朝着门缝喊了一声，接着把门完全打开，走了进去。

接下来，就是充分展示演技的时候了——

"啊……"敦子僵立在那里，迟疑地叫出声来。她要演出花些时间才能弄清楚状况的样子。

但由美子的反应完全不同。一看到房间里凄惨的景象，她立刻尖叫起来，伸手捂着嘴，不停地颤抖着。看着由美子的样子，敦子心想，原来如此，做出这样平常的反应就可以了。

"你……你看那个，"敦子指着那边，"手机掉在尸体旁边，他是在打电话时遇害的。"

由美子只是沉默着点了点头，应该是说不出话来了。

"总之得先报警。我来打电话，由美子，能麻烦你联系山本先生吗？"

由美子脸色苍白，点了点头，声音嘶哑地回应了声"好"，走出了房间。

敦子打开包，拿出放在塑料袋里的手机，迅速将铃声的设置恢复成原来的样子。她小心地不留下指纹，将这部手机和尸体腋下的手机调换。

敦子出去时，由美子正在打电话，说得前言不搭后语。听着她的话，敦子想起要报警，从包里拿出自己的手机。

2

海报上的人穿着各式各样的服装。这部戏剧的背景设定在一百年前的英国，剧名是"没登上泰坦尼克号的人们"。草薙不由得想起那部有名的电影，如果那局扑克输了，迪卡普里奥就不会上船了。不过话说回来，他只是个虚构人物。

草薙又一次环顾室内，觉得这座房子的确很奇怪。这是间大约一百平方米的一居室，天花板高得可以打羽毛球，墙边的架子上堆放着数量庞大的书籍、DVD、CD、唱片和录像带等物品。对面的墙上安放着巨大的屏幕和音响设备，应该是用来播放这些音像制品的。地板上凌乱地摆放着坐垫和矮沙发，欣赏音乐、影像时应该可以坐在上面。但房间里没有一丝生活气息，角落里的厨房十分狭小，几乎没有烹饪用具，餐具也少得可怜，冰箱是独自生活的学生常用的那种小型冰箱。

房主驹井良介倒在宽阔的地板上。毫无疑问是他杀，夺走他性命的求生刀深深地插在胸口。尸体已经被运走，法医的解剖结果最快也要明天上午才能出来。

草薙打量着贴在厨房墙上的海报，上面除了演员的照片，还有驹井良介的面部特写，他的职务是导演。

已经快到晚上十一点了，鉴定工作已经告一段落，还在现场的只有草薙和其他搜查一科的调查员。

"草薙前辈！"

身后有人叫草薙，他回头一看，内海薰跑了过来。

"可以去向最早发现现场的人了解案情了，已经请她们在辖区警察局等待了。"

"好的。"草薙仰望着天花板，"话说回来，这座房子还真是特别。"

"听辖区的刑警说，这里原本是仓库，被一个建筑设计师改造成了住房。"

"是吗？我可不想住在这么空旷的地方，而且床还放在阁楼上，被巨大的窗户包围着，怎么可能睡得安稳？"

"受害人是艺术家，感知力和普通人不一样吧。"

"啊，艺术家啊。"草薙看向海报，"你听说过这个叫'青狐'的剧团吗？"

"听说过，受害人还写过电视剧剧本，有几分名气。"

"是吗？我还是第一次听说。说到剧团，我只知道宝冢和吉本新喜剧。"①

内海薰微微抿了抿涂着浅色口红的嘴唇。"吉本新喜剧和剧团还是有些差别的。"

"这样吗？对了——"草薙扬了扬下巴，"你觉得那个梯子是怎么回事？"并排摆放在墙边的音响设备前立着梯子，草薙一直很在意这件事。

"应该是用来拿架子上面的东西的。"

"这我当然知道，但为什么放在那里？那里又没有架子。"

---

① 宝冢，拥有百年历史的日本著名音乐剧团。吉本新喜剧，日本老牌舞台喜剧节目。

"也许只是随手一放吧。"

"放在了音响设备前面啊，不会碍事吗？"

"一般来说是很碍事，但对艺术家来说不一样吧。"

"又是这个说法吗？"草薙皱起眉头，"算了，我们走吧。"

两人乘出租车前往辖区警察局，两个女人已经在警察局的会客室等待了。

辖区警察局的刑警介绍了她们。神原敦子看上去三十五六岁，身材高挑，容貌艳丽，安部由美子则看起来很文静。两人都和受害人在一个剧团，神原敦子是演员兼编剧，安部由美子是演员兼服装师。

"我们剧团很穷，每个人都身兼数职。"神原敦子用压抑着感情的语气说道。这应该不是玩笑话或谦辞，而是事实。

据她们说，今天下午有场排练，六点左右结束后剧团就解散了。神原敦子买完东西后回了家，她对服装的事有疑问，于是七点四十分左右打电话给驹井。驹井让她和服装师商量，她随即打电话给安部由美子。安部由美子刚在家附近的定食屋吃完晚饭，于是两人约好九点钟在咖啡店见面。

如约在咖啡店见面后，过了一会儿，由美子的手机响了，是驹井打来的。但接起电话后，驹井却没有说话。由美子觉得奇怪，挂断后再次打过去，但只能听到呼叫音，电话一直无人接听。

约三十分钟后，两人离开了咖啡店。这时神原敦子发现驹井也给她打过电话，她想知道有什么事，于是回电话给驹井，还是没人接。两人便决定去看看情况。剧团成员经常在驹井家聚会，因此她们很熟悉去驹井家的路。

乘出租车到驹井家，她们发现玄关门没锁，担心地打开门后，看到了惨死的驹井良介。

"您刚才说，七点四十分左右您和驹井先生通过电话，当时他有没有什么反常的表现？"草薙问神原敦子。

敦子摇了摇头。"没有什么令人在意的地方。"

"有人和他在一起吗？"

"这个……我没注意到，不好意思。"她抱歉地说。

两人的供述没有不自然的地方。草薙问了她们几个问题，比如赶往现场的途中有没有看到可疑的人，进屋时有没有发现不对劲儿的地方，有没有关于动机和凶手的线索等。

"有件事让我很在意……"神原敦子开口道，"那把刀可能是剧团的东西。"

"剧团的东西？什么意思？"

"就是道具。这部剧里有用到刀的场景，所以准备了刀。"

"在演出时用真刀吗？"

神原敦子有些尴尬地点了点头。"驹井先生认为用真刀更扣人心弦，听说是他从网上购买的。"

"您觉得可能就是那把刀？"

"是的。"

"那把刀平常保管在哪里？"

"我想是在排练场的储藏室。"

"您最后一次看到那把刀是什么时候？"

"今天白天，在排练时看到过——对吧？"神原敦子看向身旁的安部由美子，征求她的认同。

"我也记得是这样。"安部由美子说。

辖区警察局的刑警离开了房间，应该是为了尽快确认这件事。

"最后一个问题,"草薙先声明了一句,"和驹井先生关系格外亲密的人有谁?比如说,有没有正在和他交往的女人?"

氛围变得有点儿微妙。安部由美子露出不自在的表情,神原敦子似乎有些紧张地调整了坐姿。

"怎么样?"草薙再次问道。

"不清楚……"安部由美子露出疑惑的神情。

但神原敦子爽快地回答:"嗯,有的。"

"是哪位?"

"也是我们剧团的成员。"

神原敦子告诉草薙,那个女人名叫工藤聪美,接着看着由美子,语带责备地说:"这种事要如实回答,就算现在隐瞒,警方迟早也会查出来。"安部由美子点头称是。草薙推测其中应该有隐情。

"命案的事告诉她了吗?"

神原敦子摇了摇头。"我们没有告诉她。"

"不过,山本先生可能告诉她了。"安部由美子说。据她说,山本是负责剧团事务的人。

"能告诉我工藤小姐的联系方式吗?"

神原敦子皱起眉头。"今晚还是不要惊动她……"

"我知道,我们会适当照顾她的感受。"草薙准备记录。

"我手机里没有她的电话号码。由美子,你知道吗?"

"我有她的电话号码和邮箱。"安部由美子拿出手机。

草薙和内海薰一起离开了会客室,来到刑事科办公室,上司间宫在那里。草薙简要报告了从两个女人那里了解到的情况。

"原来如此,有个叫工藤聪美的女朋友?那就说得通了。"间宫恍然大悟地点了点头。

“什么意思？”

“受害人的手机通话记录显示，九点十三分时他曾给名叫工藤聪美的女人打过电话，之后又相继打给了神原小姐和安部小姐。可能是因为打给工藤小姐的电话没人接，他又打给神原小姐，但同样没人接，只好再打给安部小姐。之所以选择安部小姐，应该是因为她的名字排在通讯录中あ行的第一位，可见当时事态有多紧急。”

“打电话是为了求助吗？”

“很有可能。验尸官表示，受害人在被刺中后，还存活了一会儿，电话应该就是在那时打的。但他当时已无法发出声音，也有可能在开口之前就断气了。”

“这样的确说得通。”

“手机上还留下了另一个证据，我刚才让人打印出来了。”间宫从桌上拿起三张照片，拍的都是烟火。

“很漂亮啊。”

“照片的一角不是有时间吗？第一张是今天傍晚六点五十分，第二张是七点二十七分，第三张是八点三十五分。受害人遇害的时间，应该就在拍完最后一张照片后到打电话给工藤小姐的晚上九点十三分之间。”

草薙点了点头，看着照片，思索为什么第二张和第三张照片的拍摄时间隔了一个多小时。

这时内海走了过来，说已经联系上工藤聪美。

“她的情况如何？”草薙问。

“她已经知道发生命案了，说话带着哭腔。”

“她在家里吗？”

“在，剧团的同事在陪着她。”

"同事？"

"工藤小姐得知这件事时和剧团的人在一起，其中一个人很担心她，送她回了家。"

"原来是这样。可以向她了解情况吗？"

"她说只要时间不太长就没问题。我已经确认了她的地址，从这里开车过去约二十分钟。"

"你们现在就去吧。"间宫说。

工藤聪美是个皮肤白皙、身材纤瘦的姑娘。如果她神情开朗的话，雪白的皮肤应该会增添她的魅力。但可能是因为现在是在荧光灯下，她的肤色看起来不太健康。

草薙和内海薰一起走进一间只有厨房和客厅的狭小公寓。草薙看到角落放着一台缝纫机，心想现在这种东西已经很少见了。

隔着玻璃桌，两人和工藤聪美相对而坐。身材有些丰腴的剧团女同事坐在旁边的床沿上。

"我是在快十点时知道这个消息的，事务处的山本先生给我打了电话。"工藤聪美将手机展示给草薙他们看，来电记录上显示着"21:52　山本"。

但引起草薙注意的是下一栏，那儿显示着"21:13　驹井"。他提出这点时，工藤聪美语气沉重地说："是啊，我后来才发现他来过电话，当时手机放在包里。那是他打给我的最后一通电话，我却……"她低下头，眼里含着泪光。

工藤聪美说，有个剧团成员住的公寓的楼顶很适合看烟火，所以排练结束后，大家都去那里欣赏烟火，之后又去了酒吧。正在喝酒时，她接到了事务处的山本的电话。

"驹井先生没去看烟火吗？"

"没有，他说还有舞台剧的事要忙……"

"原来如此。您是什么时候到那栋可以看烟火的公寓的？"

"排练结束后我要去买演出用的零碎东西，买好后先回了一趟家……到公寓应该是八点左右。"

"没错。"一旁的女同事说道，"我可以作证。"

草薙点了点头，稍作停顿，再次开口道："关于案件，您有没有什么线索？比如说，有人对驹井先生怀恨在心。"

工藤聪美痛苦地皱起眉头，伸手捂着嘴，垂着眼帘不断思索着，最终轻轻摇了摇头。"没有……应该没有。我想不出来。"

"'应该没有'是什么意思？"草薙打量着她的神情，"如果您想到了什么，即使再小的事也没关系，可以告诉我们吗？"

工藤聪美犹豫着，看来果然有隐情。

"聪美，我去一下便利店。"女同事站了起来。

"啊……好的。"

女同事向草薙他们行了一礼，离开房间，识趣地回避了。

确认门关上后，草薙将视线移回工藤聪美身上。"工藤小姐。"

"其实，"她开口道，"他不只和我交往过。"

草薙忍不住倒吸了一口气，和内海薰面面相觑。这句话真是出乎意料。

"不只和你？你是说他出轨了吗？"

"那倒不是。在我之前，他有过女朋友，也是剧团里的人，但他和那个人分手，选择了我。"

"那个人现在还在剧团吗？"

工藤聪美缓缓点头。"还在。"

草薙旁边的内海薰开始准备记录。

"她叫什么名字？"草薙问。

工藤聪美做了个深呼吸后，像是下定了决心，答道："是神原敦子小姐。"

3

第二天上午，在警察局的会议室里，草薙他们围在组长间宫身边。

年轻刑警岸谷报告了关于那把刀的调查结果，果然是从排练场带出去的。那把刀原本应该放在储藏室，但是不见了。警方向负责道具的剧团成员出示照片后，也得到了肯定的答复。

"昨天排练后那把刀是否被收起来了，这一点查明了吗？"间宫问。

"负责道具的人作证说，刀确实被收到了指定的地方。"

"负责给排练场的门上锁的人是谁？"

"是驹井先生，因为往往其他人都走了，他还一个人留在那里。听说昨天晚上也是这样。"

"有没有可能是受害人自己把刀带出去的？"

"应该不可能。根据鉴定报告，刀柄上没有用布或其他东西擦拭过的痕迹。虽然上面有许多枚指纹，但没有发现受害人的。"

"查出是谁的指纹了吗？"

"基本可以确定是剧中使用刀的演员和负责道具的人的指纹。刀柄上有手套的印迹，凶手应该是戴着手套行凶的。"

"手套……果然是预谋作案。凶手是潜入排练场偷了那把刀吗？谁有排练场的钥匙？"

"只有受害人和负责处理剧团事务的山本先生有钥匙。但凶手作案时用的应该是另一把钥匙。"

"另一把钥匙？什么钥匙？"

"排练场的入口附近有一扇用于管道检修的门，备用钥匙就藏在门的内侧，凶手很可能用的是那把钥匙。"

"什么……"间宫撇了撇嘴，"都有谁知道这件事？"

"接下来会详细调查，不过剧团成员大概都知道。"

"都知道吗……"间宫坐在椅子上，扫视着几名部下，"问题是为什么要用那把刀？那会暴露是内部人员作案。"

"也许是为了干扰调查。"岸谷说。

"你是说，伪装成内部人员作案吗？"说完，间宫点了点头，似乎赞成这个猜想，"去调查一下，有多少人知道正在排练的剧目会用到刀，并且知道那把刀是真刀。"

"好的。"岸谷回答。

"接下来是人际关系。"间宫看向草薙，"他的女朋友有没有提供什么信息？"

"有一件值得注意的事。"

草薙报告了昨晚问话的成果。

间宫抚摩着下巴。"最早发现现场的人是受害人的前女友？这一点的确有些可疑。两人是什么时候分手的？"

"听说受害人和工藤聪美小姐是半年前开始交往的，所以应该就是那时候。"

"半年前啊……"间宫沉吟着，"这个时间很微妙，未免太久了些，如果是刚刚被甩还可以理解，都过去半年了，还要杀人吗？"

"我也这么认为。不过出于某种契机又生出恨意，也不是不可能。"

间宫靠在椅子上，抱起双臂。"但如果是这样，那个打给安部小姐的电话要怎么解释？如果是受害人自己打的，凶手就不可能是神原敦子。"

"关于这一点，受害人打电话给工藤小姐后，又打给神原敦子和安部小姐，这本来就不太自然。我觉得人在濒死状态下不会那样做。即使女朋友的电话无人接听，应该也会继续打给她。"

"话是这么说，但他就是给那两个人打了电话，又有什么办法？"

"有可能是凶手用的诡计。"

"诡计？"

"刚才我向安部小姐确认过了，神原敦子在咖啡店里去过洗手间，应该就是在那时候做了手脚。"

"说来听听。"

"神原敦子事先约了安部小姐见面，之所以选择她，应该是认为人在被刺伤后求救时，会选择排在通讯录あ行的名字。按照计划杀人后，神原敦子带走了受害人的手机，然后和安部小姐见面。中途她去了洗手间，先打电话给工藤小姐，但必须立刻挂断，因为万一对方接起来，就无法收场了。接着她给自己，也就是神原敦子的手机打电话。最后，她选中安部小姐的号码，回到座位上。之后她只需要在桌子底下摸索着操作手机，按下拨号键就可以了。安部小姐说对方接起电话后没有说话，那是因为受害人的手机当时就在神原敦子的包里——这个推断如何？"

间宫用锐利的眼神瞪着草薙。"那指纹是怎么处理的？这个季节戴手套的话，安部小姐不会怀疑吗？"

"只要把手机装在塑料袋里就可以了。隔着塑料袋操作不会留下指纹。"

"但如果是这样，现场就不会有受害人的手机。我记得安部小姐的确说看到了手机。"

"可以用其他手机顶替啊。把外观相似的手机放在尸体旁边，趁安部小姐不注意时再换回来，这并不困难。"

"那么，那些照片怎么解释呢？"

"烟火的照片吗？"

"没错。第三张照片拍摄于晚上八点三十五分，如果那时受害人还活着——"

"已经死了，"草薙马上说道，"那很可能是凶手拍的。当然，是在假设神原敦子就是凶手的情况下。"

间宫再次瞪着草薙。"有她用了这种诡计的证据吗？"

草薙皱起眉头，摇了摇头。"很遗憾，没有证据。但既然有这种方法，神原敦子的不在场证明就不成立。"

"但那把刀可能是剧团的道具这件事，也是她提出来的吧？凶手会主动提供让自己被锁定为嫌疑人的信息吗？再说为什么要用那把刀行凶呢？"

"只要一查就会知道，那把刀是演出用的道具。她可能是认为，如果装作没看出来，反而显得不自然。不过组长说得没错，为什么选择用那把刀行凶，目前还无法解释。"

"但你还是觉得神原敦子可疑？"

"我觉得有调查的必要。"

间宫用充满怀疑的细长眼睛注视草薙片刻，用力把双下巴往里收。"明白了，你往这个方向查查看。——其他人还有什么意见吗？"

"有。"举手的是内海薰。她走到白板前，指着贴在上面的三张烟火照片。

"我刚看到时就很在意……第一张和第二张照片会不会是在受害人住处以外的地方拍的呢？"

"为什么这么说？"间宫问。

"如您所见，烟火的背景是月亮。这个时间，月亮应该在东边的天空，所以照片是在燃放烟火的地方的西边拍摄的。受害人住处在燃放烟火的地方的东边，照片的背景上不可能有月亮。我认为第一张和第二张照片应该是在排练场拍的。"

间宫抱起胳膊，仔细打量照片。"原来如此。这么想的话就可以解释为什么第二张和第三张照片的拍摄时间间隔了一个多小时了。"

"第二张照片拍摄于晚上七点二十七分，从排练场到受害人住处，最快也要三十分钟。"

"也就是说，作案时间是晚上八点以后？"间宫扫视着部下，"彻底查清剧团相关人员的不在场证明。"

4

望着水箱里的热带鱼，敦子不禁想，这些鱼生来便拥有如宝石般美丽的色彩，却被关在如此狭小的空间里，真是可怜。不过另一方面，她也感到很好奇，不知道鱼看到的又是怎样的景象呢？看着欣赏自己泳姿的人的表情，鱼的心情说不定很愉快。演员也是如此，虽然身处舞台这一有限的空间，内心却无时无刻不在俯视观众。他们不是在被观赏，而是在向观众展示演技。

敦子在常去的酒吧里。她坐在吧台前，独自喝着新加坡司令，装着游来游去的热带鱼的水箱就在酒保身后。

距案发已过去二十四小时，警方的调查进展到什么程度了呢？他们不可能没查出驹井和敦子之间的关系，应该已经向很多人调查取证，但没有人告诉敦子这件事。

"我很尊敬你，今后你也是我重要的合作伙伴。但我对你已经没有恋爱的感觉了，仅此而已。"

半年前驹井良介说的话又在耳边回响。敦子喝了口鸡尾酒，忽然笑了。真想向已命丧黄泉的他确认——仅此而已？真的是这样吗？相信现在你已经发现，你失去了宝贵的东西。

她盯着自己的手。把刀刺入胸口的那种感觉——

身后响起开门的声音，有人说了声"欢迎光临"。敦子凭直觉知道他来了。不知为何，这种时候她的直觉格外准确。

她发觉有人站到自己身旁。"晚上好。"声音低沉而清朗。

敦子抬头看着对方，露出了笑容。"哎呀，没想到您来得这么早。"

"是吗？但愿没让您久等。"汤川学低头看了一眼手表，在敦子旁边落座。他身穿有光泽的灰色西装。

"哪里，没有打扰您工作吧？"

"我在电话里说过了，那不是工作，而是打着会议的幌子接待。不过是陪那些公务员花纳税人的钱吃喝，纯属浪费时间。"

酒保走了过来，汤川点了一杯金青柠。

"听您这样说，我感到很有压力。听我说话对您来说或许也是浪费时间。"

"我没有这样想，所以才会来到这里。您要说的事，应该和青狐有关吧？"

"是的。"敦子神情严肃地回答。

今天的早报刊登了驹井良介遇害一案，新闻节目和八卦节目也都提到了这起案件。汤川不可能没注意到那些报道，毕竟他是青狐的粉丝俱乐部会员。不过他不是主动入会的，甚至没有缴纳入会费。

几年前，剧团创作了一部以物理学家为主角的舞台剧，敦子负责写剧本。当时她和事务处的山本商量，希望采访真正的物理学家，山本便帮她找到了帝都大学物理系副教授汤川。汤川和山本有共同的朋友。

实际上，那部舞台剧不算成功，但汤川看过后却很高兴，表示今后也会常来看演出，于是成了粉丝俱乐部的特别会员。他也确实每年都来看几次剧，还曾到后台探班。

喝了一口鸡尾酒后，敦子说道："剧团将暂时停止活动，这是今天几个人商讨后达成的共识。"

汤川也喝了一口金青柠，叹了口气。"这也是没办法的事。"

"真是想不通，到底是谁做了那么残忍的事……"

"警方是怎么说的？"

敦子摇了摇头。"今天也有很多刑警来排练场和事务处，但没有向我们透露任何情况，只是问我们问题。"

"这就是他们的办案方式。"汤川似乎很熟悉内情。

"老师您在警视厅有个关系很好的朋友吧？还是在搜查一科工

作的。"

"与其说关系很好，不如说是孽缘，也可以说是想摆脱也摆脱不掉的关系。"

"您和他经常联系吗？"

汤川正准备喝酒，举杯的手停住了。"为什么这么问？"

敦子微微皱起眉头。"我刚才说了，从警方那里得不到任何信息，剧团成员之间涌动着不安的氛围。所以，我想了解一下调查的进展情况。"

"简单来说，您是希望我和认识的刑警联系，打听这起案件的调查情况，是这样吗？"

"我知道这是不情之请。"

"的确是不情之请。"汤川不客气地说，"就算我和刑警再熟，他也不会告诉我调查的机密。话说回来，如果这种人是警察，我们还能信任吗？"

"但老师和那个刑警不仅是认识吧？听说您曾经多次协助他破案，那时他应该向您透露过调查的机密。"

"那要根据警方的情况而定。现在他们不需要我，就会将我视为外人。"

"是这样吗？"

"而且您可能不知道，虽然都被称为警视厅搜查一科，但里面有好几个部门，所以如果是其他组负责的案件，他也一无所知。这次的案子，您知道是哪个组负责吗？"

"不，我完全不知道……"

"说得也是。"汤川冷淡地点了点头。

"不过我知道来做笔录的刑警姓什么，我特地记下来了。是一个男人和一个年轻女人。"

"女人？"汤川皱起眉头。

"我当时心想，原来真的有女刑警。"敦子拿出手机，打开备忘录的文档，看着内容说道，"是个姓内海的女刑警。不过提问主要是由姓草薙的男刑警负责。"

汤川的表情几乎毫无变化，他悠闲地喝着金青柠，微微歪着头。"很遗憾，这两个姓我都没印象，看来他们和我认识的刑警不在同一组。"

"是吗？"敦子叹了口气，她本来就没抱多大期待。不论是什么事，心中所愿都不一定能成真。

"不好意思，帮不上您的忙。"

"哪里，是我强人所难了。"敦子将鸡尾酒一口饮尽。

"您刚才提到不安的氛围，"汤川用指尖搅拌金青柠的冰块后，说道，"剧团成员之间涌动着不安的氛围，具体是怎么回事？"

敦子犹豫着不知该如何回答，汤川见状，露出不好意思的苦笑。"对不起，是我多问了。我收回。"

"没关系。"敦子摇摇头，心里快速地盘算着。也许只要透露一定程度的内情，这个物理学家就会帮自己的忙。

"不瞒您说，我们怀疑是内部人员作案。"

"内部人员作案……也就是说，凶手是剧团里的人？"

敦子点了点头。"插在驹井先生胸口的刀是这部舞台剧里的道具，只有内部人员才能把它带出去。"

"原来是这样。"汤川皱紧了眉头。

"还有，"敦子决定再透露一点儿情况，"我想警方最怀疑的人就是我。"

汤川眼镜后方的双眼睁大了。"怀疑您？"

"因为是我发现了尸体。报警的人就是真凶，这种事不是常常发生吗？"

"但只是这样——"

"当然不只是这样。我和驹井先生以前交往过，但他有了新的女朋友，和我分手了。所以我有杀他的动机，就是为了发泄自己被抛弃的怨恨。"

或许是不知道该如何回答，汤川紧抿着嘴唇，陷入沉思。

敦子的表情缓和下来，她露出笑容。"因此，剧团里涌动着不安的氛围。准确地说，是我周围涌动着不安的氛围。"

"我终于明白您为什么想知道警方的调查情况了。"

"对不起，我不会再提了。"

"没什么。"汤川举起一只手，"如果有机会和那个朋友聊天，我会不着痕迹地试探着问一下，也许他会告诉我点儿什么。不过，您也不要太期待。"

"好的，请不要勉强。"说完，敦子叫酒保过来结账。

5

"您问这种事，我真是很为难。"吉村理沙缩着肩膀，低着头，似乎在努力装出让男人心生保护之意的柔弱模样。虽然她还是新人，但毕竟是女演员，不能认为这就是她的本色。

"不管是什么事，哪怕是琐碎小事也可以，也不用考虑和案件有没有关系。"草薙刻意用温和的语气说道。

"就算您这么说……"吉村理沙皱着眉头。

草薙问她，除了警方已知的驹井良介和工藤聪美之间的关系，她还知道驹井有哪些异性关系。

两人在银座的一家咖啡店，吉村理沙不时伸手去拿放在桌角的手机，似乎在确认时间。她在青狐演出的同时，晚上在银座的酒吧打工。白天草薙联系她时，她回答说可以在去酒吧前见面。

"不好意思，在您要去上班的时候打扰您。"草薙向她道歉，"您的店在这附近吗？"

"在七丁目。"

"是吗？我知道几家在那附近的酒吧，方便的话，可以给我一张名片吗？"

"啊，好。"她把包拿过来，取出名片。

"喔，原来您在店里叫美玖。"草薙接过名片，看了一眼，"下次一定去捧场。"

"那就拜托了。"吉村理沙低头致谢，然后用试探的目光看向草薙，"您知道他和神原小姐的事吧？"

"神原敦子小姐吗？"

"对。她以前是团长的女朋友。"

"这样吗？"草薙做出第一次听说这件事的表情，准备记录。但吉村理沙不时压低声音讲述的内容，和他之前了解到的并没有太大差别。他已经听好几个人说过，驹井和工藤聪美的关系被发现时，剧团所有成员都忐忑不安，不知道这会给剧团带来怎样的影响。但驹井和神原敦子的态度没有任何变化，至少在人前的表现和过去没有区别。

"大家都说，团长和神原小姐真的很有职业精神。"吉村理沙继续说道，"但我的想法有些不同。"

"怎么说？"

她四下张望后，把脸凑了过来。"我说的话，您可以替我保密吗？"

"当然可以。"草薙用力点头。

"我觉得神原小姐并没有死心，她可能相信，团长总有一天会回到她身边。"

这个观点很耐人寻味。"您这样想有什么依据吗？"

吉村理沙皱起眉头。"要说依据，只是女人的直觉。"

"那您能不能告诉我这种直觉是怎样产生的？"

"唔……"理沙沉吟着，"有很多事。不记得是什么时候，神原小姐提到了团长，说：'那个人离开了我，什么事都做不成。'您不觉得这句话充满自信吗？所以我认为，神原小姐或许打算夺回团长。"说完，她转动着黑色的大眼睛，叮嘱道："千万不要说是我说的啊。"

"我保证。"草薙回答。

走出咖啡店，和吉村理沙分别后，草薙给内海薰打电话。她今天应该也在走访调查。她那边刚好结束，于是他们决定在回警察局之前见一面，交换手上的线索。

"果然和之前想的一样。"在咖啡店喝了一口拿铁后，内海薰开口道，"帝都电视台的制作人青野和作曲家秋山平时跟驹井常有电话往来，不仅他们打给驹井，驹井也时常打给他们。"

"也就是说，受害人的手机通讯录里至少应该有这两个人的号码。"

"没错。"

"辛苦了，干得好！"

内海薰对驹井良介的通讯录怀有疑问。假设神原敦子用了诡计，她怎么能够确保安部由美子的名字在あ行最前面呢？

但仔细一想，她根本不需要确保。如果前面有别人的名字，只要删除就可以了。

于是内海薰查看了驹井的名片夹，寻找排在安部由美子前面的あ开头的名字。结果找到了几个名字，青野和秋山就是其中两个。

"这样一来，就识破了手机的诡计。问题在于，没有证据证明她使用了诡计。"

"可是剧团相关人员中，只有神原敦子八点以后没有不在场证明。"

他们调查了烟火的照片，确认第一张照片中的窗框是排练场办公室的，第二张照片没拍到窗框，但根据月亮的位置，可以判断出照片拍摄于排练场或附近。第二张照片拍摄于晚上七点二十七分，从排练场到驹井家大约需要三十分钟，因此他们认为作案时间是八点以后。调查剧团所有相关人员后，他们发现只有神原敦子没有不在场证明。

"也许是这样，但如果不能证明驹井打给安部的那个电话是诡计，神原敦子就有不在场证明了。"草薙咬着嘴唇。

内海薰叹了口气，喝了口拿铁问："动机怎么样？关于受害人和神原敦子之间的关系，有什么收获吗？"

"没有进展，不过刚才见的女人说了点儿有意思的事。"草薙讲述了吉村理沙说的内容。

"她想夺回曾和她分手的男人？"

"但最终发现无法夺回，因此又心生怨恨，刺死了他——你觉得这个推理如何？"

"我不知道，或许有这种可能。"

"如果是你会怎样？杀了他吗？"

"不知道。"内海薰不感兴趣地回答，"每个人的想法都不一样。对了，汤川老师给我打电话了。"

"汤川？"草薙没想到会听到这个名字，"他有什么事？"

"不知道。他只问了一句，什么时候能再看到青狐的演出。"

"青狐？他为什么会关心这种事？"

"他说他是青狐的粉丝俱乐部会员。奇怪，老师怎么会知道这起案件由我们负责？"

"确实很奇怪。你是怎么回答的？"

"我假装听不懂，问他在说什么。"

"哈哈！"草薙忍不住笑出声来，"那就好。"

"草薙前辈，不如您给他打个电话？"

"好，就这么办。"草薙将冰咖啡一饮而尽。

6

以前曾经这么晚走进过校门吗？草薙心想。已经晚上十一点多了，奇怪的是，帝都大学的校园场地上却还有人。有穿着运动服跑步的人，也有在用小推车搬东西的年轻女人。在搬什么呢？草薙仔细一看，原来是个很大的扩音器。难道乐队要排练吗？

无论在什么时代，大学都是另一个维度的空间。草薙不禁回想起自己的年少时光。

汤川在物理系第十三研究室。草薙之前联系了他，他请草薙有空时来一趟研究室。

"我本来不想干扰你的工作，但有一件事让我很在意。"说着，汤川把泡了速溶咖啡的马克杯放在工作台上。

"你主动过问案件还真是少见。我听内海说了，你加入了剧团的粉丝俱乐部？我还是第一次听说你爱好戏剧。"

"每件事都有原因。先不提这个了，你们在怀疑神原敦子小姐吗？"

正在喝咖啡的草薙险些呛到。"你认识她？"

"这也不奇怪吧。她是剧团团员，我是粉丝俱乐部会员。昨晚她找我商量，问我能不能了解到警方的调查情况，因为我以前和她提过我在警视厅有朋友。"

草薙看着汤川平静的面容。"你答应她了吗？"

"我跟她说，我恐怕做不到。即使从你这里问到了什么，我也不打算告诉她。我找你来，是因为和她聊过后，我对案子产生了兴趣。"

草薙放下马克杯，挺直身体。"你跟她聊了些什么？"

"我刚才说过了，她问我能不能打听到警方的调查情况，还说自己很可能受到怀疑。听说她和驹井团长交往过。"

"原来你不知道？亏你还是粉丝俱乐部的会员。"

"我又不是核心会员。怎么样？你们真的在怀疑她吗？"

草薙用指尖挠了挠鼻翼。"你真的不会告诉她？"

汤川微微瞪大眼睛。"信不过我？"

"不是……"草薙苦笑着耸了耸肩膀，怀疑这个男人是很可笑的事，"我就直说了吧，目前我们认为神原敦子有重大嫌疑，但没有决定性的证据，无法逮捕她。情况就是这样。"

"认为她有嫌疑的依据是什么？作案动机吗？"

"不光是动机，有好几个依据。"草薙讲述了目前为止的调查经过，解释说受害人打电话的方式不太自然，神原敦子很可能使用了诡计。此外，根据烟火的照片，其他剧团成员都有八点后的不在场证明。

"原来如此，"汤川用指尖推了推金边眼镜，"依据是案件的不自然之处，并用了排除法。你们认为她嫌疑很大，这种想法我能理解，但缺乏决定性证据也是事实。"

"我今天跑了一天，就是为了寻找决定性证据，但一无所获。找不到目击者，也查不到神原敦子乘过的出租车。除非能证明那个电话不是受害人打给安部小姐的，否则神原敦子就有不在场证明。"

"这很难证明吧。"

"唯一有帮助的就是推定出的死亡时间。根据解剖结果，安部小姐接到电话时，受害人很可能已经死了。但那毕竟只是推测出来的时间。"

汤川点了点头，抱起双臂。"如果神原小姐是凶手，她为什么要用道具刀呢？"

"这是最大的疑问。这样做会让人锁定是内部人员作案，为什么要特地做这种事呢？"

"当一个人采取让人无法理解的行动时，只有两种理由。一种是别无选择，另一种是有不为人知的好处。"

"不会有什么好处，也不像是别无选择。准备难以查到出处的凶器并不算太难。凶手作案时还戴着手套，显然是有预谋的犯罪，既然如此，怎么会偏偏准备不了凶器呢？"

"手套吗……"汤川放下手臂，"受害人是被刺中了胸口吧？"

"没错。"

"有反抗的痕迹吗？"

草薙摇了摇头。"没有发现。"

汤川站了起来，一脸无法释然的表情，从白大褂胸前的口袋里拿出圆珠笔。"怎么回事，受害人的眼睛被蒙住了吗？"

"眼睛被蒙住？为什么这么说？"

汤川握着圆珠笔，将笔尖对着草薙的胸口。"突然取出偷偷藏着的刀，从正面袭击——这不是不可能的事。受害人猝不及防，没能避开，也是有可能的。但凶手是什么时候戴上手套的呢？一旦戴上手套，受害人的注意力就一定会集中在凶手的手上，凶手就没有机会拿出刀了。"

"凶手可以趁受害人转过身时戴上手套，拿出刀。"

"那为什么不直接从身后袭击？这样就不用担心受害人反抗，更有把握成功。"

"或许凶手本打算那样做，但正要动手时，受害人转过身来。"

"也就是说，在不知道对方什么时候会转身的情况下，凶手戴上手套，拿出了刀？风险太高了。如果是我的话，我不会戴手套。"

"话虽如此，但没办法，现场就是发现了手套的印迹。凶手和你的想法不一样，或许凶手没有信心把刀上的指纹全部擦拭干净。"

"你说到重点了。那凶手为什么要留下刀呢？即使不得不使用道具刀，但只要作案后带走，就不会有问题。我不认为这是凶手的疏忽，凶手一定很清楚使用道具刀的危险性。"

"这……"草薙想说些什么，却陷入了沉默。汤川的看法很合理。

316

汤川将圆珠笔放回胸前的口袋，缓慢踱步。"难道是迫不得已？不能把刀带走的原因是什么呢？"

"我完全不明白。如果是枪杀，取出受害人体内的子弹很困难，但在用刀刺杀的情况下就很简单，只要把受害人身上的刀拔出来就可以了，没有让刀就那样插在受害人身上的理由。"

"刀插在受害人身上吗……"汤川低着头来回踱步。

"确实不像是凶手的疏忽。就算是小孩子也知道，留下凶器的话，嫌疑人很容易就会被找到。"

汤川突然停下脚步，缓缓抬起头。"要是反过来呢？"

"反过来？什么反过来？"

"如果留下凶器反而对凶手有利呢？你刚才说，这么做对凶手不会有什么好处，真的是这样吗？假如凶手没有留下刀，你们会怎样展开调查？"

草薙耸了耸肩。"那还用说，没有凶器的话，就要先找出凶器。"

"这就是关键。"汤川指着草薙，"凶手就是要避免这种情况。"

"什么意思？"

但汤川没有回答，又开始踱步。

"喂，汤川！"草薙叫道。

汤川停下了脚步。"你说过有烟火的照片，现在带着吗？"

"在这里。"草薙从西装的内侧口袋里拿出三张照片，放在工作台上。

汤川拿起三张照片，用科学家特有的眼神仔细打量。

"照片上有日期和时间，有没有做过手脚的可能？"

"鉴定员认为应该不可能。"

汤川点了点头，视线再次落到照片上。沉思片刻后，他抬起头。"有件事想拜托你，你能帮忙吗？"

"什么事？"

"我想去看看现场，就是驹井团长被杀的那栋房子。"

"去做什么呢？"

"我有事想确认。如果禁止普通人入内，就请你按照我的指示去做。"

草薙叹了口气，站起身来。"别废话了，我马上安排。"他拿出了手机。

约一个小时后，两人来到了驹井良介家。汤川抬头望着跃层的天花板，低声说道："果然不出所料。"

"这是怎么回事？快告诉我。"

"别这么心急，我现在就确认。"汤川走上通往阁楼的楼梯，手里拿着东京的地图和指南针。

上了阁楼后，汤川先打量北边的窗户，然后转向东边。在这个时间，那里没有月亮。

环视室内后，汤川走下楼梯，视线停在某个点上。"那个梯子是怎么回事？警察放的吗？"

"不，不是，一开始就在。为什么会放在那种地方，我也感到很疑惑。"

汤川走到梯子旁，再次抬头望向天花板，窃笑起来。

"怎么了，笑得怪瘆人的，有什么好笑的？"

"这让我怎么忍得住。没想到如此简单的诡计，把你这么优秀的警察都骗了。"

"你在说什么？"

"请你调查一件事，放烟火要花多少钱？"

7

玄关的门铃响起时，工藤聪美正在洗手台前洗手。她觉得手上有腥味，但无论怎么洗，将指尖凑近鼻子时，她依然能闻到像是腐烂的鱼一般的气味。

聪美心里知道这只是心理作用。那之后已经过去几天了，她已经洗了几十次手，手上不可能还残留着气味。但她总能在不经意间闻到腥味，然后就会控制不住自己。等她回过神时，已经又在洗手了。她的指尖已经洗得开裂发红，一沾水就会感到刺痛，但她还是忍不住要洗手。

门铃对现在的她来说就是救星。如果门铃没响，她恐怕会一直洗下去。

工藤聪美用毛巾擦了手，来到玄关，在门内应了一声："哪位？"

"工藤小姐，我是前几天来拜访过的内海。"一个女声传来。

"内海……"她好像在哪里听过这个姓，是谁呢？

透过门镜向外看，聪美不禁吃了一惊，原来是案发不久时来过的女刑警。她摘下门链，打开门。

刑警内海礼貌地鞠了一躬。"很抱歉突然来访。有几件事想请教您，可以跟我去一趟警察局吗？"

"要问我……什么事呢？"

"等到了警察局再谈。"内海用公事公办的语气说道。

聪美感到乌云在心中蔓延。与此同时，她又闻到了那股令人不快的腥味。这个刑警不会也察觉到了吧——明知道不可能，她还是突然产生了这样的想法。

"现在就去吗？"

"麻烦您了。还有，我想确认一件东西。"

"……什么东西？"

"您的缝纫用具。工藤小姐，听说您和安部小姐都是服装师，负责制作和缝补服装。案发当天，您应该也带了装着缝纫用具的包，请把那个包交给我。"

听着听着，聪美感到女刑警的声音变得很遥远，她觉得自己快要昏过去了。

"好的。"

聪美回答后想要先关上门，内海却伸手把门挡住，走进室内。"我在这里等。"

聪美点了点头，转身进房。装有缝纫用具的包就放在床边，她走过去，伸手去拿包。但下一瞬间，她打开旁边的窗户，要将身体探出窗外。

"工藤小姐！"

聪美耳边传来尖锐的声音，与此同时，手臂被抓住了。

内海就站在她身后。"想要一死了之，太懦弱了！"

聪美浑身无力，无法站立，直接瘫坐在地上。

她注视着自己的手。不可思议的是，那股腥味消失了。

啊，再也不用洗手了。聪美感到安心。

8

接到草薙的电话后十分钟左右，汤川在正门出现了。他身姿挺拔地走到车前，打开副驾驶座的门，坐到车上。

"这辆天际线开了挺久了啊，几年了？"

"我一直精心保养，你不用担心。"看着汤川系好安全带，草薙发动了引擎。

"实验准备得怎么样了？"

"已经一切就绪。协调好各方面真是麻烦。"

"这又不是我的错。"

"也对。"草薙发动了汽车，"工藤聪美已经招供了。"

"是嘛。凶器呢？"

"你猜得没错，就是缝纫剪刀。"

"她没有处理掉？"

"她把剪刀和其他缝纫用具放在一起。因为担心换了新的会引起怀疑，就没有丢掉。剪刀已经洗过了，但还是能检测出血迹。"

草薙用余光瞥见汤川点了点头。但这个物理学家似乎不是很满意，或许推理出这样的事对他来说是理所当然的。

为什么凶手要用容易让自己被锁定为嫌疑人的凶器？为什么行凶后还不带走？对于这两个问题，汤川的回答是"这样对凶手有利"。

如果现场没有留下凶器，警方就会积极寻找，一定能发现道具刀。如果那确实就是凶器，这当然没有问题，但如果不是呢？如果实际上用的是其他凶器，而且可以顺着凶器找到主人呢？

上述推理源于汤川的一个大胆的假设——神原敦子可能在袒护真正的凶手。汤川的根据是她说过的一句话。

汤川说，神原敦子曾说过："插在驹井先生胸口的刀是这部舞台剧里的道具。"

"插在胸口"这种说法很奇怪，一般应该说"插入胸口"才对。汤川认为，敦子之所以这样说，或许是因为她知道那把刀不是真正的凶器，只是插在受害人胸口而已。

那么，真正的凶器是什么呢？应该是可以用来追踪持有者，和刀一样有杀伤力，并且随身携带也不会让人感到奇怪的东西。

汤川据此推断出凶器很可能是剪刀，而且是锐利的缝纫剪刀。

草薙想起工藤聪美家里有缝纫机，调查后发现，她果然也是负责服装的人之一。

"指示她行动的果然是神原小姐吗？"汤川问。

"没错，情形似乎很复杂。"草薙小心地开着车，回想着与她们的对话。

工藤聪美的精神状态明显不稳定，要从她口中问出详情并非易事。她时而说着说着就哭起来，时而突然陷入恍惚。草薙连哄带劝，总算让她供述了以下内容。

正如很多人的证词表明的，那天晚上六点多结束排练后，工藤聪美和其他几个负责服装的人去买演出要用的零碎东西。之后，有人邀请她看烟火，她回答"我先回一趟家，然后再过去"，然后和同事们分开了。实际上，她有事要跟驹井良介谈，打算回到排练场。但路上给驹井打电话时，她得知他已经离开了办公室，于是决定去他家。

聪美七点半左右来到了驹井家，驹井已经在家了。

在房间里面对面坐下后，工藤聪美紧张地准备开口。她有件很重要的事要告诉他。

然而驹井在聪美之前开口了："其实我也有事要跟你说。"看着他僵硬的表情，聪美心中产生了不祥的预感。

"什么事？"聪美问。

驹井说出的是她最不想听到的话。他希望和她分手。"在创作这部舞台剧的过程中，我终于认识到谁对我来说最重要。很可惜，那个人不是你。我已经深切体会到，敦子才是对我来说最重要的人。当初离开她与你交往，只是我一时糊涂。情况就是这样，真的很抱歉，请和我分手吧。"

工藤聪美觉得驹井的语气流畅得仿佛已经练习过很多次。实际上，她听到驹井的话后的第一反应是——这是哪部舞台剧里的台词吗？对她来说，这番话就是这么没有真实感，不，应该说，她不愿意接受这就是现实。

但驹井是认真的。为了表示郑重，他突然跪了下来，深深低头致歉。

"既然是这样……"工藤聪美问道，"既然是这样，那句话是什么意思？你说过，希望有一天我为你生下孩子。"

那是两人刚开始交往时，驹井对她说过的话。

"对不起，"驹井仍然低着头，"请忘了吧！"

忘了？

工藤聪美供称，这句话是决定性的一击。

她将视线从依旧低着头的驹井身上移开，发现脚下散落着缝纫用具。它们不知什么时候掉在了地上。

缝纫剪刀映入了聪美的眼帘。看到锐利刀刃的瞬间，她知道了自己唯一该做的事是什么。回过神时，她已经拿起了剪刀，向驹井靠近。

工藤聪美说，驹井是在抬头的瞬间被刺中的，还是被刺中后才抬起头的，她已经记不清了。唯一清晰地留在记忆中的，是驹井犹如纯朴少年般的眼神。他可能还没反应过来发生了什么事。

被刺中的驹井向后倒下，仰面躺在地板上，身体抽搐几秒后，便如人偶般一动不动了。工藤聪美茫然地想，如果这是演出来的，演技完全不值得夸奖，驹井大概会大声怒吼吧。

聪美蹲下来，凝视着死去的驹井，不知看了多久。她的脑海里只有两件事，一件事是自己也只能去死，另一件事是如果自己死了，肚子里的孩子该怎么办。

工藤聪美怀孕了，已经两个月了。她想告诉驹井的就是这件事。

最后是手机的来电铃声将她带回了现实。驹井放在桌子上的手机响了，一看屏幕，她不由得屏住了呼吸，是神原敦子打来的。

工藤聪美拿起手机，接起电话。为什么要接电话呢？她无法准确地形容那时的心境，一定要说的话，就是她觉得如果可以向谁倾诉，那个人只能是神原敦子。

接起电话的人是工藤聪美，神原敦子自然对此感到困惑。聪美表示，有件事必须要向敦子道歉，然后说自己杀了驹井。

"我无法原谅他。虽然觉得对不起你，但我无论如何都无法原谅他。我知道事情不可能就这样结束，我会赎罪的。"她不顾一切地说道。

工藤聪美说，她已经记不清神原敦子的反应了，只记得敦子说了句"你不用死"。敦子似乎已经猜到，工藤聪美说的"赎罪"是指自杀。

神原敦子让她带走剪刀，指示她立刻去和同事们会合，并告诉她，驹井的事迟早会引发轩然大波，但她要装成对此一无所知的样子。

"没必要为了那种男人坐牢。我一定会替你想办法，你就照我说的做吧。如果警察问你，你可以说出我的名字，就说神原敦子被驹井良介抛弃，很可能对他怀恨在心。记得要尽量表现得自然，避免引起怀疑。你做得到吧？你可是演员啊！"

工藤聪美心乱如麻，但还是听从了神原敦子的指示。她完全不知道神原敦子打算做什么，也没有余力去想。她的脑海里只有一个念头——必须好好演下去。

9

驹井良介家周围拉起了无关人员禁止入内的警戒线。这里不久前刚发生了命案，当然要封锁起来，不过今晚这么做却有另一种意义。

从天际线下来后，草薙带着汤川走进屋内。内海薰和鉴定员们已经在里面待命。

"准备得怎么样了？"草薙问内海薰。

"这边已经准备就绪，在等那边的消息。"

草薙点了点头，转向汤川。"情况就是这样。"

汤川点了点头，抬头望向天花板，然后看向地板。"神原小姐为什么要袒护凶手呢？"

"问题就在这里，"草薙皱着眉头，竖起食指，"和袒护还不大一样。"

"不一样？怎么不一样？"

"很难解释。我无法理解那种人，她简直就像生活在另一个世界的人。"草薙做了开场白，然后回顾了审讯神原敦子时的情形。

在审讯室里，神原敦子坐在草薙对面，比草薙第一次见到她时更加光彩照人。不仅妆容和穿着很华丽，表情也顾盼生辉。草薙可以想象，她年轻时在舞台上担当主演时，这般出色的相貌一定是重量级武器。

"我是在不久前发现驹井对我回心转意的。我可以从他的态度察觉到，他也直接和我说过，作为以表演为职业的人，他对我的尊敬更胜从前。他是个很有才华的导演和编剧，但需要有人在身后恰到好处地支持他，才能充分施展才华。以前那是我的工作，但他并没有意识到这点。和我分手后，他终于醒悟了，明白和年轻女孩谈恋爱对他没有任何帮助。"敦子的语气充满自信，听起来就像是胜利宣言。

"你怎么想？"草薙问，"打算重修旧好吗？"

"怎么可能？"神原敦子的声音立刻高了八度，"虽然他需要我，但我不需要他。过去我的确尊敬和仰慕他，也确实从他身上学到了许多，为此我很感谢他。但我已经充分地报答了他，最重要的是，我不是那种老好人，不会原谅那种轻易抛弃女朋友、投入年轻女孩怀抱的男人。"

"和工藤聪美分手后，驹井良介有什么打算呢？"

"不清楚。"神原敦子歪着头，"和我也没关系。"她的语气中透着漠不关心，用冷淡来形容也不为过，看来她已经完全不关心驹井良介这个男人了。

那这次为什么要设下那样的机关呢？草薙问到这一点时，她的供述变得很复杂。

"手机的诡计是我以前就想到的，准备写推理剧时用，所以听了聪美的话后，我立刻想到可以用这个诡计。我以前用过的手机和驹井的手机外形、颜色都很相似，我觉得可以用来调包，就带了过去。问题在于选谁当制造不在场证明的证人。被刺后如果要打电话求救，会找谁呢？不是女朋友就是妻子。但我不能打给聪美，因为必须将她和命案完全分隔开。于是我选择了安部由美子，因为找借口约她出来很容易，而且她的名字在手机通讯录あ行的最前面，打电话给她不会让人觉得不自然。另外她性格老实，容易被骗，这也是一个原因。去聪美那里之前，我打电话给由美子，说想跟她商量服装的事，她丝毫没有起疑。"

说到将从排练场偷出来的刀伪装成凶器这件事时，神原敦子也滔滔不绝。

"听聪美说她是用缝纫剪刀刺死了驹井的，我立刻觉得不妙。如果将剪刀丢在现场，警方很快就能查出凶手，所以我让聪美把剪刀带走。但如果现场没有凶器，警方一定会全力寻找，可以想见，还会检查剧团所有成员的私人物品。如果聪美说剪刀丢了，或是换了新的，一定会引起怀疑。所以，我觉得必须留下一个类似的凶器，但一时找不到能深深插进胸口的凶器，不得已，我决定用道具刀。我知道排练场的钥匙在哪里，把刀偷出来并不难。我在晚上八点二十分左右到达驹井家。他倒在地上，胸前的伤口很深，但没有流多少血。我可以感受到聪美那时有多激愤，她应该是毫不犹豫地一刀让驹井毙命的。记得我当时还怔怔地想，我恐怕做不到。我顺着伤口，把偷来的刀子插了进去。刀插进肉体的那种感觉，现在仍留在我的手上。之后的事我已经说过很多次了，我拿走他的手机，把用来调包的手机放在尸体旁边，然后前往和由美子约定见面的地方。"

听到这里，草薙说出了最大的疑问——为什么要袒护工藤聪美？男朋友被她抢走，敦子就算恨她也是情理之中的事。

神原敦子听了，瞪大了眼睛，嘴角露出笑容。"我从来没恨过聪美。虽然驹井选择了她，但在这件事上她没有任何责任。而且我刚才说过，现在我已经完全不关心驹井良介这个男人了。我这么做也不是为了袒护聪美，而是想体验那种感觉。"

"什么感觉？"草薙问道。

神原敦子顿时露出终于可以坦露内心企图的欣喜笑容，似乎早就在等他问这个问题了。"就是当凶手的感觉。准确地说，是杀人的感觉，然后在此基础上制造不在场证明。我知道警方在怀疑我，在我有嫌疑的情况下，调查将怎样展开？怎样让我走投无路？我想体验这种感觉。这也是我将刀子插进驹井胸口的主要目的，如果只是伪装成凶器，让刀沾上血就行了。虽然驹井已经死了，我还是想亲自体会将刀刺进胸口的感觉。这不是虚构出来的情景，而是真正的表演。在千钧一发之际扮演一个杀人凶手，这样的机会不可能会有第二次。"

听她的口气，似乎对于演员来说，这是理所当然的选择。

"但你有没有想过，万一没能洗清嫌疑，被当成真正的杀人凶手逮捕了呢？"

草薙这样问时，敦子一脸轻松。"我确信这种情况不可能发生，日本的警察很优秀。我知道手机的诡计很容易被识破，但仅凭这点不能认定我就是凶手。我料想警方多方调查后，一定能查明真相。我也很想体验这种紧张兴奋的感觉。万一出了差错，我被当成凶手，到时只要说出真相就好。虽然可能会因毁坏尸体、毁灭证据等罪被问责，但和宝贵的体验相比，这根本不算什么。我刚才说了，这么做不是为了袒护聪美。我不恨她，但也没想要替她顶罪。"

"我仔细阅读了尸检报告，上面提到受害人被刺后，伤口中有被凶器数次搅动的痕迹。其实不是被搅动，而是又被别的凶器刺了一次。但这也不能怪法医，谁能想到会有人这样做。"

草薙说完后，内海薰拿出手机，有电话打过来了。简短说了几句话后，她挂掉电话，望向草薙。"那边已经准备好了，五分钟后开始。"

"好——那就拜托了。"草薙对鉴定科的人说道。汤川饶有兴味地望着上面的窗户。

"真伤脑筋。"草薙站在汤川旁边，抱怨道，"到头来，我们不过是陪着她演了一场戏。"

"但你们对外行布的局束手无策，这也是事实啊。只盯着前女友，早早排除了现女友的嫌疑，这是你们的失误。"

"你这么说真让我不好受。如果没有这张照片，应该不会出现这种情况。"草薙从上衣内侧口袋里拿出一张照片。

是那张拍摄于晚上七点二十七分的照片，烟火的后面有一轮圆月。

"她们知道这张照片的存在吗？"

"不知道，我没提过。她们以为警方没能立刻查明真相，是因为她们演技出色。"

"你不打算告诉她们吗？"

草薙摇了摇头。"没有必要。"

内海薫看了看手表，说："快到时间了。"她关上了房间的灯。

几十秒后，只听在阁楼上的鉴定员"啊"地叫了一声，紧接着"砰"的低沉爆裂声传来。

草薙冲上楼梯，从北边的窗户望出去，烟火正从远方的天空升起。那是特意请人燃放的。

"草薙！"楼下的汤川叫道，"你来这里看看。"物理学家站在梯子上。

草薙跑下楼梯，来到梯子前。"怎么样？"

"你先上来，看看东边的窗户。"说完，汤川爬下梯子。

草薙爬上梯子，依言望向东边的窗户。他先看到了一轮圆月，接着，烟火出现了。

"啊！"草薙叫了起来，"看到了！看到烟火了！"

"正如我所料。"梯子下的汤川淡淡地说。

草薙一时说不出话来。虽然之前已经听过汤川的解释，但没想到烟火看起来会如此鲜艳清晰。实际上，烟火是从西北方的天空升起的，但从东边的窗户也可以看到，烟火的后面是月亮。

其中奥秘其实很简单，从北边窗户照进来的烟火的光反射到了东边的窗玻璃上，但因为周围很暗，反射的光看上去就像是真正的烟火。当然，月亮是真实的。

"烟火大会每年都会举行。驹井先生应该知道从这个位置可以这样看到烟火，所以先在排练场的窗前拍了照片，又在这里拍了一张，打算进行比较。为此他还特地准备了梯子。"汤川说。

"在即将和女朋友提分手的时候？他可真有闲情逸致。"

"由此可见，"汤川继续说，"对驹井先生来说，和女朋友分手并不是什么要紧事。"

"是嘛……不过，也许就是这样。真弄不明白那些人的想法。"

草薙想起他问神原敦子的最后一个问题：扮演杀人凶手的感觉如何？

神原敦子沉吟片刻，答道："我觉得受益良多，遗憾的是，表演终究只是表演，和真实的体验相比差远了。虽然把刀插进了他的身体，但夺走一个鲜活生命的瞬间的感受，我仍旧无法想象。草薙先生，您不是审讯过聪美吗？她是怎么讲述杀死驹井时的情况的？"

草薙回答说，聪美几乎记不得当时的情况了。神原敦子听了，皱着眉头叹息道："太可惜了。"

草薙将她的话告诉了汤川。物理学家用力深呼吸后，指着东边的窗玻璃说："所以说，也有追寻着虚像的人生。"

那面窗玻璃上映照出烟火的虚像。

图书在版编目（ＣＩＰ）数据

虚像的丑角 ／（日）东野圭吾著；李盈春译．－－ 北京：北京十月文艺出版社，2021.6（2025.8 重印）
ISBN 978-7-5302-2129-7

Ⅰ.①虚…　Ⅱ.①东…　②李…　Ⅲ.①短篇小说－小说集－日本－现代　Ⅳ.① I313.45

中国版本图书馆 CIP 数据核字（2021）第 040326 号

著作权合同登记号　图字：01-2021-0342

虚像的丑角
XUXIANG DE CHOUJUE
（日）东野圭吾 著
李盈春 译

出　　版　北京出版集团
　　　　　北京十月文艺出版社
地　　址　北京北三环中路 6 号
邮　　编　100120
网　　址　www.bph.com.cn
发　　行　新经典发行有限公司
　　　　　电话 (010)68423599
经　　销　新华书店
印　　刷　北京盛通印刷股份有限公司
版　　次　2021 年 6 月第 1 版
印　　次　2025 年 8 月第 14 次印刷
开　　本　850 毫米 ×1168 毫米　1/32
印　　张　10.5
字　　数　244 千字
书　　号　ISBN 978-7-5302-2129-7
定　　价　59.00 元
质量监督电话　010-58572393
如有印装质量问题，由本社负责调换。